KB267993

여행과 **기묘한 남자** 春

여행과 **김홍한** 춘 남자

초판 1쇄 인쇄　2010년 09월 01일
초판 1쇄 발행　2010년 09월 10일

지은이 | 문광혁
펴낸이 | 손형국
펴낸곳 | (주)에세이퍼블리싱
출판등록 | 2004. 12. 1(제315-2008-022호)
주소 | 서울특별시 강서구 방화3동 316-3 한국계량계측회관 102호
홈페이지 | www.book.co.kr
전화번호 | (02)3159-9638~40
팩스 | (02)3159-9637

ISBN 978-89-6023-426-0 03810

여행과 겸손한 남자

春

| 에세이 작가총서 311 | 글·사진 문광혁

ESSAY
에세이

프롤로그

사람이 사람답게 사는 방법이 도대체 무엇인지 저는 모릅니다. 아마도 그것을 알 때쯤이면 저는 저 많은 공동묘지의 땅 속에 묻혀 혼자 떠들어대고 있을지도 모릅니다. 이글은 돌도 씹어 삼킬 것 같던 질풍노도의 10~20대를 지나 30대에 들어서 보편적인 삶의 가치와 개인의 행복 추구에 대해 고민하는 젊음이 세상에 뚜벅뚜벅 발을 내딛는 글입니다.

저는 누군가를 위해서 글을 쓰지 않습니다. 누군가에게 감동을 줄 능력도 놀라움을 줄 재주도 배워본 경험이 없는 데다, 월등한 지식수준을 갖추지도 못했기 때문입니다. 그래서 이 글은 상투적이면서 편협할지도 모릅니다. 그럼에도 불구하고 글을 쓰는 이유는 돌아가신 어머니가 남겨주신 소중한 재주, 바로 글 쓰는 취미 때문입니다.

소설을 쓸 수도 있겠지만, 여행기에서 소설 같은 과장과 허구는 철저히 배제되어야 한다고 생각합니다. 이 글이 정리되어 갈 무렵인 2010년 6월 6일에 본 영화 'Sex and the City 2'의 장면에서 극 중 케리가 한 말이 오만 가지 생각을 정리하게 해주었습니다.

"Secret makes worse."

수많은 사람들이 비밀 속에서 살아가지만, 여행에서만큼은 비밀이 없길 바라는 마음으로 살고 싶습니다.

여행을 말할 때 많은 단어로 표현할 수 있습니다. 말 그대로 여행, 관광, 유랑, 순례 등으로, 또는 그 이상의 단어들로 표현할 수 있습니다. 원어민처럼 완벽한 영어를 구사하지는 못하지만, 영어에서도 여행을 몇 가지 단어들로 다르게 표현합니다. travel, tour, trip, journey 등.

　제가 말하고 싶은, 그래서 여기 글로 표현한 여행은 혼자 떠나는 여행, 즉 나만의 여행입니다. 누구의 도움도 없이 출발해 예상치 못한 일과 새로운 경험들 속에서 스스로가 처한 냉엄한 현실을 보고, 그런 상황 속에서 문제들이 해결되는 능력을 보게 되는 소중한 시간이 바로 여행입니다. 나아가, 무엇보다도 일상이 아닌 낯선 곳에서 생각하는 시간을 갖고 익숙지 않은 것에 나를 적응시켜 간다는 것은 삶에 계산할 수 없을 만큼 큰 영향력을 끼치는 일인데, 바로 그것이야말로 여행이 주는 선물인 것입니다.

　마지막으로 독일의 철학자 아우구스티누스의 명언을 가슴에 담아 보고 싶습니다.

　"여행은 책과 같아서, 여행을 하지 않는 사람은 단 한 페이지의 책도 읽지 않는 것과 같다."

　사실 한국에서 많이 쓰는 비슷한 중국말도 있죠.

　"백문이 불여일견."

　마음속 저 밑바닥에 앙금으로 가라앉았던 아주 소소한 것까지도 뒤집어 놓은 이 말을 가슴에 품고 오늘도 어디론가 떠날 생각과 계획을, 그리고 실천을 위한 방법들을 찾아 저 스스로에게 되묻고 다짐을 합니다.

　"왜 그렇게 여행에 신경 쓰니?"

　"난 여행과 결혼했잖아."

2010년 8월

문 광 혁

여행 경로

Chap. got married with travel !
5월25일
5월27일
5월7일
5월8일
5월13일
5월18일
5월21일
5월22일

서울(Seoul)에서
프랑크푸르트(Frankfurt)로

5월 7일

보험사의 압박으로 마지못해 완치되지 않은 몸을 끌고 병원을 떠나야 했다. 결국 급작스런 움직임으로 인해 담이 생겨 버린 상황. 이러지도 저러지도 못하며 안절부절하는 상태에서 여행 출발일이 다가와 마음이 무겁기만 하다. 며칠째 파스와 찜질로 노력해 보았지만 별다른 효과가 나타나지 않는다. 장시간의 비행에 대한 걱정만 늘어간다. 출발 날짜를 코앞에 두고 나는 지금 무엇을 하고 있는 걸까.

컨디션을 최고로 끌어올리려는 나의 노력은 절실하다. 출발 전 날 집을 떠나 호텔에 묵으면서 분위기를 이끌어보려 하지만, 누나의 연락을 받고 그 바람은 산산조각 나고야 만다.

자정이 넘은 시각. 누나의 출장 일이 잘되었는지, 문자와 전화가 평온해야 할 나의 정신세계를 들쑤셔 놓는다. 결국 수시로 전해오는 그 휴대폰의 위력에 시체같이 잠들려던 나의 계획은 산산조각 나버리고, 누나는 이내 호텔방으로 찾아와 결국 한 자리를 잡고 만다. 한참 동안 두리번거리고 떠들더니 금세 곯아떨어져 버린다. 그리고는 매형에 못지않은 코골이를 시작한다.

'이런 것이 부부 일심동체인가? 언제부터 누나가 저렇게 하드코어로 코를 골았지?'

그도 그럴 것이 죽을 듯 살 듯 일을 하는 누나의 왕성한 활동이라면, 저 하드코어 코골이는 당연할지도 모른다.

'누구를 위해 저렇게 일을 하는지….'

밤을 새며 뒤척이는, 며칠째 이어지는 이 악몽의 연속극은 평화를 기대한 이 불쌍한 놈의 소박한 마음을 완전히 빼앗아 가고 만다.

'왜 난 꿈이 연속극일까? 기록에 남을까 정신병원도 못 가겠고…, 후~.'

선잠 끝에 눈을 뜨자 어느새 새벽 5시. 새벽잠 없는 누나가 그새 일어나서 씻느라고 물소리를 내고 있다. TV를 틀어놓은 통에 눈이 절로 떠진다.

'아, 오늘 프랑크푸르트에 가면 공항에서 하룻밤을 꼬박 새야 하는데, 완전 죽어나겠구나.'

그냥 헤어지기가 그래서 롯데리아에서 와플 세트를 사들고 자리를 마주하니 참 암담하다.

성진이와 막걸리에 소주를 배부르게 마신 다음 날인 지난 밤, 그것도 여행을 떠나는 첫 날의 마지막 한식이자 해장 음식이 아메리카노에 잼 바른 와플이라니….

공항버스로 인천공항까지 1시간 40분이 소요된다고 호텔 앞에 적어 놓은 것을 보니 서울 시내 갈 만한 곳은 모조리 거쳐 가는가 보다. 결국 끌낭을 들고 5호선을 이용해 김포공항으로 향한다. 늘 느끼는 것이지만 서울의 교통, 이 정도의 경제 수준에 이 정도의 교통비는 정말 고마울 따름이다.

'고마워요. 서울!'

김포공항에서 잠깐 한눈파는 통에 공항 고속열차(공항 고속열차는 매 시각 정시에 출발한다.) 직행이 눈앞에서 출발해 버린다. 그 대신 몇 정거장을 거쳐 가는 완행이 비웃듯 문을 활짝 열고 나를 맞이한다. 텅텅 비어 있는 좌석들 가운데 한 자리를 잡고 앉아 출발을 기다리자니, 눈앞에 점잖은 신사복 차림의 중년께서 안타까운 듯 혼자 미소를 머금고 한 쪽을 주시하고 계신다. 열차 5량이 들릴 정도의 목청으로 전화를 받고 있는 다른 어른을 보고 있는 것이다. 부끄럽다.

'자기가 지금 어떤 행동을 하고 있는지 모르는 저 사람은 자기 자식들에겐 공중도덕과 질서를 잘 지켜야 선진 국가의 시민이라고 교육하겠지?

같은 나라, 같은 언어를 쓰는 사람이라는 사실이 부끄럽다.

열차가 드디어 출발한다. 시간을 뒤바꾸는 기계, 비행기를 타는 장소로 말이다. 좀 전의 부끄러움이 그 한 사람으로 끝나길 바라는 내 바람을 비웃듯, 오른쪽에 자리한 어른 남녀 세 분이 고성으로 이야기보따리를 풀어 놓는다. 결국 그들의 소소한 말까지 내 귀에 속속들이 전해 들려오는 고문을 피하기 위한 방편으로 성진(허파 하나 때어줄 수 있는 동생)이가 빌려준 PMP를 꺼내 들고야 마는 상황에까지 놓이게 된다.

저런 모습들을 보니 지난 해 태국 여행을 갔을 때 러시아에서 유학하고 왔다는 커플의 남자가 입에 담기도 겁나는 말들을 몇 번이나 반복적으로 하던 때가 떠오른다. 참 살벌한 말을 쉽게 하는 그 녀석도 나처럼 반골 기질이 있고, 빠르게 변하는 세상 속에서 반드시 변해야 하는 것들이 변하지 않고 있는 세상을 원망하고 사는 녀석이었는데…, 지금은 어디서 무엇을 하고 있는지….

공항에 닿으면서 또다시 여행에 대해 생각하게 된다. 여행이라는 것이 어찌 보면 참 화수분 같아서, 당장 떠나면 많은 변화와 재정적인 압박이 생길 것이고, 그런 마음에 선뜻 여행을 못 가는 제1의 이유를 마음속에 품고 망설이게 된다. 하지만 사람이 좋아하는 일을 하면, 그 변화가 발전된 방향으로 변화할 수밖에 없지 않을까 하는 생각을 해본다. 사실 여행에서 가장 중요한 요소는 비용이 아니라 시간이다. 의외로 많은 사람들이 그런 오해 속에 살아간다.

그렇다 1 : 여행비용은 집이나 차를 구입해 삶의 질과 편의를 높여 주는 것과 같이, 현실의 공간에서 얻을 수 없는 유무형의 독특한 자산을 만들어 주는 비용이다.

물론 비용 지출로 인한 재정적인 어려움을 고려하지 않는 사람은 거의 없지만, 여행에 대해 소극적인 많은 사람들의 경우, 그것이 다시금 어떤 식으로든지 완충, 보완된다는 사실을 아직 모르고 산다. 왜? 여행은 사람을 그대로 있게 하지 않고 더 나은 삶으로 자신을 이끌어 주기 때문이다.

500만 원의 뭉칫돈을 내버리면, 그 돈이 어떻게 번 돈이며 어디에 쓰려고 했던 돈인지 한참 생각한다. 그 비용을 만들려고 하면 어떻게든 만들어 내는 것이 지금의 사정이다. 적어도 나를 포함한 한국의 늙어 가는 직장인들에겐 가능한 비용 산출 아닌가? 우리가 동남아의 20~30만 원짜리 월급쟁이들은 아니지 않은가?

한 장을 빼곤 모든 티켓이 편도 티켓이니 체크인할 때마다, 그리고 입국 심사를 할 때마다 티켓 검사가 빠지지 않겠다는 상상을 한다. 이곳 인천 공항의 아시아나 항공의 지상 근무 직원이 전체 항공권을 다 보려는 불필요한 행동까지 하고 있으니 말이다. 일찌감치 체크인을 완료하고 Priority Pass(전 세계 가장 많은 라운지를 이용할 수 있다.)에 자리했지만, 어찌된 일인지 지나온 시간처럼 마구 먹지도 않고 마구 마시지도 않는 나 자신을 본다.

언제부터인가 먹는 것으로 나 자신을 과시하고 싶은 생각도 시들해져 버린 지 오래다. 그저 맛있는 것, 몸에 덜 안 좋은 것을 즐기듯 먹으려 하는 내 모습을 보니, 스스로를 더 사랑해 가고 있는 나 자신을 보게 된다.

주식 시장, 유럽 발 경제 위기란다. 대륙을 뒤흔든 큰손의 장난으로 이틀 연속 폭락하고 있다. 그리스의 경제 위기? 이 말과 경고가 언제부터 나온 말인가? 그리스가 2004년 아테네 올림픽을 정상적으로 치를 수 없는 재정 위기 상태라며, 올림픽 유치를 반대하던 세력들이 아니었던가? 그럼에도 불구하고 스스로 그 나라를 선출하고 차관을 내주고 결국 유로 회원국으로 포함시킨 그 세력이 이후에 의도하는 것은 과연 무엇일까?

그렇다 2: 한 명이 하면 잡범이 되고, 몇 명이 하면 패거리가 되고, 떼거지가 하면 조직이 되고, 기업 형으로 바뀌면 사업이 되고, 그리고 그것들끼리 뭉치면 거대 자본과 검은 세력이 되는 이 폭력적인 자본주의에 혀를 내두를 수밖에 없다.

사람의 심리를 이용해 그것으로 돈을 이끌어내는 금융 조작 집단인 유태인들이 과연 그들이 말하는 하나님에게 선택받은 민족일까? 그것을 가장한 악마의 축일까?

유태인의 기업인 골드만삭스가 심상치 않다. 그런 분위기에 편승해 멕시코만 해저 유전 시설이 터져 환경 재앙이 온다고 한다. 세계 유류 사업에 가장 많은 투자를 한 곳이 골드만삭스, 바로 유태인이 이전과 같이 자신들의 영역을 침범하는 국가들에게 경제 위기와 환경 재앙을 가지고 위협하고 있다. 그것의 직격탄을 맞은 유럽 경제로 인해 당분간 주식으로 용돈 벌 수 있는 길도 힘들어진 것에 짜증이 치밀어 오른다. 당분간 적지 않은 손해도 감수해야 할 것 같은 느낌이 다가온다.

'뭐 떨어지면 묵혀 두고, 돈 생기면 넣어 두고. 그러다가 오르면 뽑아서 용돈 쓰고…, 끝까지 안 오르면 누군가에게 물려주지 뭐.'

편하게 생각을 가져야지, 뭔가에 매달려 집착하기 시작하면 정신병자같이 보이고, 거기에서 좀더 심하면 범죄자가 되기도 하는 것이 사람의 모습 아닌가?

장거리 노선엔 에어버스 여객기가 더욱 쾌적하다.

라운지를 떠나 사람이 가득한 아시아나 541편에 올라 내 행운의 번호이자 삶에 많은 부분을 차지하는 31번 라인으로 자리를 잡고 출발을 기다리고 있다.

'제발 11시간 넘는 비행시간 속에서 맘 편안히 갈 수 있기를~~.'

"저기, 총각! 자리 좀 바꿔 주면 안 될까요? 바로 여기 통론데."

한 아주머니가 경상도 사투리를 안 쓰려고 힘들게 애쓰며 말씀하신다.

"그러세요."

가슴에 여행 마니아, 노랑풍선 표시를 하고 시끌벅적하게 떠들고 계시는 사람들이 부탁을 한다. 그리곤 그 찰나에 이륙 전부터 짜증이 확 나게 만들어 주신다. 다른 사람이 자기 자리라고 비켜 달란다.

"어! 티켓이 그 자리가 아이네. 바로 옆에 가운데 자리네. 총각 미안해서 어쩐다?"

"전 여기 못 앉아 가요. 그냥 제 자리로 돌아갈게요."

뻔히 자신들의 자리를 알면서도 일부러 거짓말을 하는 저 아주머니, 어쩌면 저렇게 용감할까? 너무 싫다. 왜 여행을 하는데 저런 몰상식한 사람으로 인해 이런 기분을 느껴야 하는지….

시작부터 큰 다툼이 일어날 것만 같은 느낌의 눈동자가 그 아주머니를 주시하고 있다. 제자리로 돌아와 주변을 다시 정리해 보니, 그새 아시아나에서 장거리 비행에 무료로 제공해 주는 수면 안대, 수면 양말, 그리고 세면도구가 들어 있는 파우치를 집어가 버렸는지, 주변을 아무리 찾아도 없다.

'눈에 한 번 띄어라. 제발 한 번만 제대로 걸려!'

심호흡을 크게 하고 잊어버리자고 주문을 걸지만, 다시 안정을 취하기가 무섭게 저가 패키지 여행사의 스티커를 단체로 붙이고 나타난 여행자들이 우르르 몰려들어와 시끄럽고 분주한 모습을 보인다. 목소리가 여행을 가는 사람들인지 시장에서 경매하는 사람들인지 분간할 수 없을 정도다. 저 사람들과 섞여 11시간 넘게 있어야 한다는 사실. 그것이 왜 오늘 새벽부터 나를 힘들게 하는 일들이 많았는지 이제야 알게 해준다.

승무원에게 다른 자리를 부탁하지만 오늘 따라 비행기가 꽉꽉 들어찼다고 너무 미안해하는 통에 더 이상 방법이 없어 씁쓸하기만 하다. 자기 일같이 안타까워하는 저 모습이 혹시 가식일지는 모르겠지만, 내 눈에 눈치 채지 못하게 했다면 그것이 진심이라고 믿고 싶다. 짜증나고 누군가가 싫어지는 이런 마음을 빨리 개선하지 않으면 안 되겠다는 생각에 영화를 찾고 면세품 목록을 뒤적거리면서 이륙을 지켜본다. 비행기가 궤도에 올라 기내 서비스가 시작되려 하자, 좋은 것만 생각하려 애쓰는 내게 옆자리에 앉은 노부부의 활약이 시작된다.

"어이~, 물!"

'처음 여행가는 걸까? 아닌데…, 요즘 저 나이에 웬만하면 몇 번은 나가 봤을 텐데.'

"어이~, 땅콩도 더 줘. 한 번에 쫌 많이 줘!"

승무원이 어느새 '어이'가 되었다. 사실 승무원에게 부를 호칭이 마땅치 않다. 간호사보다 더 많은 시간을 보게 되는 만남인데도 적절한 호칭이 없다는 것은 좀 아이러니하다. 당장 떠올리려 해도 적당한 말을 찾기 어렵다. 좌석의 블록을 나눠 서비스를 하니 '담당님'이란 호칭이 내 생각엔 가장 적당하게 느껴진다.

"이건 밥이 아이야, 쓰레기야."

좋지도 나쁘지도 않은 이코노미 식사지만, 처음 접하는 쌈밥을 기내식 메뉴로 접하니 신기하기만 한데, 칠순이 다 돼 보이는 노인장께서 가뜩이나 큰 목소리로 옆의 노부인과 대화를 나눈다. 식사 쟁반을 받아 들고 입에 갖다 대는 순간에 말이다.

"그냥 들어요. 그거 아니면 스파게티라잖아요."

"치아라. 이게 밥이가? 물이나 다오."

"내꺼 마셔요."

"그거 가지고 안 된다. 어이! 물!"

남 들으라는 듯 더 큰 목소리로 불만인지 객기인지 모를 말을 계속 해댄다. 왜 저렇게 물을 찾나 했더니, 햇반에 물을 말아서 드신다. 노부인이 남편의 나머지 것들을 챙겨 드시다가, 옆에서 그 광경을 쳐다보느라 식사를 거의 하지 못하는 나를 물끄러미 바라보신다.

"총각! 김치 먹을래요? 여기 손 안 댔어. 우린 다 먹었거든."

"전 충분히 먹었습니다."

주려거든 먹기 전부터 주든지, 실컷 먹을 만큼 먹고 나서 주변을 챙기는 것을 보니 대대로 양반집안 출신인 것 같다. 자신이 등 따시고 배부른 다음에야 주변을 둘러보니 말이다. 그런 생각 없는 노부인의 행동에 어느새 난 잔반처리 반처럼 보였나 보다.

"어이~, 물 도, 물!"

무료 봉사는 아니라지만 싫은 내색 하지 않고 재빨리 가져다주는 승무원이 불쌍하다. 사회 규범과 도덕이란 것이 그 나이 대의 사람들에겐 그저 단어만 존재할 뿐일지도 모른다는 안타까운 마음이 든다. 빨리 이런 상황이 잊히기를 바랄 뿐이다.

지난 12월 31일 현이(챙겨 주고 싶은 동생이지만, 이젠 그럴 수 없는 상황)와 함께 봤던 '아바타'가 상영된다. 3시간 가까이 하는 이 영화에 집중하고 있으면 어느 정도의 시간이 흐르고 또 적응될 것이다.

노부부가 옆에서 기기 조작을 못 하시는 것을 보니, 처음 가시는 게 맞는 것 같다. 자꾸 물끄러미 나를 쳐다보고 도와달라는 눈치를 주지만 나는 그것을 모른 채 무시해 버린다. 그러자 몇 번 더 만져 보시더니 이내 포기하고 잠을 청하신다.

조그만 스크린에 보이는 '아바타', 3D는 아닐지라도 역시 색다른 재미를 준다. 근래 들어 몰입하고 본 영화답다는 생각이 들면서도, 막장 드라마에 제법 맛들이신 김수현 작가님이나 기타 외국 영화의 흥행에 반대하는 일부 평론가들의 실소를 자아내는 작품 평도 생각나게 한다.

영화가 끝나고 헤드폰을 내려놓고 나서야 주변이 너무 시끄럽다는 것을 알게 된다. 영화에 몰입해 있어 몰랐던 3시간 동안 주변의 패키지여행 가는 분들의 소음이 가득했던 것이다. 그들의 말 하나 하나가 귀에 속속 박혀 들어온다. 처음 가시는 분들 같은 이분들에게 무슨 말이라도 해야겠다 싶어, 잠에서 깨어 한참 큰 목소리로 떠들고 계시는 옆 좌석의 노부인에게 질문을 던져 본다.

"이번에 처음 여행이세요?"

“아니오. 나는 30개국은 넘게 갔을 겁니다.”

‘헉!’

깜짝 놀라지 않을 수 없다. 비행기의 스크린 조작도 못 하시고, 승무원에게 막무가내로 대하시고, 고성방가를 일삼는 저분이 30개국을 넘게 갔단다.

“장거리 여행하시면 관절이 뻐근하실 테니 적당히 운동도 하세요. 필요하시면 몇 가지 일러 드릴게요.”

“아입니다. 나는 미국, 캐나다, 뉴질랜드, 호주 이런 먼 데 많이 가봐서 잘 압니다. 유럽도 이번이 세 번쨉니다.”

‘아 그러니까 그렇게 많이 다니신 양반들이 비행기 처음 타는 사람들같이 행동하시냐고! 여기가 당신들 안방은 아니잖아! 당신들만 돈 내고 타고 다른 사람들은 무임승차야? 왜 이렇게 막무가내야!’

순간 말을 괜히 걸었다는 생각이 난다. 그 노부인이 이때다 싶어 날 붙들고 온갖 여행 다녀온 이야기부터 잘난 척을 하기 시작하는 것이다. 땡볕에 보름은 놔둔 썩은 고등어가 1시간을 끓여 다시 땡볕에 10시간을 놔둔 우유와 섞인 것같이 썩은 입 냄새와 침을 툭툭 튀기시면서 말이다.

“아 그러세요? 대단하시다. 다들 패키지로 가시는가 봐요.”

“나는 많이 갔는데, 이번에 다른 사람들이 가자고 하도 해서 또 가는 깁니다.”

“어느 여행사로 가시는데요?”

“아야~, 우리 가는 기 뭐고?”

“여행 마니안가 할 낍니다.”

“여행 마니아랍니다.”

“아~, 좀 많이 저렴하신 걸로 가시는군요.”

“예 맞습니다.”

이젠 더 말하지 않고 다른 영화 ‘김치전쟁’을 보려고 화면을 바꾸는데, 계속해서 그 입 냄새와 침을 튀겨가면서 말을 건넨다.

“내가 1976년도에 유럽에 처음 갔을 땐 참 우리나라가 못 살았는데, 88 올림픽이 끝나고 나니까 이젠 많이 발전을 해가, 유럽이나 한국이나 보이는 건 이제 비슷비슷하지."

"아~, 그렇군요."

'당신들의 여행 매너는 그때에서 전혀 발전되지 않았어요. 처음 여행하는 사람들도 당신들 같지는 않을 거예요.'

마지막 추임새의 눈빛을 전달하고는 화장실로 발길을 옮겨 그 썩는 냄새의 침이 튄 오른 팔뚝을 어깨까지 걷어 올리고 깨끗하게 씻어내고, 비치되어 있는 참존 크림을 발랐다. 그렇게 기분을 전환하려 했지만, 다시 돌아와 자리에 앉자마자 내 수고와 기대와는 정반대로 그 노부인은 다시 침을 튀며 열변을 늘어놓는다.

'할머니 침 튄다고요! 나 팔뚝 썩어요!'

대답하지 않고 보란 듯이 화장실로 또다시 달려가 팔을 씻고 와서 헤드셋을 끼고는 '김치전쟁'에만 눈을 둔다. 그러자 노부인도 더 이상 말 거는 것을 포기하고 다른 사람들과 또다시 고성의 대화를 이어간다.

'식객2-김치전쟁', 재미가 없다. 감동도 없다. 그리고 무엇을 말하려 하는지 메시지도 뻔하다. 무슨 내용을 전달하려고 하는지는 아주 쉽게 알 수 있게 만들었는데, 궁극적으로 재미가 없다. 게다가 미스 캐스팅의 극치다.

국가가 정책 사업으로 하고 있는 이런 한식 관련 영화는 최고의 배우와 스텝으로 구성을 해도 될까 말까 한데, 참 헛된 수고에 박수를 보낸다. 성찬 역에 이병헌 씨가, 장은 역에 문소리 씨, 그리고 어머니 역에 김혜자 씨가 맡았다면, 같은 스토리로도 더 깊은 메시지 전달이 되었을 것이다. 또 한국에 관심 있는 다른 나라들에서 쉽게 수입할 것이고 쉽게 한식, 그것도 김치를 알릴 수 있었을 텐데 말이다. 실리도 명분도 다 잃어버린 어수룩한 영화임에 분명하다. 마치 다금바리를 가지고 사료를 만들어 버린 듯한 느낌이다. 그래서 이런 영화를 일명 '쓰레기 영화'라고 하는 것이다. 그만큼 한국엔 혼을 가지고 연기하는 배우가 없다. 또 기획에 충실한 영화를 만들고나 있는지 의심스럽기만 하다.

영화를 끄고 잠시 잠을 청하려다 침을 튀기며 말씀하시던 노부인의 이야기 중 "우리나라 88 올림픽 이후에 정말 많이 발전했어."란 말이 계속 머릿속을 맴돈다.

  그건 한국의 자랑이다. 우리 한국인에게 기회란, 한국인이 얼마나 집중할 수 있는지를 가늠할 수 있게 하는 한 단면인 것이 분명하다.

  비행기의 방송 서비스가 끝나고 고도를 낮추어 갈 즈음, 승무원을 불러 칭송 레터를 달라고 부탁하니 불편한 것이 있었냐고 다짜고짜 죄송하단 말부터 한다.

  '내가 인상이 안 좋은 건 알겠는데, 아는 사람에게 들은 바가 있어서 그런 거예요.'

  "아니오. 정말로 칭송 레터 쓰고 싶어서 그런 거예요."

프랑크푸르트 공항은 아직 수동 전광판을 쓴다. 탁탁탁탁 돌아가는 소리가 참 재미있다.

  다른 승무원이 또 와서 같은 질문을 하고, 이번에는 제법 높아 보이는 승무원이 와서 같은 질문을 또 한다. 상황이 그랬던 만큼, 자신들도 뭔가 찜찜했던 모양이다. 한 면을 채워 넣고 긴 시간 편하게 잘 왔다고 고맙다고 하니, 그 높은 직책으로 보이는 분이 직접 와서는 고맙다고 한다. 민망하게도 말이다….

예전에 승무원으로 일하던 그 많던 그녀들은 다 어디로 갔을까. 현이의 승무원 친구(계약직이었다가 정규직으로 전환된 친구) 얘기로는, 일부 항공사는 칭송 레터를 가지고 계약직에서 정규직으로 전환시키는 데 잣대로도 사용한다고 하고, 근무 평가에 반영을 한다고 한다. 그러니 좋은 기억으로 남을 서비스를 받은 느낌이라면, 10분만 짬을 내어 그들에게 도움을 주는 것이 그들에게도 일한 보람을 느끼게 해줄 것이다. 그리고 그런 느낌을 주는 내 마음도 행복해질 것이며, 결코 헛된 일은 아닐 것이다. 사실 이번 비행에서 주변 사람들은 힘들게 했지만, 아시아나 승무원들은 매우 프로답게, 그리고 슬기롭게 일하는 것을 보았다. 거기에 나는 작은 감동을 받았고, 그것을 글로 전했을 뿐이니까….

비행기가 착륙하고 입국장을 나와 보니 앞이 캄캄하다. 시간을 거슬러 올라가고 서머타임까지 적용되어 프랑크푸르트는 오후 5시가 조금 넘은 시각이다. 내일 오전 5시 15분 비행 편을 이용하자니 도심으로 나가 숙소를 잡기도 여의

명당(?) 자리를 차지한 여행자의 모습이다. 그만큼 공항이 열악하다.

치 않고, 그렇다고 공항 옆의 쉐라톤 호텔에서 25만 원 주고 8시간을 보내는 것은 나의 소비 유형과 맞지 않는다. 끌낭의 분리된 가방을 합쳐 놓고는 정처 없이 돌아다니다, 3층 한 편에 자리를 잡고 인터넷을 이용해 보려 했으나 유료 란다. 돈을 내야만 이용할 수 있도록 잠금 장치를 걸어 놓았다. 하루 8유로, 30일에 29유로라고 하니, 한국에서 인터넷을 맘껏 이용할 수 있는 현실이 얼마나 행복한 것인지 새삼 느끼게 해준다.

'한국의 인터넷은 정말 세계 극강 최고!'

잠이 몰려와 왠지 눕고 싶은 마음이 한없이 밀려오는 지금, 아직도 시간은 너무 일러서 내 앞을 오고가는 많은 사람들의 시선이 참 찝찝하다. 한참 딴 짓 하고 난 뒤에 시계를 보아도 겨우 저녁 8시 무렵이다. 다시 가방을 끌고 공항을 서성이기 시작한다. 이젠 안 가본 곳이 가본 곳보다 더 적을 정도로 말이다.

한국에서 떠나기 전 인터넷을 보니 이곳 프랑크푸르트 공항은 밤 11시가 될 무렵엔 모든 상점과 음식점들이 문을 닫는다고 하던데, 아니나 다를까, 9시가 넘어가니 혁혁히 줄어든 출국장 사람들은 썰렁한 분위기로 날 이끌어 준다.

그 어느 곳을 가서 인터넷을 시도하려고 해도 무료 인터넷은 쓸 수가 없고, 1시간에 8 유로를 내고 할 수 있는 것만 가능하다. 한 시간에 13,000원. 여행객들에게 인기 없는 무미건조한 공항이라는 혹평을 듣는 이유 중의 하나이리라. 왜 많은 여행자들이 독일이 아닌 다른 나라 대도시의 공항으로 여행의 중간 기착지를 삼는지도 이해가 간다.

사실 프랑크푸르트에 있는 2개의 공항과 뒤셀도르프, 베를린, 뮌헨, 함부르크 등의 국제공항은 대단히 많은 여객을 운송하고 있고, 그 가격도 매우 저렴한 수준이다. 공항에는 Last Minute 할인 항공권을 판매하는 여행사나 항공사들이 체크인 카운터 숫자에 버금갈 만큼 있다. 독일이 운영하는 항공사의 항공기 시설은 검소하지만 안락하게 되어 있다. 그럼에도 외면 받는 것은 전 세계 국가 중 가장 많은 해외여행을 하는 독일인 자체가 이용하는 빈도가 매우 높기 때문에, 굳이 다른 나라를 위해 방식을 바꿀 필요가 없어서일 수도 있겠다는 생각을 해본다.

 여행과 결혼한 남자

프랑크푸르트 공항에서 그나마 호기심 가는 조형물.

'돈을 찾을까? 음식을 좀 사먹을까? 유료로 인터넷을 할까?'

불필요한 작은 고민들을 해가며 시간을 보내다가 제법 안락할 수 있는 의자에 앉아, 성진이가 여행 전 무료함을 달래라고 준 PMP를 꺼내든다. 이것이 참 요긴하게 시간을 보내게 해준다. 그 안에 들어 있는 일명 '일드'라고 하는 일본 성인 드라마가 적지 않게 재미를 주고 무료한 시간을 잘 해결해 주고 있다. 주변에서 힐끗 쳐다보는 야릇한 시선이 느껴지는 가운데, 4~5년 전의 드라마이긴 하지만 'Glory Days'를 본다. 처음 접한 'Glory Days'는 일본인 특유의, 사생활을 손숭하면서 봉착한 문제를 풀어 나가려 할 땐 합심하는 성향을 잘 보여주고 있다. 그 유명한 소라 아오이와 그녀와 견줄 만한 유명한 AV 배우들이 대부분 연기를 하는데도, 일본 특유의 다소 과장된 오버액션만 제외하면, 그들의 연기는 놀랄 만한 수준임에 틀림없다. 일명 '났다'고 하는 몇몇 특 A급 연기자를 빼곤 참 많은 대다수가 아직도 국어책을 읽고 먼 산 보고 나불대는 수준의 연기력인 한국 희극배우들로 봐선 더욱 비교가 된다.

한국의 에로 영화라고 하는 장르의 배우들이 그 정도만의 연기력이라도 가지고 있다면, 분명 그들도 관능적인 매력 이외에 다른 부분으로도, 그리고 연기자로서 오랫동안 사랑받을 텐데 말이다. 그들이 홀대받는 연기자인 이유는, 아주 특별하지 않은, 그저 그런 여성의 몸매를 가지고 카메라 앞에서 옷만 벗으면, 그것으로 자기들의 영역을 인정받아야 한다고 생각하고 있지는 않나 하는 생각이 든다. 그들이 가지고 있지 못한 것은 그들 스스로가 벗을 때와 안 벗을 때의 마음가짐이 다르다는 것이다. 벗은 몸에서 수치심이 느껴지는데 연기에 몰입할 수 없는 것이 어찌 보면 당연할지도 모르겠고, 그들의 한계가 거기까지라는 것을 보여주는 것일 수도 있겠다. 그나마 생명력 있는 몇몇은 전성기를 지나 잊혀졌다가 중년이 되어서야 빛을 어느 정도 보는 경우도 종종 있다. 이유는 간단하다. 그 나이 대에 마땅한 연기 자원이 없다는 이유이기도 하다. 그러기에 나영희, 이보희 같은 희대의 섹스 심벌들이 잉여 자원을 자청해 정장을 둘러 입고 머리를 볶아 가며 절제된 연기를 할 땐, 이미 절제됨이 없는 어색한 본능적 연기에 익숙한 이들에게 혼란을 준다.

프랑크푸르트(Frankfurt)에서
안탈랴(Antalya)로

5월 8일

잠이 쏟아지는 느낌으로 인해 들고 있는 PMP가 몇 번을 휘청거리는 통에 놀라 모자를 깊게 눌러쓰곤 잠을 청한다. 잠이 사르르 온다. 눈을 뜨고 시간을 보니 10분이 지나고, 또 잠깐의 시간이 흘러 보니 10분이 흘러가고 있다. 1시간여가 지날 무렵 온몸이 조금씩 부어오르는 느낌이다. 몸은 누워서 쉬라고 하는데, 그럴 곳이 없다는 것은 참 씁쓸하다.

아직은 다른 여행자들처럼 누울 수 있는 곳에 누울 수 있는 용기가 없다. 몸과 마음이 따로 논다는 그런 느낌이 이번 여행 중 처음 일어나고 있다. 허기가 질 만도 한데 빨리 비행기를 타고 싶다는 생각뿐이다. 너무도 자연스럽게 공항 한 편에 또는 바닥에 누워 잠을 청하는 사람들을 보니 스스로에게 자신감을 갖자고 주문을 외우게 된다.

뜬눈으로 하루가 바뀌었지만, 오늘은 한국의 어버이날이다. 내게 신 다음의 존재인 돌아가신 어머니를 지난 일요일 뵙고 떠나는 길이 다행스럽기만 하다. 자칫 생각을 잘못했지만, 누나가 바른 길을 마련해 준 덕이다. 해마다 새해가 될 때면 어머니께 뭔가의 약속을 드린다. 대부분 지키지 못하고 있지만, 그동안 몇 번 삶의 위기를 헤쳐 나갈 수 있게 된 것도, 몇 번의 기회를 잡을 수 있게 된 것도 모두 어머니가 내 안에서 아직도 함께하시기 때문이다. 온 삶을 아들에게 희생하신 그 어머니께 난 약속드린다.

"어머니같이 평생을 희생하지 않을 거예요. 대신 어머니가 너무도 좋아하셨지만 할 수 없었던 여행을 대신해 보여 드릴게요. 핑계 좋죠?"

새로운 곳을 가도, 익숙한 곳을 가도 내 두 눈은 항상 어머니와 즐겁고 행복한 마음의 대화를 한다. 미치도록 보고 싶은 어머니를 대할 수 있는 유일한 방법? 그것이 바로 여행이다. 그래서 지구상에서 여행보다 값지고 소중한 것은 아직 내게 없다.

상상 그 이상의 만족감을 준 콘돌 항공.

꾸역꾸역 시간을 보내고 새벽 3시가 넘어서야 검색대를 지날 수 있도록 한다. 자정을 지나 새벽이 되면 프랑크푸르트 공항은 청사 B에 있는 몇몇 게이트를 다른 곳으로 이전시킨다. 장거리 여행이 처음인 배낭 여행객들에겐 조심해야 할 함정과 같은 시간이다. 짧은 하루에 스탬프 2번을 그것도 유럽에서 받고는, 비행기에 몸을 맡기고 다음 목적지 안탈랴로 향한다.

천 소재로 된 의자에 오랜 만에 앉아서 그런지, 잠이 스르르 오고 비행기가 랜딩기어를 들어 올릴 무렵 다시 잠을 깬다. 그렇게 깬 잠을 다시 청하기가 쉽지 않아 또다시 생각과 몸이 따로 움직인다. 다시 PMP를 꺼내 조금의 시간이 흐를 무렵, 창밖의 구름 위로 태양이 떠오르고 있다. 그것을 카메라에 담고 싶은 마음 간절하지만 자리가 통로 쪽이다. 언제부턴가 주체하기 힘들 만큼 불어난 몸 때문에 답답해서 더 이상 창가에 앉아 있을 수가 없게 되었기 때문이다.

온 주변이 다 독일 사람들인가 보다. "아우프 뭐시기 뭐시기." "츠바인 뭐시기 뭐시기."라고 말하는 그들의 기분은 한층 좋은 것 같다. 한때 독일어 신동이었던 내가 독일어 책을 내려놓은 지도 10

그저 황량하다는 느낌만 드는 안탈랴 공항.

년이 훌쩍 넘었다. 이제 겨우 몇몇 생활회화 정도를 빼곤 알 수가 없다. 독일어에 다시 열정을 갖기로 작은 다짐을 한다.

'난 독일어를 참 잘했으니까. 한때 독일어로만 시험 보면 서울대 간다고 했었는데….'

그렇다 4: 뭔가에 재능이 있을 때 그것을 살리지 못하면 남는 것은 아쉬움과 남들에게 인정받을 수 없는 거짓말 같은 과거뿐이다.

3시간 30여 분을 날아간 콘돌 항공. 독일어로 먼저 기내 방송을 할 때 발음이 계속 '콘도'라고 하는 통에, 무슨 콘도 회사에서 운영하는 건 아닌가 하는 엉뚱한 느낌도 든다. 이 항공사를 알게 된 것은 2개월이 채 되지 않는다. 인터넷에서 찾은 이 항공사는 2가지의 특별한 프로모션을 진행한다. 첫째는 'Joker Flight'로서, 여행 장소를 알 수 없지만 정해진 날짜를 지정해 구매하고 나면, 그 장소와 출, 도착 시간이 정해지는 말 그대로 랜덤 티켓이다. 그리고 다른 하나는 'Catch a fly to…'라는 것이다. 이 항공은 시간과 티켓 수를 정해 놓고, 프로모션 가격에 불출하는 프로모션이다. 지금 나는 안탈랴(유럽 축구 클럽들의 인기 전지 훈련장으로 더 유명하다)를 첫 번째 프로모션인 'Joker Flight'으로 간다. 사실 날짜와 비행 편 스케줄을 살펴보면 내가 어느 도시로 가게 될지 알 수 있다. 지금의 항공 스케줄에는 이집트의 후르가다(홍해의 휴양지), 스페인의 마요르카(스페인에서 가장 큰 섬), 그리고 지금 가고 있는 터키의 안탈랴만이 적용된다. 하루에 3번씩 가고, 또 현재 구매가로 제일 저렴한 안탈랴가 낙찰된 것이다. 후르가다에 너무도 가고 싶었지만, 지금의 날짜에 항공 가격이 왕복 1천 유로에 달하니, 그런 항공권을 제공할 만큼 운영 상식이 없는 항공사는 아닐 것이다. 지금 가는 안탈랴를 15만 원에 결제했으니 말이다.

"여러분들께 안 좋은 소식 하나를 전해드립니다."

기장이 기내 방송을 한다.

"현재 아이슬란드의 화산재가 다시 폭발해 스페인 지역 일부 공항들이 폐쇄

되었습니다. 돌아가는 항공편 정보를 수시로 항공사와 연락하여 확인하시기 바랍니다."

'왠지 찝찝한 걸!'

그런 안탈랴에 드디어 도착하고 있다.

밖으로 보이는 주변에 온통 비닐하우스와 그와 관련된 계량 시설들이 즐비하다. 착륙한 공항은 터미널 1이 아니고 터미널 2다. 그저 황량한 공항. 1990년대 한국의 지방 공항같이 계단차를 비행기에 대고 버스를 타고 청사로 오는 시설이다.

여권을 줘도 남한인지 북한인지 물어보는 한심한 출입국 관리소 직원의 물음에 그냥 남한이라고 하고 도장을 받아 나오니 기분이 찝찝하다. 어느새 한국은 Republic of Korea보다 South Korea로 전 세계에 인식되어 가고 있다.

별다른 서비스도 없고, 나오자마자 쭉 늘어선 현지 여행사 가판대들만이 가득하다. 최소한의 편의 시설이 없는 이 공항이 검소하고 치장을 싫어하는 독일인들에게는 안성맞춤이겠다는 생각도 든다. 공항버스라고는 터미널 1의 Havas Shuttle이라는 버스 터미널까지 가는 버스만이 있다고 하는데, 그마저도 이곳 터미널 2에서는 탈 수가 없다. 여기저기, 공항의 구석구석을 두리번거리며 찾아봤지만 택시 외엔 다른 교통수단이 없다. 대부분이 패키지로 하는 여행객들이라, 현지 여행사들만이 입구에서 진을 치고 있을 뿐이다. 결국 공항 안내 데스크에 물어보기 위해 다시 보안 검색대에서 10여 분간을 땀 흘리고 씨름해서 들어가니 불길한 기운이 주변을 맴돈다.

"공항에서 인터넷 할 수 있는 곳 있나요?"

"없어요."

"그럼 공항에서 이 호텔까지 가려고 하는데, 택시 말고 다른 교통수단은 있나요?"

"없어요. 택시 타고 가세요."

"어느 정도의 요금을 생각하면 될까요?"

"25리라(1리라: 약 750원) 정도면 되고, 최고로 40리라면 되요."

눈이 부셔 선글라스가 없으면 제대로 보기 힘든 안탈랴의 도로.

속지 말자, 터키의 5성 레벨의 숙소.

"고마워요."

고맙다는 말에 쳐다보지도 않고 옆 사람과 잡담하는 사람의 모습을 봐선 참 남보다 못한 형제 국가구나 하는 생각도 든다. ATM에 가서 80리라를 찾았다. 여행을 시작하면서 처음으로 인출하니 늘 '합리적으로 여행하자' 라는 생각이 든다. 두리번거리기에도 지치고 후덥지근한 날씨에 짜증도 나고 발길은 저절로 택시 승차장으로 향하고 있다.

"이 호텔까지 얼마예요?"

"미터로 가요."

'오 미터기~~~.'

미터기라고 해서 탄 택시는 에어컨을 틀지 않는다. 유럽이라지만 이슬람을 신봉하는 중동 권역의 문화에 보다 더 가깝다 보니, 특유의 양파 썩는 냄새가 택시 운전기사의 양 겨드랑이 사이로 구역질 나게 올라오고 있다. 그것만이면 좋겠지만, 택시의 미터기 금액이 올라가는 속도가 조작된 몇몇 한국의 택시 수준처럼 매우 빠르다. 거의 만보기 수준으로 올라가는 미터기를 보면서 짐짓 놀랄 수밖에 없는 상황에 봉착하고 만다.

'나 뭔가에 당하고 있구나.' 라는 확신이 선다.

암만 비싸도 40리라면 최고일 거라는

그 말은 옛 말이 된 지 오래고, 어느새 50을 넘어서고 있다. 도착한 호텔에서 최종적으로 확인할 땐 56.65리라. 분명 잘못된 계산이겠지만 그냥 별 생각 없이 60리라(약 45,000원)를 주니, 그제야 얼굴이 해밝아진다.

호텔에 도착하니 12시. 2시가 넘어 체크인이 된다니 소파에 앉아 노트북을 편다. 다행히 인터넷이 된다. 느리지만 된다. 노트북을 쳐다보고 있자니 지나가는 사람들을 보게 된다. 패키지로 온 사람들이 많은지 호텔 주변을 설명해 주면서 자신들이 가지고 온 옵션 리스트를 보여 주며 판매에 열을 올린다. 계속해서 그룹들이 지나가는 가운데 4명의 한국인이 눈앞을 지나간다. 그들의 국적이 북한인지 남한인지 알기 힘들지만, 한 사람이 안탈랴에 도착했다고 전화하는 것을 듣고 나니 한국인임을 확신할 수 있게 된다. 여행하면서 한국 사람과 가급적이면 말을 하지 않는 나이지만, 이런 곳에 4명의 남자가 왔다는 것이 희한해 말을 걸어볼까 하다가 순간 머리를 스쳐 지나간다.

'괜히 말했다가 북한 사람이면 큰일 난다, 혁아~.'

다른 사람들처럼 나도 빨리 체크인될 수 있을까 하는 생각에 리셉션으로 다가가 순서를 기다리고 있자니, 영국 영어 억양이 폭발적인 부부가 체크아웃 연장 신청으로 인해 직원과 실랑이를 하고 있다. 예약 서류를 모두 전달하고 바로 옆에 자리를 잡고 기다리는 와중에 보니, 여직원이 영국인들이 말하는 것을 이해하지 못하고 있다. 전혀 다른 말을 하고 다른 행동을 하며 매니저만 찾고 있다.

"지금 우리가 뭐라고 말하는지 이해하고 있어요?"

"네 그럼요."

"그럼 내일 우리 체크아웃 연장 신청은 받아들여진 건가요?"

"네, 내일 아침에 와서 다시 말씀하시면 되요."

"당신이 하루 전에 신청해야 한다고 방금 전에 말했잖아요?"

"매니저가 내일 아침에 오면 된다고 합니다."

"내일 아침 몇 시요?"

"음, 9시요."

"흠, 당신 내가 한 말 이해 못 하고 있어요."

"아니에요. 무슨 말씀인지 이해해요."

그렇게 헤매는 와중에 나의 체크인 서류를 만지고 진행을 하려고 한다.

"옆의 부부 먼저 하세요."

"아~, 옆의 분이 이것 먼저 하랍니다."

"네~?"

"이쪽 먼저 끝내세요. 기다리고 있잖아요."

화들짝 놀란 내가 말을 했는데, 그 말도 이해하지 못한 것 같다. 계속 내 체크인 수속을 하고 있으니 말이다. 뭔가 착오가 있는지 옆의 다른 직원이 내게 레스토랑 출입 팔지를 주고는 먼저 식사하고 와서 체크인하란다. 완벽하지 않은 영어를 구사하는 내가 봐도 무슨 말인지 못 알아듣고 있으면서 앞에서 다른 대답을 하는 그 여직원이 참 딱하다. 영국인들이 보다 못해 지쳐서 포기하고 뒤돌아서 한 마디 한다.

"You are so ridiculous, but anyway thanks."

"천만에요."

앞의 말은 못 알아듣고 고맙단 말에 얼굴이 활짝 핀 여직원을 보니 참 측은하다. 이런 일련의 일을 보면서 이곳이 말만 5성급이란 생각에 확신이 들기 시작한다.

레스토랑에 들어가 식사를 하기 위해 테이블에 앉아 전체를 둘러본다. 이 Sea Life 호텔을 선택한 이유 중 하나는 'All Inclusive', 즉 3식 뷔페로 제공된다는 것이다. 그런 먹거리 걱정을 덜고 맘 가는 대로 하고 싶었던 것이 이 호텔 선택의 최우선 사항인 것이다.

허기진 배에 이것저것 들어가면서 느껴진다.

'향신료 엄청 쓰는구나. 이렇게 일생을 먹으면 없는 암내도 저절로 생기겠다.'

공짜로 주는 맥주와 다른 주류에 끝을 모르는 식탐이 피어오를 것만 같았는데, 언젠가부터 술에 별 흥이 없어진다.

그렇다 5: 술은 누군가와 함께할 때 그 맛이 정점에 이르는 것이기 때문에 혼자 마실 때는 목적을 반드시 정해야 한다. 잠을 편히 잘 수 있게 만들어 주는 수면제 대용인지, 용기를 북돋아 주는 용맹제인지….

안 먹어도 어떤 맛인지 알 수 있는 향에 정신이 혼미하다. 식사를 마치고 돌아와 특유의 똥 폼으로 소파에 기대고 있자니 방 열쇠를 흔들며 일찍 들어가라고 일러준다. 됐다고 사정을 해도 벨 보이는 내 말을 그저 흘려 버리고 끌낭을 들고는 엘리베이터에 같이 타곤 뭔가를 말하려 한다.

"안탈랴 처음이세요?"

"네."

"어때요?"

"그냥 형제 국가 같아요."

"형제 국가요?"

"네, 그렇게 생각 안 돼요?"

난 터키가 형제의 나라 같으니까.

'정말 말만 5성급이구나. 서울의 을지로 코업과 별반 차이 없는 이 방이 5성급이라니 후후후.'

발코니로 바람 하나는 무섭게 들어오는 안탈랴의 Sealife 호텔.

욕조에 물을 받고 침욕을 하려는데, 물 받침이 고장 났는지 계속 물이 빨려 내려간다. 에어컨을 0도에 맞추고 냉랭한 기분을 느끼고 싶었는데, 에어컨은 돌아가는 소리만 들린다. 결국 샤워만 하고 나와 몸을 말려 TV에 눈을 가져간다. CNN과 BBC를 빼곤 모두 현지 방송이다. 지금에서야 알았다. 인터넷으로 접속 자체가 안 되는 사이트가 수두룩하다. Arts, Entertainments, Porn graphics 등이라 명명하고는 아예 접속 자체가 되지 않는다. 구글에서 지도를 다운받으려 해도 접속이 차단된다. 네이트가 되는 것이 얼마나 고마운지 모를 지경이다.

피곤에 지친 몸에 스스로 잠이 몰려온다. 바보같이 저녁 식사에 집착하는 생각과 그냥 자자는 몸이 싸우고 있다. 몸이 그 정신을 이겨 버렸는지 어딘가에서 시끄럽게 들려오는 음악들은 어느새 고요하게 들리고, 바람 소리로만 여겨진다.

5월 9일

일상에서 정해진 삶을 살아가느니,
단 1%의 가능성이 없더라도 신세계를 찾아 나는 남들과 다른 삶을 살겠다.

눈은 어두운 밤에 떠진다. 현지시각 새벽 4시.

'성공했다.'

시차쟁이로 소문난 내가 이 정도라면 성공한 것임에 틀림없다. 인터넷을 켜고 앉아 있자 누나가 네이트온으로 건강을 물어본다. 유일한 혈육인데 서로 건강 때문에 자주 다투고 그것으로 오해도 많다.

샤워를 마치고 나니 아침 식사 시간이 다 되어 간다. 이 레스토랑을 조금씩 사랑해 주고 싶은 생각이 든다. 내 사랑 반숙 씨가 아주 많이 계시다. 신선 채소 군들과 반숙 씨로 뱃속의 곳곳에 일용할 서비스를 제공해 준다. 1년 중 300일 이상 뜨거운 햇볕이 내리쬔다는 이곳 안탈랴. 레스토랑 밖으로 보이는 해변

유리창에 대고 찍어도 이 정도의 햇빛은 기본.

에 햇살이 가득하다. 식사를 마치고 돌아와 다시 샤워를 하고 침대에 눕자 아직 제 정신이 아닌 컨디션에 잠이 정신없이 쏟아진다. 식사를 하는 순간에도 땀은 쏟아져 내린다. 에어컨을 틀지 않고 지중해 바람으로 대신하려는 관광객들이 많기 때문인지는 모르겠지만 인공적인 시원함, 즉 에어컨의 강렬한 자극을 느낄 순 없다.

땀이 송알송알 맺힌 채 식사를 마치고 다시 샤워기에 몸을 기댄다. 그리곤 죽은 듯 쏟아지는 잠을 받아들이고 눈을 뜬 시간이 오후 1시. 몸살 기운인지 무엇인지 몸속에서 격한 반응이 일어난다. 이런 느낌이 식사를 장 챙겨야겠다는 생각이 들게 해서 무거운 몸을 일으켜 레스토랑으로 간다. 식사를 시작한다. 아침에는 밥이 없는데 점심에는 있다는 것이 좀 이상하다. 어제 점심과 같이 향신료가 가득해서 그런지 사람의 몸 냄새는 나지 않는다. 시원하지 않은 레스토랑에서 식사를 하자니 또다시 땀이 주르륵 흘러내린다. 또다시 샤워를 하고 쏟아지는 잠을 다시 청한다.

눈을 다시 뜨니 7시. 다시 레스토랑으로 간다. 저녁이라 그런지 앉을 자리가 없을 만큼 사람들로 붐벼난다. 어머니날이라고 테이블마다 카네이션이 놓여 있다. 맥주 2잔을 마시고 나니 몸이 핀치로 몰리는 기분이다. 늘어진 하루가 이렇게 가고 있다. 또다시 잠이 몰려온다. 식사를 하고 샤워를 한 것 외엔 아무것도 한 것이 없는 하루가 흘러가고 있다.

'이런 것을 원했어. 하지만 어딘가 아프다.'

5월 10일

하루가 허망하게 가는 것은 내가 택한 바요, 1년이 헛되게 가는 것도 내가 택한 바다. 고로 삶의 우여곡절은 대부분 나 스스로가 인지하지 못하는 내 선택에 의해 변해 간다.

눈이 떠진다. 새벽 4시 30분. 어제 늘어져서 보냈더니 지난 며칠간의 긴장이 많이 해소된 기분이다. 아파서 몸살이 올 것만 같던 어제를 지나 오늘은 어디든지 돌아다녀 볼 심산에 인터넷으로 안탈랴의 관광 명소와 볼 만한 것들을 확인해 본다. 하지만 별반 흥미로울 것이 없는 것 같다. 도시를 연결하는 트램을 이용하기 위해선 이 호텔에서 약 1시간을 걸어가거나 아니면 택시를 타고 가야 한다. 그 트램을 오늘 반드시 졸업하겠다는 생각으로 하루를 연다.

한때 남한테 손가락질하던 짓을 내가 하고 있다. 음식을 접시에 담아 두고 사진을 찍는 일이다. 유치하다고 생각했던 그 행동을 내가 하고 있다. 마치 죄인 같은 느낌이 드는 것이 참 못 할 짓이다. 적어도 내게는 말이다.

유일하게 남은 아침의 과식인 달걀을 잔뜩, 아주 심할 정도로 몸속에 담고서는 나갈 준비를 한다. 갑자기 인터넷이 되지 않는다. 답답하다. 어느 샌가 나에겐 인터넷 없이 살 수 없는 그런 상황이 되어 버린 지 오래다. 이것을 사이코패스라고 표현할 수도 있을지 모르겠지만, 나에겐 대부분의 정보와 지식의 습득 창구가 되어 버렸고, 사람을 사랑하고 미워할 수 있는 내 감정의 이면이 되었으며, 때론 친구보다 애인보다 더 즐겁게 해주는 곳이기도 하다. 그래서 우스개로 물어보는 질문에 나는 말한다.

"무인도에 혼자 살아야 하는데 3가지만 가지고 갈 수 있다면 무엇을 가져갈 거야?"

"영원히 고장 나지 않고 영원히 충전이 필요 없는 노트북, 이 세상에서 가장 빠르고 바이러스가 걸리지 않는 인터넷, 그리고 건강."

그렇게 3가지만 있으면 세상 모든 것을 다 할 수 있고 다 가질 수 있을 것 같다고 하니, 친구들은 내게 하나같이 미친 인간 2기라고 한다. 1기는 그런 생각만 가지고 있는 사람을 말하고, 2기는 할 것 같은 사람을 말하고, 3기는 실행에 옮기는 사람이라고 한다. 내가 하는 행동이 그냥 허투로 말로만 들리지 않아 나보고 2기란다.

'어느새 난 4차원을 넘어가고 있나?'

기분이 묘하지만 그 답을 알고 싶지도 않고 알려고 노력하지도 않을 거다.

리비에라의 칭호를 받을 만한 곳이다. 이정표는 무슨 말인지~.

호텔 앞의 ATM에서 100리라를 인출했다. 신용카드를 인식하면 그 신용카드의 신원이 완전히 밝혀지는지, 2~3초가 지나면 'Welcome Mr. MOON' 이라고 표시되는 것이 아직까지는 신기하다. 근래 몇 년 전까지만 해도 이런 것을 본 적이 없는데, 참 세상이 빠르게 좋은 쪽으로 발전하고 있다.

지중해 태양이 살인적으로 내리쬐는 길거리로 나와 걸어가면서, 왠지 내가 지금 걸어가고 있는 상황이 나중에 바보 같은 짓일 거라는 생각이 절로 든다. 묵고 있는 호텔은 올드 타운 근처도 아니고 주변은 리조트, 호텔 그리고 바다뿐이다. 이 바다를 이곳 사람들이 그렇게 말하는지 다른 사람들이 말하는지 모르겠지만 'Turkish Riviera' 라고 부르고 있다. 해변의 거친 자갈들과 늘어선 파라솔을 보니, 그런 것 같기도 하지만 왠지 인정하고 싶지 않은 느낌이다.

그렇게 10분을 걸어가서 온몸이 땀으로 범벅되는 나 자신을 본다.

'그래 지나가는 버스를 타보자.'

나 자신과 쉽게 타협을 해버린다. 가는 방향의 지명이 앞에만 작게 보이는 미니버스가 이곳 안탈랴에는 참 많다. 그 중에 제일 먼저 오는 버스를 타고 10 리라를 들이밀었지만 받을 생각을 하지 않는다.

'뭐야? 내릴 때 내는 건가?'

그냥 자리를 잡고 내리는 지점이 다가오기만을 기다리고 있다. 내가 있는 곳은 Konyaalti 14란 것을 버스를 타면서 알게 되었지만, 양파 썩은 냄새로 가득한 버스 안에는 노선 안내나 정차를 요청하는 벨을 찾아볼 수가 없다. 그냥 내릴 때 뭐라고 말을 하고는 내린다. 한참 가고 있는 버스가 인터넷에서 보았던 오른쪽으로 가야 할 길을 놔두고 전혀 상상하지 못한 왼쪽으로 방향을 틀고 어딘가로 향한다.

'이런, 당황스런 상황!'

고속도로같이 생긴 곳을 한참 달리다가 버스가 선다. 황급히 운전석으로 가서 지폐를 들이밀고 내리겠다는 시늉을 하자 손가락으로 돈을 바닥에 두라고 한다. 그리고는 돈을 거슬러 준다. 요금이 1.5리라다.

생각했던 곳과는 상당히 멀리 떨어진 곳에서 다시 걸어간다. 땡볕이지만 그늘을 지날 때면 시원한 지중해 바람도 기분을 상쾌하게 해준다. 한참을 걸어가다 안탈랴 박물관에 도착했다. 그 앞에서 날 반겨준 현판 하나는 'Closed Monday' 였다.

다시 가고 싶지 않은 그곳인데…. 앞이 트램의 출발지이기 때문에 들어가 본 박물관에는 기억에 남지도 않을 것 같은 내 작은 흔적을 남기고 해안 절벽가로 향하기로 하고 방향을 돌린다.

'음~, 제법 리비에라(Riviera)라고 할 수도 있겠군.'

그 해안으로 보이는 모습이 프랑스 남부의 프렌치 리비에라(French Riviera)와 흡사하여 그곳과 비교될 만하다. 니스의 그것보다 조금 다른 특색은 해안가 너머로 낮지 않은 산봉우리들이 곳곳에 서 있다는 점이다. 가만히 이곳에서 보고 있자니, 이 지역엔 아주 오래 전부터 전쟁 역사가 참으로 많았을 것만 같은 생각이 든다.

바닷물이 깨끗하다. 아주 심하게.

트램이 다가온다. 신식이 아닌 오래된 올드 트램이라고 명명한 것이 온다.
역시 돈을 들이미니 바닥에 두라고 손으로 가리킨다. 이 나라의 풍습인지도 모
를 일이다. 트램 요금 1.25리라를 낸다. 이것에 대한 정보를 얻을 땐 어느 누구
는 1.75리라라고 하고 어떤 이는 1.5리라라고 하는데, 어떻게 이렇게 다를 수
있는지….

분명한 것은 요금을 내고 티켓을 받은 바로는 1.25리라라고 분명히 적혀 있
다는 것이다. 종착지인 박물관에서 출발해서 한참 걸릴 것 같던 이 트램은 30
초도 되지 않아 다음 역에 도착하고 또 다음 역에 도착한다. 빠르지 않고, 지루
하지 않게 이동하는 트램이 시내 중심가이자 관광객이 가장 많이 찾는 곳이라
는 칼레카프스(Kalekapisi)에 도착한다.

안탈랴에는 Old & New의 전동차가 공존한다. 지금은 Old 전동차.

대부분의 승객들이 내린 이곳에 같이 내려 주변을 두리번거린다. 앞의 해안
가 요새의 옛터가 보이고 유명한 첨탑이 있다. 그 뒤로는 상점들이 가득하다.

해안가 절벽에는 옻나무가 상당히 많이 심겨져 있다. 무엇에 쓰는지 물어보
려 해도 그것을 대답해 줄 수 있는 사람을 찾아볼 수가 없다. 이곳에 사는 현지
인들은 이곳이 유럽에서 손꼽히는 관광지임에도 대부분이 외국어를 못 한다.
하지만 어려움 없이 살아간다. 외국인들이 찾아오는 곳이지만, 가지고 있는 천
혜자원이 있기 때문이기에 아쉬움이 없다. 외국인들이 아쉬워서 오는 곳이지,
이곳에서 매달리는 곳이 아니라는 말이다. 그런 면에서 보면 한국이 관광객 한

올드 타운은 대부분 예전의 모습을 유지하려 애쓰고 있는 모습이다.

명 한 명을 소중하게 여기는 그것과는 참 다르다. 요즘 말로 '쏠까말' 이라는 표현이 있다.

'그래 솔직히 까놓고 말해서, 한국이 여행의 기본 4대 요소에 맞는 것은 참 없지.'

위치, 접근성, 가격, 그리고 숙박에 개발 또는 보존 정도까지 더해서 비교 평가를 해보면 한국은 과연 어떤 관광 메리트가 있는가? 또 관광의 연계성이 있는가? 방문자의 성향을 파악하고 관광지를 개발하고 있는가?

그렇다 6: 한국의 숙박은 비싸고, 한국 행 교통도 비싸고, 한국의 음식은 접하기 어렵고, 한국의 인종 역차별은 매우 심하고…. 결국은 한국이란 나라를 경험하고 싶어도 마음의 결정을 하기엔 많은 장애물들이 있다는 것은 부정할 수 없는 현실인 것이다.

이곳 안탈랴의 경우, 1년 중 300일 이상이 날씨가 항상 '맑음'이라고 한다. 1년 중 300일 이상이 우중충한 날씨인 영국과 독일 그리고 러시아의 관광객들이 이곳을 사랑하지 않을 수 없는 이유를 제공해 준다. 또 저렴한 저가 항공사를 과감히 오픈하여, 그들의 자본을 이용해 이곳 안탈랴의 숙박 시설에 개발을 이끌어낸다고 한다. 관광객들에게 필수품(Must Have)인 트램도 독일에서 기증한 것이고, 숙박 시설은 독일과 영국의 건설업체를 통해 대부분 건축되었다고 한다. 자국 자본이 건설한 휴양지를 찾아가는 것은 어쩌면 너무도 쉽게 결정할 수 있는 선택이다. 이것이야말로 최적의 관광 조건이 아니고 무엇이겠는가? 그것에 비해 우린 참 우울하기만 하다. 볼 것 없는 싱가포르에 가면 한국 가이드들이 꼭 이런 말을 한다.

"저기 보이는 건물이 쌍용 건설에서 지은 것이고, 반대쪽으로 보이는 빌딩이 현대 건설에서 지은 것입니다."

오죽이나 관광으로 설명할 것이 없으면 그런 것까지 돈 100만 원 내고 가서 들어 줘야 하느냐 말이다.

시간을 거스르는 기계, 항공에 대해 말하면 더 열불 난다. 프랑크푸르트에서 이곳까지의 왕복권을 모든 세금과 부가 비용 포함해 약 15만 원에 구입했다는 것은 한국, 일본 그리고 중국의 폐쇄적인 항공 운수업의 현실이 관광객 수요에 부정적인 영향을 미친다는 것을 알아야 할 필요가 있다는 말이다. 4시간 남짓 비행하는 이곳을 말이다. 이런 현대 사회에서 원하는 기본적인 것이 이뤄지지 않고서는 요즘 시대에 외국인 관광 유치를 늘리는 것은 시작부터 거대한 암초에 맞닥뜨릴 수밖에 없다.

한국의 저가 항공이라고 하는 제주 항공, 부산 에어, 이스타 항공, 진 에어 등이 제시하는 가격은 대한 항공과 아시아나 항공의 눈치를 보며 그들의 70~80% 가격으로 판매하는 수준에 불과하다. 그것도 성수기가 아닌 비수기에 말이다. 서울을 출발해 1시간 30분 전후로 도착하는 후쿠오카, 도쿄, 오사카, 베이징, 상해 등과 제주도가 현실적으로 항공비에서 달라지는 것은 공항 이용세와 보험 정도이고, 그것은 3~5만 원을 초과하지 않는다. 그런데 그 노선의 항공비를 제주도에 적게는 3배, 많게는 5배 이상까지 받는 것은 분명 잘 못된 것이다. 저가 항공사라고 말하는 것 자체가 민망하다. 더욱 한심하고 웃 기는 것은 저가 항공사들이 여행사와 손잡고 패키지를 만든다는 것이다. 전 세 계 그 어느 저가 항공사도 자신들이 만든 패키지가 아니고서는 일반 여행사와 함께 상품을 만들지 않는다. 물론 관광 후진국에서 가능한 이런 현상이 일어나 고 있다는 것은, 아직 우리나라의 여행 문화가 후진국의 그것을 벗어나지 못한 단계임을 부인할 수 없게 하는 사실이다.

위와 같이 저가 항공사가 여행사와 손잡으면, 그것이야말로 말 그대로 '저가 패키지'의 결정판이 아니고 무엇이겠는가? 말하는 입과 행하는 의지가 따로 노는 바보 같은 상황인 것이다. 그럼에도 불구하고 폭리를 취하는 항공사들의 부채가 300~400%나 된다는 것이 놀라울 뿐이다. 결국 기본을 벗어난 한국의 관광은 획기적인 기획과 장기적인 투자와 연구 개발이 이뤄지지 않으면 발전 의 한계가 눈에 뻔하다.

'괜스레 씁쓸하구면.'

몇몇 소중한 사람들을 위해 이곳 안탈랴에서 뭔가를 구입하려는 의지를 가 지고 유심히 살펴보지만 특별한 것도, 특이한 것도, 또 가치 있는 것도 쉽게 찾 아볼 수 없다. 내 눈으로 보지 못한 것이 대부분이겠지만, 어딜 가도 쉽게 볼 수 있는 것들이 대부분일 뿐 내 눈을 끌어들이는 것은 없다. 지니가 나올 것 같 은 아라비안 주전자가 눈에 들어오지만, 남은 기간에 가지고 이동할 것을 생각 하니 끔찍하다. 사실 실용성이 떨어진다.

'어느새 나도 쓰임을 따지는 그런 사람이 되었나?'

걷고 또 걷고 사진을 담고 걷다가, 올드 타운을 벗어났다가 다시 그 중심부 로 들어간다. 그 안은 대부분 숙박 시설과 기념품 상점, 그리고 레스토랑으로 채워져 있다. 해안가로 보이는 풍경은 그 옛날 페르시아 시대의 격렬한 전쟁을 상상할 수 있게 포탄 흔적들이 가득하다.

"자퐁?"

한 상인이 일본 사람이냐고 묻는다.

"아니오."

"꼬레아?"

"네."

"안녕하세요?"

제법 정확한 인사말을 한다. 그리곤 하는 말이

"우리 할아버지 한국에 살아요." 한다.

"아~, 네."

미소를 주고 돌아선다. 세계 어디를 가도 동양인 관광객을 보면 제일 처음 하는 말…, "일본 사람이세요?" 주변 사람들은 나를 악덕 화교같이 생겼다고 말하곤 했었는데, 외국 사람들의 눈에는 내가 일본 사람같이 생긴 건지, 아니면 누구에게든 그러는 것인지 모르겠지만 늘 일본인이냐고 먼저 묻는 게 일반적이다. 그런 것을 볼 때 일본은 참 빠르게 외국에 나가서 자신들만의 여행 문화를 만들어 나간 것이 부럽다. 한국이 1980년대 이후부터 줄곧 따라하고 있는 모든 해외여행 문화 대부분이 일본 것을 모방한 것들이라는 사실을 아는 사람은 그리 많지 않다. 마치 새우깡의 원조가 우리나라 것이고, 빼빼로가 한국에서 처음 만들어진 것으로 알고 있는 거의 대부분의 사람들처럼 말이다.

'좋은 것이든 나쁜 것이든 무조건 빨리 경험해 보는 것이 덜 후회스러워.'

그렇다 7 : 후회하며 살기 싫은 내가 일본 사람이 부러운 이유 중 하나는 발 빠르게 미지의 세계로 나아간 그들의 도전 정신이다. 수치심을 버리고서 말이다.

목젖이 말라 간다. 뭔가 시원한 음료를 원하고 있다. 눈앞에 들어오는 시원한 생수, 콜라, 아이스크림…. 그런 것을 접하기 위해 이렇게 목이 마르도록 걸었던 것은 아닌데 말이다. 길을 걷는데 스타벅스가 눈에

전동차가 있는 이곳을 보면 외국이란 생각이 든다.

들어온다. 왠지 모를 기대감에 무작정 안으로 들어가는 것을 보면 나도 어느새 커피를 즐기는 사람이 아니라 커피에 중독된 사람으로 변해 버렸는지 모른다. 상쾌한 기분으로 아이스 아메리카노를 시켜 들고 목젖 안으로 쭉 밀어 넣는다. 그 맛이 양미간을 찌푸리게 한다.

'커피 볶은 지 한참 된 것이구나.'

커피향이 충분치 않고 퀴퀴하게 '쩐' 냄새가 나는 것이 5리라의 지출을 슬프게 한다. 하지만 에어컨이 있는 몇 안 되는 공간에서의 휴식은 지친 내 다리들을 보살펴 준다. 요즘 젊은 세대들끼리 하는 '쩐다'가 어디서 나온 말인지는 모르겠지만, 그런 말을 들을 때마다 '쩐 내'라는 찝찝한 상태의 느낌이 계속 떠오르는 것을 보면, 말을 경박스럽게 하는 걸 자제하긴 하는가 싶은 생각이 들기도 한다.

'하긴 나도 이제 적지 않잖아…'

전동차가 있는 이곳을 보면 외국이란 생각이 든다. 얼음만 남은 플라스틱 컵을 들고 트램 정류장으로 향한다. 기다리는 동안 벤치에 앉아 불어오는 지중해 바람을 맞으며 마음을 평안히 가지고 있을 무렵, 커플로 보이는 두 사람이 옆에 앉는다. 테이크아웃을 한 뭔가를 열심히 만지작거리다가 주섬주섬 먹는다. 앞에서는 '시네마천국'에 나올 것만 같은 아저씨들이 또 다른 벤치에 앉아 쉼없이 이야기를 나누고 있다.

어떤 노인이 앞으로 지날 즈음 옆에 앉아 있던 커플이 자리를 비켜 주며 앉

광장히 유명한 사람의 이름을 딴 지하 도로.

으라는 제스처를 취한다. 그러고 나자마자 트램이 들어온다. 사람이 제법 있어 앉아서 갈 수 없는 상황이다. 기둥에 기대서서 주변을 둘러보자 또 다른 노인이 내 앞에 서 있다. 앉아 있는 한 학생이 자리를 비켜 주고 앉으라고 또 뭐라고 말을 한다.

'참 낯설지 않다, 이런 모습. 많이 다른 얼굴을 가지고 사는 터키인들이지만…, 돌궐과 고려는 같은 문화다!'

아쉬움이 이상하게도 없는 그 시내를 벗어나 박물관 종점에 다시 도착한다. 눈앞에 보이는 많은 택시들 중 하나를 잡아타고 호텔로 출발한다. 그 공항에서 출발한 택시처럼 미터기는 역시 그때의 것과 같은 속도로 요금이 올라간다. 에어컨 없이, 그리고 썩은 양파 냄새와 함께…. 호텔에 도착해 리셉션으로 가서 직원에게 천천히 말을 건넨다.

"현지인들은 택시 안 타나요?"

"거의 탈 일이 없어서 타지 않아요."

'역시, 외국인 관광객들이 주로 이용하는 택시를 굳이 현지 물가에 맞출 필요는 없지.'

늦은 점심 식사를 하러 레스토랑으로 들어가자 오늘 도착한 것으로 보이는 러시아 관광객들이 가득 들어차 있다. 레스토랑이 빈 자리가 없을 정도로 많은 러시아 단체 관광객들로 붐빈다. 식사를 간단하게 마치고 샤워를 시원 쌉싸래하게 하고 나니 하루가 벌써 다 간 느낌이다.

'오랜 만에 하루에 2~3번씩 샤워하네. 뽀송뽀송한 게 누군가 품에 있으면 좋아 죽으려 하겠군.'

TV에서 고든 총리가 사직을 하고, 미국에선 대법관을 지명한 것이 속보로 나오고 있다.

'알든 모르든, 이해를 하든 못 하든 그냥 CNN이고 BBC고 틀어 놓고 있으면 나도 모르게 영어 실력은 느는데 말이지. 한국에서 본방, 재방, 재재방을 하는 예능 프로와 드라마나 보는 한심한 짓을 3개월간 병원에서 했으니.'

호텔에서 'Grease' (1970년대 배경의 뮤지컬)의 사운드 트랙을 틀어 놓아 샤워를 끝내고 난 뽀송뽀송한 기분을 업(up) 시켜 주고 있다. 1시간여 동안 지루하지 않게 혼자 노래를 흥얼거리며 즐기는 이 시간이 나쁘지 않다.

'Grease는 참 나하고 잘 맞아. 'Rock of Ages' (1980년대 배경의 뮤지컬)와 쌍벽이지.'

배꼽시계가 어느새 호텔 식사시간에 잘도 맞아 간다. 저녁 식사를 위해 내려가 자리를 하고 잠깐의 생각에 빠진다. 며칠 있어 보니 때마다 나오는 식사의 형태가 크게 다르지 않다. 아주 나쁘지도, 그렇다고 훌륭하지 않은 적당한 수준의 식사가 제공된다. 하지만 지금도 의문인 것은 5성을 줄 정도까지는 아닌데 너무 과대평가된 것이 아닌가 싶다.

'아주 오래 전에 평가된 거 지금도 쓰나 봐.'

식사를 거의 끝내 갈 무렵, 또 한 가지 알고 있는 서양인 여행 문화의 한 단면이 눈에 보인다. 일반적으로 일컫는 서양인들의 여행 문화나 호텔 문화 중 하나는 '아침은 편하게, 점심은 활동적이게, 그리고 저녁은 우아하게'라는 콘셉트를 가지고 있다. 아침에는 머리가 떡이 지고 씻지도 않고 자다 일어난 것과 다를 바 없는 복장으로 식사를 하고는, 점심이 되어선 무언가를 하고 있다가 나타난 모습을 보이고, 해가 저문 저녁에는 나름대로 근사한 옷들을 챙겨 입고 식사를 하니 말이다.

그런 가운데 참 이렇지도 저렇지도 않은 애매한 상태의 옷을 차려 입고 식사를 하는 내 모습이 어색하다. 식사 시간마다 다를 바 없는 복장으로 레스토랑을 들락거리고, 그 자유로움에 격식도 거부하는 그런 마음을 가지니 말이다.

그렇다 8 : 여행자가 아닌, 여행을 알선하는 사람이 여행자에게 줄 수 있는 최고의 서비스는 '할 수 있는 자유와 하지 않아도 되는 자유'를 모두 줄 때 여행자들로부터 최고의 만족도와 충성도가 생겨난다.

그런 면에서 눈부시게 성장한 한국의 해외여행은 외형적이고 통계적인 성장에서 벗어나 이젠 만족도 높은 여행을 실현할 때이다. 하지만 아직 한국 여행자들에게 '저렴한 것이 최고'라고 인식되는 현실이 광범위하게 적용되고 있기에 그 발전과 개선이 매우 느릴 수밖에 없다.

시차가 극복되려는지 저녁 식사를 하고 한참이 지나서야 피곤이 몰려온다. 밤이면 밤마다 파티도 아닌, 그렇다고 쇼라고 할 수도 없는 그런 무대가 열리는 이곳의 스피커 압박이 너무 강하다. 그 소음 아닌 소음을 차단하려고 발코니 창문을 닫으니 거의 고장에 가까운 에어컨 소음만 있을 뿐 머리에 송알송알 땀방울이 맺혀 온다. 몸이 접히는 부위 부위가 끈적거리기 시작한다. 참다 못해 수화기를 들고 리셉션에 이 사실을 전한다.

"에어컨이 고장 난 것 같은데요."

"스위트룸도 고장 났어요."

"그럼 고장난 대로 지내야 하나요?"

"다른 객실 모두 그렇게 지내고 있어요."

"아~, 알겠어요."

참 말하기 어려운 대답을 뻔뻔하게 하는 것이 놀라울 뿐이다. 싸우기도 싫어

발코니 창문을 열고 그냥 고래고래 질러대는 소음을 들으며 잠을 청한다. 희한하게도 잠이 온다.

5월 11일

목적을 가지고 떠나는 여행이라면 죽을 기를 써서라도 달성하라.
그렇지 않으면 여행이 인생에서 족쇄같은 모래주머니가 될 수도 있다.

이젠 제법 현지에 적응이 되었는지 두 눈이 아침 식사를 하라고 부릅떠진다.

"브라질 사람이에요?"

나 참, 살다가 별 소릴 다 듣는다.

"아니요. 전 코리안이에요."

"아~, 티셔츠, 브라질 축구."

"이거 브라질 여행 갔을 때 선물 받은 거예요."

"그래요? 브라질 갔었어요?"

"네, 2006년에요."

아침 식사를 하고 있는데 누군가가 다가와 그럭저럭 알아들을 수 있는 영어로 말을 걸었다.

"오늘도 날씨가 참 화창하죠?"

"네, 저는 친구들하고 선탠 하려고요."

"그렇군요. 전 혼자 놀러 왔어요. 심심하지도 바쁘지도 않은, 그냥 이것도 저것도 아닌 여행이네요. 하지만 괜찮아요. 생각할 시간이 많으니까요."

그 여자가 테이블 접시와 커피 잔을 가지고 내 자리로 온다.

"친구들이 지금도 자고 있어요."

"하하, 그렇군요. 여행에서 늦잠은 죄악이라고 처음엔 생각했었는데, 지금은 여행에선 어떤 것도 용납될 수 있다고 생각돼요. 그것이 진정한 자유의 일탈이겠죠."

“그런가요? 친구 중 한 명은 어제 외박을 했어요.”

“몇 분이세요?”

“세 명이요.”

“남은 두 명이서 흉을 봤나요? 아니면 부러워했나요?”

“처음엔 엄청 욕을 했죠. 함께 놀러 와서 취하고는 외박을 하니 말이에요. 그런데 자려고 불을 끄니까 불안해지더라고요. 혹시 무슨 일이라도 생길까봐 말이에요. 그리고 아침에 멀쩡히 와서는 다시 잠을 청하는 모습을 보니 왠지 모르게 부럽다는 생각도 들어요. 뭐가 뭔지 모르겠네요.”

“진짜 좋은 친구를 그분이 갖고 있군요.”

“그런 거예요? 정말요?”

왜 그 말에 과하게 좋아하는지 알 것도 모를 것도 같지만, 그 말이 있은 후에 너무도 편해 한다. 트림까지 벅벅 하는 것을 보면 말이다. 언젠가 비슷한 상황으로, 누군가의 고민 상담을 들어 준 적이 있다. 비슷한 대답을 하고 나니 그 사람은 이전까지 날 희대의 바람둥이로 알던 선입견을 바꾸어, 마음이 트인 선배 정도로 생각하게 된 것이 기억난다. 둘도 없이 친한 여자 친구들 사이에선 서로가 감추고 포장해야 하는 은밀한 것들을 소중함이라는 가면과 함께 공유하고 살아가는가 보다.

“언제까지 휴가세요?”

“목요일까지요.”

“어! 저도 목요일인데. 터키 분이시죠?”

“어떻게 아셨어요?”

“그냥 느낌이 대답해 줬어요. 절 아는 사람들은 저한테 신이 잘못 만든 포춘 텔러라고 하죠.”

“하하하하하.”

‘냄새가 살살 올라오시잖아요…, 밥 먹는데 냄새가 너무 심하잖아!’

“편하게 즐겁게, 그리고 생각지 못했던 예상 밖의 행복도 생기는 기억에 남을 시간되세요. 어디선가 또 마주치면 아는 척할게요.”

"네. 참! 이름이 어떻게 되시죠?"

"하하하, 제임스라고 해요. 한국 이름은 누구도 발음할 수 없을 만큼 독특하거든요. 한국 사람들도 제 이름을 제대로 발음하지 못하는 사람이 적지 않아요."

"그래요? 저는 에린이에요. 아침 식사 참 즐거웠어요. 대화는 더 좋았고요."

"물론 저도 그랬답니다."

혼자서 먹는 것을 즐기는 식사 시간에 갑자기 나타나 정신없이 이야기를 하느라 먹어도 먹어도 채워지지 않는다는 신호를 내 몸이 보내고 있다. 그냥 지나쳐 버릴 말들을 처음 보는 사람과 주저리주저리 늘어놓고는 뒤돌아 피식거리는 내 모습도 웃기다.

또다시 샤워를 한다. 누군가 볼지도 모를 일이지만 발코니 창을 활짝 열고 지중해의 시원한 바람을 맞으면서 말이다. 이런 모습을 성진이가 본다면, "아 미쳤어? 요즘 세상에 UCC가 얼마나 무서운지 몰라?"라고 쏘아 붙였을 텐데…. 사람이, 성격이 그리고 생각이 달라서 작은 것에도 관심과 애정이 가는 녀석이다. 성별을 떠나서 나와 같은 성격이라면 나 역시도 쉽게 인정하려 하지 않을 것 같다. 나 같은 사람은 이 세상에 나 하나로도 충분하고 넘치니까.

아주 아주 단순하게 컴퓨터에 지뢰 찾기를 펴고 열심히 신기록을 깨려 노력하고 있다. 143초, 137초, 125초, 118초…. 점점 줄어 가는 기록에 몰입되는 지금, 왠지 100초를 깨고야 말겠다는 한심한 도전과 목표가 생긴다. 115초, 114초…. 이후로 더 낮은 시간대로 기록이 줄지 않는다. 발가벗고 침대에 눕듯이 앉아 열심히 지뢰 찾기에 몰두하고 있는 내 모습이 이상하다.

'지중해까지 와서 지뢰 찾기는 좀 아니지 않나?'

그 100초를 깨버리고 다른 것을 하겠다고 노트북 반쪽이 뚫어질 듯 쳐다보고 있는 나 자신이 웃기다. 그 100초가 쉽게 깨지지 않는 것이, 슬슬 인내력을 테스트하기 시작한다. 점심 식사 시간의 한 중앙에 있는 상황인데도 그 100초를 깨고야 말겠다고 열심히 마우스를 붙잡고 있다. 98초의 기록이 달성된 시간이 1시 40분, 누구도 축하해 주지 않을 그 순간의 감동을 방안의 침대에서 혼자 만끽하곤 레스토랑으로 내려간다.

파장 분위기인지 사람이 거의 없다. 햄버거가 메인으로 준비되어 있다. 욕심에 2개를 집어 든다. 이곳 터키가 이슬람교를 믿기 때문에 돼지고기를 먹지 않는다는 것을 알게 된 지 얼마 되지 않았지만, 과연 햄버거에 어떤 고기가 쓰이는지 궁금증이 커져만 간다.

"이 햄버거 패티 어떤 고기예요?"

"양고기예요."

'그럼 처음으로 접하게 되는 양고기 햄버거?'

한 입 베어 문 햄버거의 맛이 오묘한 것이, 뭐라 단정 지을 수 없는 맛이다.

'이 니 맛도 내 맛도 아닌 찝찝한 기분의 맛은 뭐지?'

그냥 씹어 삼키기가 거북해 맥주를 벗 삼아 삼켜 보니 사랑해 주고 싶은 맛으로 바뀐다. 유럽인들이 즐겨 마시는 와인과 맥주가 이런 작용을 하지는 않는지 생각된다. 고기 덩어리 하나를 통으로 썰어 놓고 그것에 소스를 뿌려 칼로 썰어 먹는 그 문화를 보면, 피비린내 나는 고기만 먹기에 입안에서 금세 소스가 사라지고, 고기 비린내만 나는 그것을 없애기 위해 와인을 마시는 것이 아닌가 싶다. 사실 와인 맛있다고 하는 사람은 좀 이상해 보인다.

터키 식으로 며칠째 식사를 한 때문이지 몰라도 장운동이 활발하다. 조금만 노력하면 멋들어진 복근이 만들어질 수도 있겠다는 희망적인 생각이 든다. 육류의 선택이 제한적이기 때문에 단백질이 비교적 높은 닭과 생선을 주식으로 사용하고, 채소와 샐러드가 풍부하다. 샐러드를 볼 때마다 최영균 사장님(2003년 필리핀에서 만난 분)이 떠오른다. 그분은 샐러드를 참 좋아하는데, 모든 채소를 그냥 드시지 드레싱이나 다른 첨가물을 전혀 넣지 않는다.

"그렇게 드시면 아무런 맛도 없이 풀 비린내 날 텐데 어떤 맛이 있으세요?"

"어, 난 그냥 샐러드가 좋아. 뭐 넣으면 채소가 채소 같지 않고 달달하거나 짭짜름해서 조미료 맛이 너무 강해."

"그래도 쫌 맛없어 보여요."

"너도 시간 좀 지나면 알게 돼, 인마."

설득을 해도, 아니 돈을 준다고 해도 그때는 소나 토끼처럼 그냥 채소만 먹

 여행과 결혼한 남자

을 수 없다고 생각했던 내가 서서히 생각이 바뀌고 맛이 바뀌기 시작한 것은
일전의 회사에서 이선희라는 직원의 식사 습관에서 작은 깨우침을 갖게 된 후
부터다. 그때부터 나도 조금씩 생식이라는 것에 관심을 기울이기 시작했다. 무
려 30킬로그램 이상을 감량한 그 사람은 나보다 10살이나 어리지만, 볼 때마다
배울 점이 많은 사람으로 기억된다. 그리고 안젤리나 졸리 이후에 그 사람만큼
섹시한 입술을 아직 보지 못하고 있다.

뷔페로 제공되는 이곳의 하루 3끼에는 보통 10가지 정도의 샐러드와 20여
가지의 드레싱이 충분히 준비되어 있다. 하지만 뒤섞인 샐러드는 건드리지 않
고 드레싱 역시 손대지 않는 나 자신을 본다. 그런 것을 접하면 자연 그대로의
맛을 잊게 될 것 같은 느낌이 어느새 머릿속에 가득하고, 채소라 하더라도 성
인병에 쉽게 노출될 것 같은 느낌이 들어 버렸기 때문이다. 간혹 채소 자체가
가지고 있는 향이 너무 과한 것은 드레싱을 섞고 싶지만, 그래도 그냥 먹어 버
리는 느낌이 나쁘지 않다. 왠지 내 몸을 사랑해 주고 있는 느낌이 든다. 고수와
산초도 거북하지 않게 먹는 내가 다른 향신료에 쉽게 적응할 수 있는 것은 그
리 어렵지 않은 일이다.

그렇다 9 : 삶을 좌지우지하는 먹거리, 다른 것은 다 포기하더라
도 그 나이에 요구되는 음식을 섭취해야 곱게 늙고 편히 죽는다.
정신이 아닌 육체를 위해….

채소를 첨가물 없이 장시간 섭취하게 되면, 신진대사와 기타 건강에 도움이
되는 것은 일반적인 상식이겠지만, 문제는 fart(방귀)의 반응이 소여물과 별반
다를 것이 없다.

'친환경 비료가 되려고 그러나?'

어느새 생활처럼 되어 버린 식사 후의 샤워를 마치고 TV로 눈을 돌린다. 영
국의 정권이 바뀌고 카메론 총리가 연정을 하게 된 것이 주요 이슈로 나온다.
캐리커처처럼 일반인들보다 머리가 한참 크고 같은 말이라도 만화의 인물처럼

연설하는 고든 브라운 총리가 물러나고 새로운 총리가 된 카메론. 그가 다우닝가(영국 런던의 총리관저) 앞에서 가진 짧은 연설은 왜 영국인들이 그를 선택했고 얼마큼 그에게 기대를 하고 있는가를 알게 해준다.

"정치는 서비스이고, 정치가는 마스터라 생각하지 않고, 국민의 하인으로서 국민이 원하는 것을 제시하고 유지 발전하는 데 초점을 맞출 것이다."

'캬~, 어디서 많이 듣던 말인데? 왜 한 가지는 뺄까? 정치는 립 서비스라는 것을~.'

그의 당적이 보수당이고, 그 당의 당수이면서도 집권당이었던 노동당의 장점과 제안을 적극 수용하겠다고 하는 것, 지금은 정치적으로 판단을 할 시대가 아니라는 것, 가족이 화합하고 일자리를 만들어야 한다는 것 등은 그의 힘차고 절제된 연설에서 깊이 다가온다. 그 역시도 늘 정치의 흐름처럼 바뀌어 가겠지만….

태양이 하늘 저 위로 가장 높은 곳에 솟아 있는 지금, 방안의 은둔생활을 잠

호텔 방에서 보이는 지중해.

 여행과 결혼한 남자

시 접고 프로그램을 진행하는 수영장으로 향한다. 클럽 메드를 아주 조금 흉내 낸 게임을 하고 있고, 많은 사람들이 그것에 흥분하고 있다. 햇볕이 적당히 내리쬐는 곳에 자리를 잡고 노트북을 편다. 떠나기 전 현이가 네이트로 넘겨준 최신 음악을 열어 귀에 대본다. 근래에 접하지 못한 생소한 음악들로 가득하다.

뜨거운 태양이 구름에 살짝 가려져 있을 때면 지중해 바람이 때론 시원하다 못해 선선한 느낌까지 준다. 먹고 싶은 것을, 마시고 싶은 것을 마음대로 주문하고, 그것을 들고 아무렇게나 즐길 수 있는 것이 한국의 어느 호텔에서도 느낄 수 없는 장점일 수 있겠다. 호텔의 수영장 바로 옆으로 난 해안 도로로 많은 차량들이 오고가는 것을 볼 때면, 이해될 수 없는 뭔가 이상야릇한 기분이 든다. 한국이라면 상상할 수 없는 일들이 분명 많고, 한국이 아니라서 다행인 것도 분명 있다.

터키를 유럽이라고 보자면, 유럽 국가 대부분 나라의 여성들은 맵시가 좋다. 몸매도 좋다. 그 놀라운 '기럭지' 와 '롱다리' 는 처음 맞이하는 순간에 상당한 호기심으로 다가온다. 하지만 조금만 시간이 흐르면 어느 샌가 그런 사람들이 대부분인 것에 무덤덤해진다. 어지간히 훌륭한 몸매가 아니고서는 눈길이 깊게 가지 않는다. 파라솔에서의 선탠과 독서, 독특한 칵테일과 시원한 맥주, 구릿빛 비키니와 금발 등은 한국을 떠나 어딘가에 여행을 하게 되면 기대하는 것들이다. 그런 것들이 충족되는 순간 행복이라는 것도 생겨나야 하는데, 한국인의 위대함인지 아니면 변덕인지 그 다음으로의 전환이 매우 빠르다.

그렇다 10 : 남자라는 성별로 태어나고 이성을 알게 되는 순간부터 남자는 한 여성에게 만족하지 못한다. 그것이 의외로 평생 한 마리의 암컷만을 품는 짐승과 다른 이유 중의 하나이기도 하다.

저 먼 발치로 아침에 이야기를 나누었던 에린과 그녀의 친구들이 한창 선탠을 하고 있다. 봐도 안 본 척, 안 봐도 본 척하고 있는 내가 지금 느끼는 건 눈부시게 뜨거운 태양과 상쾌하게 시원한 바람 그것뿐이다. 노트북을 접고 수영장에 뛰어들었다. 생각보다 찬 물을 예상치 못한 가운데….

숙성된 닭고기가 메인으로 나온 저녁 식사 시간은 많은 사람들로 붐빈다. 하루 종일 리조트에만 있어서 지루할 법도 한데, 어딘가를 나간다는 것이 쉽게 내키지 않는다.

'이럴 때 인터넷이라도 되면 참 좋으련만.'

어제부터 연결이 되지 않는 인터넷, 이렇게 계속되면 조금은 지칠 것 같은데. 알고 있는 한도에서 이것저것을 만지고 문제가 없었던 시간으로 복구를 해 보고 하지만, 인터넷은 되지 않는다. 포기하고 밖에 나가 지중해의 찬바람을 맞아 볼까 하는 마음으로 옷을 챙겨 나간다.

"안녕하세요?"

"아, 에린 씨 안녕하세요?"

"아까 풀 사이드에 있는 것 봤는데."

"저도 친구 분들 다 봤어요. 어디 안 나가셨나 보군요?"

"친구가 사랑에 빠져서."

"하하하하. 축하를 해야 하는지 위로를 해야 하는지."

"뭐, 그냥 넘어가세요. 음료 하실래요?"

"맥주 마실게요."

저녁이 되니 다들 멋들어진 복장으로 저녁 프로그램이 진행되는 곳으로 모이기 시작한다.

"고마워요."

"친구들한테 가봐야겠어요. 즐거운 시간 되세요."

"네."

여행이 즐겁지 않은지, 아니면 심심한지, 누군가와 대화를 나누는 것을 좋아하는 것 같다. 이 호텔에는 독일, 영국, 러시아에서 온 관광객들이 많지만, 터키인들이 가장 많고 가족 단위도 굉장히 많다. 그래서 그런지 식사는 늘 터키식으로 준비된다. 아무것도 하지 않을 때 가장 피곤하다는 것이 피부로 와 닿는 요즘, 조금만 움직여도 눕고 싶다. 아마도 그것은 병원에서 3개월을 있었던 후유증이 아닌가 싶다. 글 정리를 하려고 노트북을 머리맡에 두지만 인터넷이 되지 않는 안타까움에 금세 잠이 든다.

5월 12일

눈을 뜨니 밝은 해가 보인다. 옆에 놓여 있는 노트북이 간밤의 내 뒤척임에도 무사히 그대로 있다. 어! 거짓말처럼 인터넷이 된다. 메신저가 로그인 상태로 있다. 성진이가 온 상태인 걸 보니 내게 뭔가를 말하고 싶은가 보다. 아니나 다를까, 내게 말을 건다.

"어디야! 한참 기다리고 있었잖아!"

"넌 씨…, 문자도 씹드만."

"어때, 몸은?"

"좀 추스르고 있어. 여기 날씨 참 좋다."

버스에서 보이는 터키쉬 리이베라 – 사진기 너무 맘에 들어.

"좀 이것저것 돌아봐 봐."

"여긴 휴양지라 별거 없어."

"아 그래도 마트 같은데 비닐이라도 있을 거 아냐."

"그래. 찾아봐서 눈에 띄는 거 가지고 갈게."

"사진이라도 많이 찍어와."

휴양지에서 뭔가를 찾아보라는, 뭐라도 사오라는 그런 말을 한다. 가만히 있으면 코 베어 간다는 곳인 서울에 있는 성진이가 그렇게 말을 한다. 안 그래도 오늘은 밖으로 나가려는 나를 어떻게 알고 다그친다.

식사를 마치고 무작정 나와 호텔 건너편의 정류장으로 발을 옮긴다. 이틀 전 땡볕을 걸어 두 정거장을 가서 숱한 우여곡절을 겪었으니, 오늘은 아예 발 가는 대로 가보자는 작정을 마음에 두고 나왔다. 지금 나는 미니버스 하나에 몸을 싣고 어디론가 가고 있다.

이젠 조금씩 알아 간다고 버스 요금을 바닥에 내려놓고 자리 잡고 앉기가 무섭게 특유의 양파 썩는 냄새의 강도가 지난 며칠보다 훨씬 강하게 코로 들어온다. 참으려고 표정 관리를 하지만 도저히 버틸 수가 없다. 자리가 남아도는 가운데서도 창문이 넓게 열린 곳에 서서 바람을 맞고 있다. 이런 기분으로 버스가 가는 끝까지 가겠다는 마음에 몸을 맡겼지만 급히 자신감이 떨어진다.

'어! 이 버스가 박물관 쪽으로 가네!'

이 버스가 이틀 전 내가 원하던 노선으로 가고 있다. 아무것도, 아무 정보도 없이 온 것에 대한 운명의 장난이다.

그렇다 11 : 뭔가 시작을 할 때는 사전 준비와 기획이 철저해야 한다. 지나치다 싶을 정도의 준비를 해서 시작해도 항상 부족한 것이 현지에서의 여행 정보인데, 아무런 준비 없이 호텔과 항공권만 들고 왔으니 당연할 수 있는 상황을 신기해하는 현실을 맞는 것은 참 한심하단 말밖에는 다른 말로 표현할 수 없다.

어느덧 종점까지~.
큰길을 따라 칼레카프스에 빠르게 도착한다.

이렇게 중심가인 칼레카프스로 갈 것 같아 보이던 버스는 눈앞의 중심가를 두고 왼쪽으로 방향을 틀어, 말 그대로 사람 사는 지역으로 달려간다. 학교가 보이고, 작은 상점들이 쭉 늘어서 있다. 교차로의 큰 동상이 보이고, 공사가 한창인 곳을 달려 어느 샌가 버스가 선다. 종점이다. 각기 다른 번호의 버스가 수십여 대 주차되어 있다. 타고 온 39번 버스를 머릿속에 담아 두고 다른 버스를 타고 나와 방금 전 왔던 길과는 다른 길로 가고, 큰길을 따라 칼레카프스에 빠르게 도착한다.

New 트램인 Antray는 예상치 못한 좌석의 불편함의 압박이 있다.

뜬금없이 속옷 파는 곳에 들어가 스니키 사진 몇 장을 담고 나와서는, 이틀 전 가보지 않았던 곳을 걸으면서 눈에 담아 본다. 서울이 고향인 내가 관광지에서 태어난 이곳 사람들을 보면 어떤 다른 생각으로 살아갈지, 그리고 바다를 접하고 있는 지역에서 태어난 사람들은 어떻게 살아갈까 하는 궁금증이 생긴다. 혹자는 그냥 사람같이 살아간다는 무미건조한 말들로 답하겠지만, 왠지 뭔가 다른 느낌으로 살아갈 것 같은 생각이 든다. 호텔에서 일하는 것이 왠지 멋져 보이고, 승무원이면 뭔가 달라 보이는 그런 생각으로 살고 있는 한국과 달리, 호텔이나 항공사에서 일하는 것이 일반직보다 떨어지는 직업군으로 여기는 이곳과는 생각부터가 다를 수밖에 없다. 그렇기에 똑같이 살아간다고 할 수는 없다.

눈앞으로 안탈랴의 신식 전동차인 안트레이(Antray)가 지나간다. 발길이 그것을 타는 곳으로 옮겨져 도착하니, 출입구도 따로 없는 그곳에 작은 부스 하나가 있다. 무임승차를 해도 아무도 터치하지 않을 것 같은 이 트램이지만, 티켓을 하나 구입했다.

TAM이 성인권인가 보다. 표 검사를 하는 사람도 없고, 전동차 안에 청원 경찰 같은 사람 한 명이 있는 이 열차 한 자리를 차지하고 북쪽으로 향한다. TAM은 아르헨티나의 대표 항공사이기도 하다. 우리나라 KAL같이….

이곳 안탈랴는 한국 사람이 오면 처음에 좀 답답할 수 있겠다는 생각이 든다. 날씨가 금세 살결을 태워 버릴 것만 같은 기운인데, 어느 곳을 가도, 어떤 공간에 있어도 에어컨이 한기를 줄 만큼 시원하지 않다. 만족스럽지 않지만 시간이 지나면 땀이 식고 적당히 시원한 느낌만 주는 것이 이곳의 에어컨이다. 그 공간에서도 적당한 만큼 이상으로 움직이면 더워진다. 그러니 순간적으로 확 시원해야 하는 우리네 한국 문화를 가지고 오면 이런 현지 사정을 미리 인지하고 와야 하지 않을까 싶다. 또 한 가지, 그나마 가장 쾌적한 이 신식 전동차 안에도 암내가 진동을 한다. 한국인에게 거북한 이 냄새는 적응하기 쉽지 않은 힘든 인고의 상황이다.

전동차의 방송을 통해서 현지의 지명과 발음이 조금씩 이해가 되어 간다. 터키 언어는 알파벳 외에도, 그것이 변형된 이상한 문자를 사용하기 때문에 미리

간만에 반가운 할인 매장을 만났어요.

공부하지 않으면 답답한 것이 한두 가지가 아니다.

'왠지 다시 안 와도 될 곳 같은데?'

지나가는 길에 큰 아케이드 하나가 눈에 담아진다. 돌아오는 길에 그곳을 들르겠다는 마음을 가지고 세 정거장을 더 가니 종점에 다다른다. 이곳은 고도가 다소 높은 곳에 위치해 있어, 카메라에 담을 수 없을 만큼 안탈랴의 도시가 한눈에 들어온다. 선로를 그냥 가로질러 내려가는 반대편 전동차에 올라 그 아케이드가 있는 곳으로 다시 돌아간다. 이곳 안탈랴는 꽤 유명한 휴양지이면서도 납치와 테러가 빈번한 곳이라 그런지 큰 관공서나 숙소, 아케이드 등에는 중화기로 무장한 경비들이 항시 경비를 서고 있고, 출입구에서의 검색도 필요 이상으로 하고 있다. 무슬림 지역에 무슬림이 아닌 사람들이 관광을 오니 당연한 일일 수도 있겠다.

이곳에서도 땅을 팔고 있다. 그리고 놀랄 만한 저렴한 가격에 생 벌꿀을 판다.

대체적으로 한국보다 공산품 물가가 조금은 저렴한 것을 느낄 수 있는데, TV는 가격대가 상당하다. 한국보다 50% 정도 비싼 듯하다. 오히려 한국과 가격대가 비슷한 필립스(Philips)나 소니(Sony) 같은 제품들이 있음에도, LG와 삼성이 가장 좋은 자리에 전시되고 있는 것을 보면 참 아이러니한 뿌듯함이 생긴다.

지리 상 흑해와 에게 해, 그리고 지중해를 삼면으로 접하고 있는 이곳 터키에는 유기 농산물과 기타 식품들이 경쟁력 있는 가격으로 판매되고 있다. 치즈, 과일, 육류를 제외하고 식생활 물가는 한국과 별 차이가 없다. 몇 가지 프로모션을 하는 것들을 손에 들고 나와 망설이고 있다.

'어! 아까 봤던 동상이네. 저 앞으로 가면 그 39번이 올 텐데. 트램을 타고 갈아타고 돌아갈까? 아니면 걸어서 39번 정류장으로 갈까?

1.2리라에 구입한 1리터짜리 환타의 뚜껑을 떨어뜨려 나오는 것으로 판단한다.

'뚜껑이 뒤집혔네.'

삼면이 각기 다른 조각상으로 되어 있다.

 여행과 결혼한 남자

병뚜껑의 운명이 걸어가자고 한다. 참 이해되지 않는 것은 500ml가 1.45리라인데, 1리터가 1.2리라라는 것은…. 프로모션도 아니었는데 말이다

'프로모션으로 산 Milka 초콜릿이 녹아들 텐데.'

밖으로 보이는 온도계가 31도를 가리킨다. 땡볕에선 한국과 같고, 그늘에선 초봄 같은 느낌을 주는 지중해의 날씨다. 정류장에 도착해 버스를 기다리지만, 39번 버스는 상당한 시간이 지나도 오지 않는다.

'이젠 왔다 갔다 하는 건 문제없겠다. 이렇게 한두 번 하면 여기 지리도 익숙해지겠구나.'

이젠 정차 벨이 어디에 있는지도 안다. 안탈랴의 버스 체계를 완전 졸업한다.

이젠 정차 벨이 어디에 있는지도 알고 안탈랴의 버스 체계를 완전 졸업한다.

어느 곳을 가도 큰 상징물들은 머릿속에 담아 두는 버릇이 이럴 때 참 많은 도움으로 다가온다. 환타가 거의 바닥을 비워 갈 즈음에서야 39번이 왔다. 현지인같이 이젠 익숙하게 버스를 타고, 아무렇지도 않은 듯 한자리를 차지하고 있다. 익숙하지 않은 암내에 현기증과 멀미가 몰려오지만 말이다. 내일 비행편이 저녁 스케줄이라도 일찍 공항에 가서 스탠바이를 할 것이기 때문에, 지금 이 버스의 승차는 기약을 할 수 없는 안탈랴의 마지막 시간이다.

점심을 건너뛰고 돌아다닌 탓인지 허기도 지고 피곤도 하지만 여기저기를 돌아다닌다. 원치 않는 암내만 생각하면 정신이 혼미해진다.

'여긴 데오도란트도 종류가 엄청나게 많고 저렴하던데, 왜들 안 쓰지?'

현지인들의 사랑을 듬뿍 받는 버거킹이 아닌 버거퀸이다.

해변을 따라 석양이 지기 시작한다. 정신을 바짝 차리고 호텔 바로 앞에 내리는 Konyaalti 14에 도착해 호텔로 들어간다. 마치 살고 있는 동네에 내리듯이. 에어컨이 나오지 않는 방이지만 샤워를 마치고 발코니 창으로 들어오는 서늘한 바람에 뽀송뽀송해지는 몸을 침대에 누인다. TV를 틀자 중국의 한중 지방에서 학교 테러로 학생들이 죽어 나간다. 남아공에서 리비안 항공이 추락해 네덜란드 소년 한 명만 생존하고 모두 사망했다고 한다. 오바마 대통령은 파키스탄 수반과 백악관에서 협정 맺은 것을 연설하고 있다.

'영어공부 제대로 하는군.'

마지막 저녁 식사가 기다리고 있다. 가방을 열어서 챙겨온 옷들 중 가장 캐주얼한 옷을 꺼내 입고 레스토랑으로 향한다.

'마지막 저녁 식사군.'

해가 지려는 듯 수평선에 태양이 입을 맞추고 있는 모습이 바깥의 레스토랑으로부터 눈에 들어온다. 애인이랑 오면 고생 꽤나 할 것이고, 친구들끼리 오면 할 것 없다고 투정을 받아야 할 것이고, 혼자 다시 오고 싶은 마음은 없는 이곳 안탈랴의 마지막 어두운 밤이 시작되고 있다.

"멋진 마지막 밤을 보내야죠?"

"글쎄요, 식사했어요?"

"오늘은 식사보다는 열심히 마셔 볼까 하고요."

"내일 비행 편은 언제예요?"

"4시요."

"맘껏 달려도 되겠는 걸요. 멋진 밤 되세요."

우연히 만나서 편하게 이야기 나누던 에린. 이수영의 노래 제목처럼 '스치듯 안녕' 같다. 다른 날보다 바텐더가 더 분주하다. 긴 줄을 기다리다 지쳐 망설이기를 여러 번. 한참 서성이다 드디어 내 차례를 맞이했지만 급 떨어지는 덩치 좋은 여자가 가로채기를 한다.

'자기도 보호받고 싶은 여자라 이거지? 참자, 참아.'

"마지막 맥주 두 잔 주세요."

"오, 마지막."

맥주 디스펜서 기에 맥주잔을 살포시 갖다 붙여 맥주를 담다가 갑자기 맥주잔을 위아래로 돌려 가며 휘휘 빙글빙글 돌리는 저 현란한 기술도 이제 마지막이다. 두 잔을 받아 들고 가는데 마술처럼 멀쩡하던 잔에서 맥주 거품이 넘친다.

"샴페인 대신 맥주로."

"하하하하."

자신의 기술로 희귀한 거품을 만들어 내는 것이 마지막 맥주라니….

식사를 마치고 지난 며칠처럼 방으로 가지 않고 곧바로 풀 테라스로 발걸음을 옮긴다. 초등학교 때 배우던 낯익은 폴카댄스 음악들이 들려온다. 한 곡이 아닌 여러 노래가 참 많이 들어 봤던 그런 음악들이다. 야외 디스코처럼 다들 음악에 춤을 추고 서로의 눈빛에 취해 소리 질러 대는 젊음의 열기가 지중해 시원한 바람에 섞여 가고 있다.

음악이 잠잠해지면서 간단한 게임을 시작하는데, 사회자가 흥분을 한 건지 참여하는 손님이 너무도 맘에 드는 것인지, 한 사람에게만 점수를 몰아주고 눈에 보이게 못 해도 최고 점수를 연신 주고 있다. 그리고는 하는 말이 "저에게 키스를 하시면 무조건 1등으로 해드리겠습니다." 한다. 그 말이 끝나자마자 작지 않은, 나만 한 체격의 남자가 무대로 올라가 실랑이를 벌인다.

'임자를 잘못 만났군.'

사회자답지 못하게 엉터리로 사회를 보다가 결국 분위기가 험악해지고 만다. 그것을 만회하려고 노래를 틀었지만 이미 사람들의 시선이 그쪽으로 계속 향하고 있어 반전을 위한 노력은 소용이 없다.

"남은 시간 즐겁게 보내세요."

눈에 들어온 에린에게 말을 하고 돌아선다.

"벌써 들어가시게요?"

"마음이 할아버지가 되었는지 벌써 피곤해서 잠이 오려 하는데요."

"에이, 쫌 있어 봐요. 재미있을 거 같은데. 어머!"

결국은 그 남자와 사회자가 서로 치고 받고 싸움을 시작한다. 간만에 보는 실전싸움. 누가 뜯어 말릴 겨를도 없이 남자가 펀치를 날리자 사회자도 뒤엉켜 주먹질을 한다.

'얼굴 말고 배를 때리라고. 팔꿈치 됐다 모해!'

마치 링사이드에 있는 코치처럼 혼자서 궁시렁대는 내가 웃긴다. 뒤엉키다가 결국 경비들이 와서 뜯어 말렸지만, 사회자가 처음에 맞은 펀치 한 방에 눈에 피가 난다.

'억울하겠다. 아우 나 같으면….'

여자를 두고 싸우는 것을 보면 인간이기 이전에 동물로서의 본능에서 다툼이 일어난 것 같다. 지키려는 수컷과 취하고 싶은 다른 수컷의 싸움이라고밖에 생각되지 않는다. 결국 여자는 남자 친구에게도 사회자에게도 불편한 현실을 만들어 주고 어디론가 혼자 가버린다.

'참 취향 특이해. 섹시하고 매력적인 사람들 주변에 넘쳐나는데, 하고 많은 사람 중에 볼 것 없는 저 여자를 가지고 왜 저러지?

"마지막에 좋은 구경 하네요."

"사회자 너무하네요. 무조건 사과해야지."

"뭐라고 했는지 아세요?"

"그냥 미안하다고 하면 별 문제 없을 것을, 여자가 너무 매력적이라는 등, 자신의 운명이라는 등 계속 말하니까 남자 친구가 화나지 않겠어요?"

“그래요? 그 사람 참 용기 있군요.”

“에? 용기요? 바보예요.”

“갑자기 전 언제 저런 적이 있었는지 막 손가락을 세고 있네요. 나 너무 오래 되었나 보다.”

“근데, 몇 살인데요?”

“34살이요.”

“진짜요? 전 나와 같은 연령대인 줄 알았어요.”

‘얘가 왜 이래? 갑자기 급 친해지고 싶은데?

“에린 씨 몇 살인데요?”

“28살이요. 사실 내 친구들은 저보다 나이 많아요.”

‘헉 28살. 그때가 언제였더라? 불타게 사랑하던 그때 아닌가?

“갑자기 기분 풀업 되는 것이 힘이 불끈불끈 솟는데요? 한 잔 하실래요? 쏠게요. 친구 분들 것도 함께요.”

역시 한국인인가 보다 나는. 쫑긋한 말 한 마디에 힘이 나서 기분을 내려 하니 말이다.

“어, 진짜요?”

‘그럴 땐 거절도 할 줄 알아야지. 그걸 그대로 듣냐?

“그럼요.”

‘뭐든지’ 까지 말을 했다가는 큰일 날 것 같은 소심함에 Sure라고 한 마디만 하는 나도 참 웃기다. 아니나 다를까, 제법 고가의 칵테일을 시킨다. 에린 혼자 시킨다.

“왜, 다른 분들은요?”

“모르는 사이잖아요.”

‘아! 맞다. 아직 아무 말도 안 했던 그런 사이인데 내가 괜히 오버했구나.’

“좋아요. 에린 씨의 따뜻한 마음과 차밍함을 위해!”

“하하하.”

싸우던 사람들은 퇴장하고 음악이 흘러나오는 풀 테라스에 젊은 사람들이 어느새 자리를 잡고 뒤엉켜, 언제 그런 불미스런 일이 있었냐는 듯 외국인 특유의 엉성한 춤으로 흥얼거리고 있다.

'그냥 들어갈까? 좀더 있을까? 좀 피곤한데.'

"춤춰요."

"아, 네."

'이건 뭐야? 여자가 손잡으면 바로 이끌려가는 이 시츄에이션은?'

"읍!"

냄새가…, 암내가 너무 심하다. 이건 버스를 타고 갈 때보다 더 심하다. 저들의 춤추고 있는 그 모든 팔들을 몸통에다 붙이고 싶은 마음이 가득하다. 앞의 에린도 안타깝게도 참 심하다.

'이것들은 공공장소면 데오도란트 좀 사용해야 할 거 아냐! 돈이 없어, 나이가 어려? 리쌍의 노랫말처럼 "내가 웃는 게 웃는 게 아니다" 정말.'

이 딱 들어맞는 듯 억지로 미소 짓고 있는 내가 참 불쌍하다. 돌아가려고 몸을 돌리는데 에린이 날 붙잡는다.

"어디 가요?"

"아, 술잔 가져오려고요."

'너 같음 여기에 있고 싶겠냐? 쫌 팔 좀 붙여!'

순간적인 생각에도 없는 말을 하고 술잔을 가지고 왔다. 그것이 참 잘못된 행동이라는 것을 금세 알았다. 한 손은 계속 펄럭이고 있으니까.

"더 계실 거예요?"

피곤을 떠나 냄새의 압박에 평소 하지 않는 냉소적인 말을 한다.

"재미없으세요? 전 좋은데."

"그냥 물어봤어요."

'병신! 그냥 싫다고 하지. 하여간 직업병은.'

이건 구타 유발자가 아니라 구토 유발자다. 가뜩이나 과한 냄새에 사람들이 땀이 나고 있으니 그 냄새는 거의 마취될 지경까지 치닫고 있다.

'아, 이럴 땐 미쳐야 한다. 미쳐야 한다.'

왠지 이 순간에 미칠 수 있는 음악이 흐른다. 아바의 '댄싱 퀸'. 어디 가도 이 음악에 환호하고 흥겨워할 수 있다는 것이 참 좋다.

'그래. 음악에 미치자. 그 길밖에 없다.'

한 가락 하는 춤이 서서히 발동이 걸리는 건지 몸과 생각이 분리되어 주변을 의식하지 않기 시작한다. 이 순간 아무런 생각도 없는 무상의 자세로 흘러나오는 아바의 음악과 시원한 바람에 내 몸이 어디로 가는지 모를 그 황홀의 세계로 빠져들고 있다. 아바의 앨범인지 모를 메들리가 계속 이어지고, 어디선가 본 듯한 것들을 몸으로 표현하고 있다. 나 스스로에게 최면을 걸고 흥겨워하자고 한 이상, 그 어떤 문제도 지금 내게는 어렵지 않다는 생각을 하면서 말이다.

"땀 좀 닦으세요."

'앗!'

모든 걸 잊고 열심히 현실에 충실하고 있는 내게 에린의 손수건이 순간 내가 잊고 있었던 모든 것들을 돌이켜 놓는다.

"우웩!"

"어디 안 좋으세요?"

"아니에요. 헛기침했어요."

'하, 병신. 그냥 솔직히 말해. 너답지 않게 왜 그래! 저 여자가 맘에 들어?'

"아무래도 피곤한데 쉬지 않아서 그런가 봐요. 아직 시차도 있고."

"보기 좋았는데. 춤 잘 추시는데요?"

"한국 남자들은 이런 건 기본이라고 할 수 있어요."

"그래요?"

"그럼요. 한국 여성이 얼마나 눈이 높은데요. 이 정도는 기본으로 해야 그저 기본에 드는 거예요."

"한국 여자는 굉장히 대단한가 봐요?"

"섬세해요. 그리고 아마도 세계에서 가장 배려심이 많을 거예요. 그런 면을 존경하고 있어요."

"애인 있어요?"

"있어요."

'그래, 꼬이지 말고 그냥 거짓말이라도 있다고 하자.'

항상 없어도 있고 있어도 많다고 말하는 나도 참 웃긴다.

"흠…, 그렇군요. 어쩐지 신사적이면서도 절제하는 것을 느낄 수 있었어요."

'내가 여자를 마다한다고? 냄새 때문에 죽을 지경이다. 넌 썩는 냄새 맡으면서 연애할 수 있냐?

"제가 쫌 그런 면이 있죠."

"여자 친구가 허락해요? 혼자 여행하는 거? 나라면, 이런 거 알면서 허락하진 않을 거 같은데."

'뭐라고 말하지?'

"태양은 아침에 뜨고, 달은 저녁에 생겨나니까요."

'뭐라는 거야?'

"좀 앉을까요?"

"네네."

듣던 중 너무너무 반가운 소리에 흥분을 한다. 여러 명이 아닌 한 명의 암내만 맡게 된다는 것이 이 순간 얼마나 고마운 일인지….

"음…, 취할 거면 잠이 아주 잘 오게 확 강한 걸로 하시는 거 어때요?"

"혹시 저 유혹하시는 거예요?"

'미쳤냐? 돌았어? 얘가 냄새 안 날 때 인간 대우 좀 해줬더니 가지가지 하는군.'

"전 지금 여자가 아닌 남자예요. 하지만 전 지켜야 할 것도 있어요. 너무 염려치 마세요. 한국 남자들은 여자에게 강요하지 않아요."

'뭐라니?'

마치 블루스타임 비슷하게 아바의 'Winner takes it all'이 흘러나온다.

"전 저 음악이 참 와닿아요. 실패도 좌절도, 행운도 성공도 해봐서 그런지."

흥얼흥얼거리는 내 모습을 가만히 바라보는 에린이 느껴진다. 땀이 식으면서 몸이 식어 가고 있을 무렵 하늘이 나를 보살펴 주셨다.

"에린! 가자!"

에린의 친구로 보이는 다른 여자가 부른다. 몸매는 이 리조트에서 1~2등을 다툴 법한 그 여자가 말이다.

"죄송해서 어쩌죠?"

'여기에서 내가 붙들면 가지 않는다. 고백하듯 말하면 오늘 이 여자와 같이 밤을 보낼 수 있다.'

"에린 씨와 앙카라 그리고 안탈랴의 좋은 기억만 가슴 깊이 간직할게요. 제 이메일 드릴게요. 제게 좋은 사람으로 기억되게 해주세요."

"아, 제임스 씨는 참 좋은 사람 같아요."

'보통 여자들이 고비를 벗어날 때 그런 말을 자주 쓰곤 하지. 아무튼 그렇게 말할 필요까지는 없고. 나도 지금 온 당신 친구가 얼마나 고마운지 모르겠거든!'

그렇게 자리를 떠나 방으로 향해 온몸에 박힌 암내가 가시지 않을 것 같아 입었던 윗옷을 쓰레기통에 처박아 버린다.

'그래 티셔츠는 어디든 가서 사면 되지. 돈이 없어, 나이가 어려?!'

샤워를 평소보다 2~3배 과하게 하고 발코니 창에 다가가 시원하지 않은 서늘한 바람에 발가벗은 내 몸을 맡긴다.

'진짜 난 냄새에 민감하구나. 내가 쉽게 알 수 있는 그 냄새처럼.'

아직까지 저 멀리서 들려오는 아바의 음악이 방안에서 자유와 평안을 찾은 내게로 행복하게 들려온다.

또다시 인터넷이 되지 않아 답답한 마음을 어떻게 할 수 없지만, 이렇게 맞는 안탈랴에서의 마지막 밤이 외롭지 않고 아쉽지 않다. 며칠간 인연이었던 에린이 나라는 한국 사람을 좋은 사람으로 인식하고 다른 한국 사람을 만나도 더 좋은 기대를 할 수 있기를 바랄 뿐이다. 그저 여자면 어떻게든 섹스로 이어지길 바라는 앞뒤 모르던 시절이 그리 멀지 않은데, 여행을 하면 할수록 내 모습이 참으로 많이 변해 가는 것을 느낀다.

시끄러운 음악이 문을 닫은 발코니 창 사이로 쉼 없이 들려오는 마지막 날의 밤.

'안탈랴… 좋은 경험이었어.'

안탈랴(Antalya)에서 프랑크푸르트(Frankfurt)로

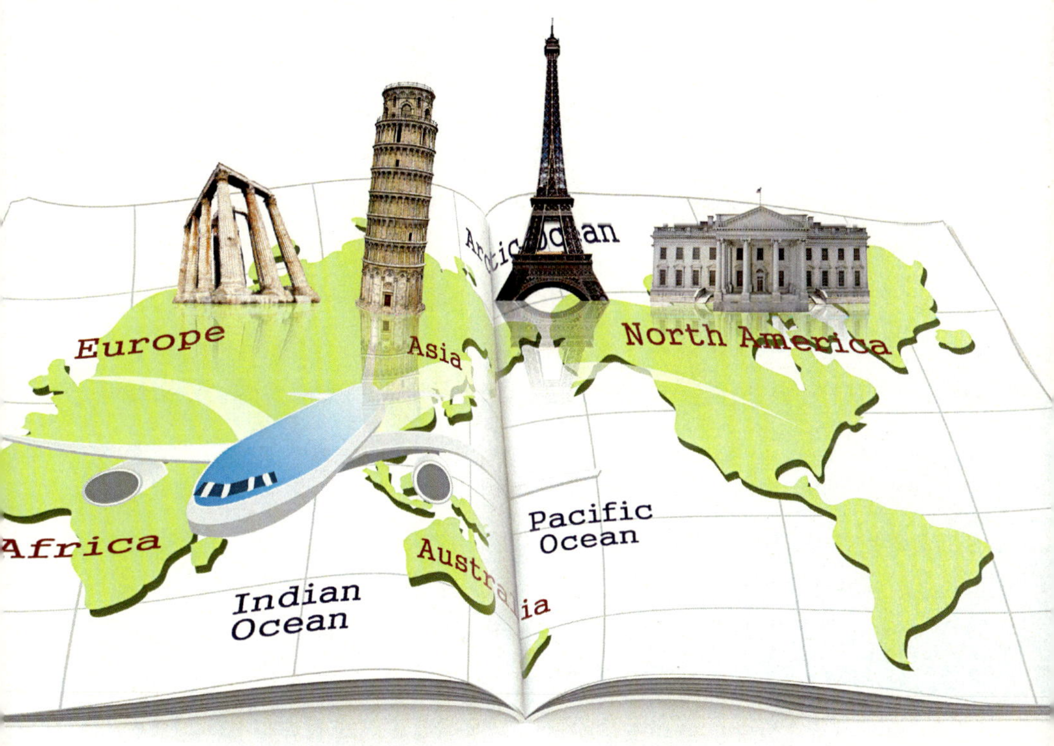

5월 13일

마지막 날의 아침을 느끼게 하듯 화창한 햇살이 방안 가득히 들어오고 있다. 잠자는 내내 TV를 틀어 놓았는지 CNN에서는 끊임없이 뉴스가 진행되고 있다. 샤워를 깔끔하게 하고는 침대에 누워 노트북을 폈지만 마지막까지 인터넷은 되질 않는다.

'되다 안 되다, 정말 여자 마음처럼 짜증스럽구나.'

마지막 아침 식사를 위해 레스토랑으로 향해 자리했지만, 웬일인지 너무도 한산함을 느낀다. 점심 식사를 하지 않을 요량에 잔뜩 뭔가를 뱃속에 넣고 나온 몸이 더부룩하기만 하다. 아침부터 로비에서는 서로 부둥켜안고 작별 인사를 하는 사람들이 적지 않다. 오늘은 목요일인데, 오늘 일정을 마치고 가는 사람들이 이 호텔에 제법 많은 것을 알 수 있다. 마지막이라 그런지, 점심을 먹지 않을 생각을 하는 건지 무리한 식사가 아랫배의 포물선을 바꿔 놓고 있다.

'이제 이 향신료 가득하고 암내 가득한 이곳도 마지막이구나.'

식사를 마치고 서둘러 방으로 향했지만 하는 것 없이 빈둥거리면서 침대에 누워 천장을 바라본다.

'그냥 프랑크푸르트 오늘부터 숙박할 걸, 괜히 공항에서 또 스탠바이를 하는구나.'

비행기가 가장 늦은 시간에 가까운 시간대인 저녁 9시 5분 스케줄로 출발해 프랑크푸르트에는 11시 45분에 도착한다고 하니, 자정이 족히 넘는 시간에 도착할 것이 분명해 그냥 공항에서 스탠바이하기로 마음먹었다. 하지만 침대에 있는 지금의 내 컨디션은 그다지 좋지 않다. 여행을 처음 떠날 때의 뻣뻣한 느낌이 다시 생겨난 느낌이랄지…. 상황의 변화가 있어야 할 듯싶다.

짬짬이 기록해 두었던 글들을 노트북에 옮기는 일도 상당한 시간과 노력이 필요하다. 그때그때 조금씩 정리하지 않으면 자기 자신과 협상하려고 든다. '비행기에서 할까? 다음 여행지 가서 할까? 여행 끝나고 할까?' 이런 식으로 말이다. 그렇게 되면 결국 정리를 못 하는 것을 알면서도, 그런 생각을 하게 되는 것이다.

오전 11시가 훌쩍 지나 체크아웃을 위해 방을 나선다. 지난 6일 동안 일부러 방의 청소나 세팅을 하지 말라고 피켓을 올려놓아서 그런지 방 꼴이 말이 아니다. 어느 때부터인가 나는 호텔에 묵을 때마다 'Please don't disturb.'가 표시되어 있는 것부터 찾아 나서기 시작한다. 기존의 호텔 체인과 일반 호텔 역시 예전과는 많이 달라져서, 룸을 새로 싹 정리해 주는 것이 아니라, 계속 써도 되는 것들을 가지런히 다시 정리만 한다. 말하지 않으면 바꿔 주거나 보충해 주려 하지 않는 것이 지금의 호텔 업계 관행이면서, 한편으로는 마치 환경에 이바지하는 듯한 읍소로 '물을 아껴 쓰시오, 타월을 계속 써주시오' 하곤 한다. 그러면서 세탁 비용을 엄청 올리고는 확실히 세탁을 하겠다고 한다.

호텔의 하우스키핑에서 일하는 사람들에게 팁이 얼마나 큰 부분을 차지하는지는 그것을 전공한 사람으로서, 그리고 그 업계에 친구들이 다수 포진해 있는 사람으로서 당연히 잘 알고 있지만, 체크아웃을 하는 날 몰아서 주는 것이 차라리 낫다. 지난해 미국에 있을 때 메리어트에서 일하던 에이미(현지에서 알게 된 필리핀 계)가 했던 말이 기억난다.

"요즘 미국에서는 체크아웃하는 방의 손님이 빠져나가면, 매니저가 먼저 잽싸게 들어가서 팁이나 두고 간 물건들을 미리 빼돌리는 나쁜 사람들이 많다."

그 말을 들었을 때 정말 얼마나 많은 쌍욕과 조상을 들먹였는지 모른다. 이름 유명한 메리어트 계열도 하우스키핑의 월급이 500달러에서 출발을 한다. 나머지는 팁으로 충당된다고 하는데, 그 팁마저 그런 나쁜 매니저들이 갈취하면 정말 살아갈 수가 없다. 미국이란 나라는 성인이 되면 원칙적으로 혼자 살아갈 수 없는 구조로 되어 있는데, 500달러로 어떻게 삶을 영위하란 말인지. 그런데도 미국이면 무작정 동경하는 사람들이 아직도 넘쳐나고 있지 않나⋯. 그걸 알고 난 후부터는 호텔의 하우스키핑 매니저들이 고운 시선으로 봐지지 않는다. 제발 한국만은 그러지 않길 바랄 뿐이다.

처음 공항에서 호텔로 오면서 60리라를 냈는데, 6일 동안 쓴 돈이 총 60리라다. 얼마나 바가지를 썼는지 알 만한 수치다. 20리라를 팁으로 내려놓고 방을 나와 로비 한편에 앉아 다시 노트북을 켜고 자리한다. 새로 오는 사람들, 떠나는 사람들…, 호텔은 그런 곳이다. 괜스레 누군가에게 정을 주면 정상적으로 일하기가 싫어지고 주변의 구설수에 오를 수 있는 곳이 호텔이다. 손님과 직원의 운명 같은 사랑? 그런 것은 존재하지 않는다. 세상은 녹록치 않아서 손님의 눈길이 조금이라도 색다르게 흘러가면, 매니저는 그 직원에게 엄중한 경고를 준다.

남은 60리라를 가지고 택시를 타고 가려 했지만, 왠지 돌아갈 때 이미 알고 있는 방법들로 돌아가고 싶은 마음이 있어 무작정 길을 나선다.

'아 덥다. 초콜릿 녹아내리겠네.'

어제 마트에서 구입한 밀카 초콜릿이 녹아들 것이 자명한 가운데 정류장에서 39번을 기다리기로 했다. 혹시나 해서 꺼내든 초콜릿은 찰흙같이 흐늘거린

터키의 동전들이다. 안녕~.

다. 하나를 꺼내 오물거리니 행세만 좀더 지저분하면 '딱' 이겠다는 생각마저 든다.

무거운 가방을 둘러메고 버스에 오르니 혹시나 하는 바람을 더욱 강력한 암내로 맞이해 주고 있다. 내 손가락에 침을 묻히고 고민하는 척하고 코에 갖다 대는 것이 그나마 그 참기 힘든 냄새를 잠시나마 잊어버리게 해준다. 침을 묻혀 맡는 냄새도 결코 좋지는 않지만, 강력한 암내와 비교하면 마치 순댓국 냄새 같다.

오늘 유난히 더 밝은 안탈랴의 해변을 뒤로 하고 떠난다.

버스가 도심을 벗어나기 전에 내려 어제 공항 가는 Havas 버스가 정차해 있던 곳으로 다가가 앉아 주변을 둘러본다. 아무리 보아도 버스가 언제 온다는 이정표도 정류장도 찾아볼 수 없다. 단지 이곳이 공항으로 가는 곳임을 알려주는 것은 택시가 굉장히 많이 늘어서 있고 하드케이스를 가지고 있는 몇몇 사람들이 보인다는 점이다. 참 특이한 것은, 이곳에 온 순간부터 지금까지 계속해

 여행과 결혼한 남자

오늘 유난히 더 밝은 안탈랴의 해변을 뒤로 하고 떠난다.

서 느끼는 것인데, 남자들이 지나치다 싶을 정도로 와이셔츠, 즉 남방을 대부분 입고 다닌다는 점이다. 티셔츠도 칼라가 있는 것을 입는다. 하다못해 거지도 남방을 입고 있다. 어린 아이들이 아니면 청년부터는 남방이 사회적 정의인 것 같다. 그 옷의 재질 정도로 봐서는 한국에서 만들어 팔면 경쟁력 있겠다는 생각이 들 만큼 결코 좋다고 볼 수 없다.

어떤 사람이 내게 갑자기 말을 건다.

"공항 10리라 오케이?"

"하?"

공항 가는 버스를 기다리고 있는 사람 3명을 묶어서 한 사람당 10리라씩 받고 공항을 가는 것 같다.

'나야 땡큐지!'

유일하게 벤치가 있는 공항의 한켠.

짐을 옮겨 싣고 택시에 올라 주변의 사람들을 본다.

'이거 이렇다가 어디로 납치되는 거 아냐? 하긴 나같이 없어 보이는 사람한테 그런 짓까지 하진 않을 거야.'

조금 달리다 도심을 벗어나 훤히 드러난 도로를 질주해 나간다. 앞자리에 앉은 사람의 전화벨이 울린다. 그는 잘 안 들리는 듯 신호를 보낸다. 그도 그럴 것이, 체증 없는 도로를 창문을 열고 전력 질주로 가고 있으니 당연할 것이다. 택시 기사가 열려 있는 창문을 모두 닫고 밖에서 들어오는 바람을 막더니 에어컨을 틀어 버린다. 처음으로 차량 안에서 에어컨을 접한다.

'악!'

이건 정말 주체할 수 없는 고문이 분명하다. 왜 차량들이 더운 이곳의 날씨에도 에어컨을 틀지 않고 창문을 열고 다녔는지 이제야 알게 된다. 앞에서 웃으며 전화를 하지만, 뒤에서 나는 점심을 건너뛰었는데도 헛구역질이 멈추질 않는다.

'와! 죽는다, 죽어.'

침을 발라 막는 것도 아무 소용없다. 어서 빨리 공항으로 가기만을 기대하는 수밖에. 정신이 혼미해지는 가운데, 저 멀리서 공항을 나타내는 사인이 나타난다. 내가 탈 콘돌 항공의 터미널은 2청사인데, 같이 탄 두 사람은 국내선으로 간다고 한다. 어디든 상관없다고 말하고 머리를 쥐어짜지만 금방이라도 토할 것만 같은 기분이다.

'오, 신이시여…'

택시가 서자마자 차 문을 열고 마치 화생방 훈련이라도 끝난 것같이 바깥으로 뛰쳐나가 공기를 실컷 들이마신다. 그 모습에 같이 탄 사람들이 의아하게 쳐다본다. 정말 적응될 수 없는 냄새임에 틀림없다.

 여행과 결혼한 남자

혹시나 터미널끼리 연계된 셔틀버스가 있을까 하고 끌낭을 들고 주변을 돌아보지만, 그런 것을 기대한 내 잘못이 더 크다는 생각만 가득 든다. 결국 다른 택시로 옮겨 타기로 작정한다. 내린 곳은 국내선 청사였기 때문이다. 허무맹랑한 비용이 아닌, 5리라를 내고 처음 도착했던 2청사. 그곳에 도착한 순간 단체버스 여러 대가 순식간에 들어와 여행객들의 짐을 내리는 모습을 보고 기민하게 공항 안으로 들어간다.

아직 4시간이 남아 아무것도 할 수 없는 그 안에 한자리 차지하고, 어제 산 피땅콩을 꺼내든다. 하지만 그것에 대해 후회하는 데는 결코 긴 시간이 필요 없다. 손에 쥔 40리라로 무언가를 사고도 싶고 먹고도 싶지만, 공항 내에서 선택할 수 있는 것들이 매우 제한적이다. 왠지 미용 용품을 구입하기에는 피부나 얼굴이 매끄럽지 않은 이곳 사람들을 보니 믿음이 떨어진다. 그렇다고 전통 공예품을 구입하자니, 아시아의 수제 가공기술을 따라가지 못한다. 일명 '물뽕'이라고 빗대 말하는 물담배가 참 탐나지만, 그것을 들고 앞으로 전 세계를 함께하기는 참으로 부담스럽지 않을 수 없다.

체크인 카운터가 열렸다는 사인이 전광판에 보이자마자 재빠르게 다가가 줄을 선다. 차례를 기다리는 동안 빨간 머리의 어린 아이가 가만히 있지를 못하더니, 까부는 것도 모자라 그동안 고생했던 암내의 결정판을 날려 준다.

'아니, 저렇게 어린아이에게도 이런 썩는 냄새가 나다니.'

말이 공항 면세점이지 편의점보다 비싼 가격이다.

빨리 이곳을 벗어나고만 싶은 생각이다.

"한국사람 티케팅 괜찮아요?"

옆자리의 매니저로 보이는 사람에게 묻는다. 프랑크푸르트에서 안탈랴로 올 때도 이 같은 상황을 접한 것이 적잖이 불쾌했는데, 여기서 그런 상황이 또 벌어진다. 수속 직원이 관계없다고 하는지 티케팅을 완료한다. 그 티켓을 받아 들고 나가려는데, 내 화물을 컨베이어에 싣지 않고 따로 빼놓는다.

"제 가방 왜 빼놓은 거죠?"

"가방 모양새가 좀 달라서 따로 보낼 거예요. 걱정하지 마세요."

왠지 찜찜한 기분을 가지고 출입국 사무소를 지나는 분위기가 사뭇 다르다.

어느 나라에서도 경험하지 못했던 치켜뜨는 눈살에 갑작스레 불쾌함이 치솟아 주체할 수 없지만, 누군가 먼저 이곳에 와서 저런 시선을 가지도록 만든 사람이 있을지 모른다는 생각에 스스로 반성하자고 생각하고 만다.

말이 공항 면세점이지 편의점보다 비싼 가격이다. 면세점 제품들이 일반 상점과 가격 차이가 거의 없다. 왜 면세점인지 모르겠다. 원형으로 둥글게 만들어진 각 게이트를 한참 둘러보다가, 남은 40리라를 가지고 카페테리아에 들어가자 정말 깜짝 놀라지 않을 수 없다. 맥주와 프링글스 하나를 들고 계산대에 선다. 앞에 커피와 차 2잔을 들고 계산하려는 현지인으로 보이는 아주머니가 가격을 보고 깜짝 놀라, 그냥 따라 놓은 커피와 차를 내려두고 뭔가 나쁜 소리를 하곤 그 자리를 떠나 버린다.

이것이 바로 1만 7천 원 어치.

'얼만데? 헉! 45리라? 하긴 비싸도 너무 비싸다. 정말 싫어진다.'

맥주 한 캔에 10리라, 프링글스 하나에 12리라. 맥주 한 캔을 7천 원 넘게 주고, 프링글스 하나를 1만 원 가까이 주고 구입한 이 상황이 짜증나지만,

남은 리라를 기념하고 싶은 생각도 없다. 1만 원짜리 프링글스를 씹어 먹으면서 뭔가 위안을 삼아 보려고 한참 여기 저기 뒤적거려 본다. 'Made in Belgium!'

'그래, 벨기에에서 만들어서 쫌 비쌀 거야. 그렇게 생각하자.'

말도 안 되는 것으로 위안을 삼는다. 지난 6일간 매일 무료로 마시던 맥주와 여러 가지 스낵들만을 접하고 보니 뭔가 당하는 느낌만 들 뿐이다. 그뿐 아니라 버거킹의 와퍼 세트가 1만 8천 원이다. 정말 뭐가 잘못되어도 너무 잘못되었다. 2가지가 유추된다. 첫째는 공항 공단이 민간업자에게 과도한 임대료를 부가하고 있을 거라는 것, 또 하나는 현지의 검은 세력이 공항 내의 시설을 장악해 폭리를 취하고 있을 거라는 것이다.

떠나는 여행자들에게 이런 불쾌감을 주게 되면, 그것은 결국 그들의 관광 환경에 좋지 않은 작용을 하게 되는 것이 당연하다. 하지만 꽤나 많은, 혹은 넘쳐날 만큼의 관광객들이 오는 안탈랴라서 그런지 몰라도 이건 너무 심하다 싶다.

비행 편 안에서의 '암내 프리'를 바라며 비행기가 다가오기를 기다린다. 다행히도 아이슬란드의 화산재 영향으로 비행 편에 문제가 생기지는 않아 정상적으로 이륙한다는 방송이 나온다. 한시름 놓인다. 기억 속의 그저 한 도시로 남게 될 안탈랴를 떠나고 있다.

목 베개를 허리에 두고 잠에 빠져 있을 무렵, 기내식 서비스가 잠을 깨운다.

흘러나오는 음식 냄새가 비행기에 오르기 전에 먹었던 맥주, 프링글스 냄새와 비행 중에 잘못 뒤섞였는지 참을 수가 없다. 식사를 거부하고 화장실을 가서 위아래로 쏟아 내려 했지만, 계속되는 여타의 서비스로 화장실로 갈 수가 없는 사정이다. 뒤집힌 속을 달랠 길이 없다. 배를 움켜잡고 코를 막았다. 냄새로 보아 토마토 스파게티가 나온 것 같다. 모짜렐라 치즈가 녹아들어 있는 것이 확실하게 느껴지는 토마토 페이스트 냄새가 머리를 더욱 아프게 한다. 화장실 갈 것을 포기하고 올라오는 메스꺼움을 참아내며

식을 땀을 흘린다. 그다지 비싸지도 않은 항공인데 왜 이렇게 서비스를 심하게 하는지 모를 일이다. 모자를 깊게 눌러쓴 채 잠을 청하기로 다시 마음을 바꾼다. 간절한 마음으로 말이다.

기내 방송에 눈이 떠진다. 곧 도착할 예정이란다. 다소 속이 진정되어 편안함을 느끼면서 착륙을 기다린다.

"크르릉, 프르륵."

비행기가 착륙하다 랜딩 기어가 착륙 면에 너무 세게 맞닿았다. 순간적으로 머리 위에서 산소 호흡기가 떨어져 내려온다. 평상시의 느낌보다 훨씬 더 많이 간 뒤에 비행기가 착륙을 완료했다. 끝까지 안탈랴로부터의 기억은 이렇게 예상치 못한 느낌으로 마무리되어 가고 있다.

5월 14일

여행 속에서 그 어떤 시련이 있더라도 이겨내면, 그것은 결국 전설이 되고 영원한 안주 거리가 된다.

비가 부슬부슬 내리는 자정 무렵의 프랑크푸르트. 피곤할 법도 한 그 시각에 출입국 사무소의 경찰은 여권을 보더니, 한국과 북한이 월드컵에 진출한 사실을 알며 좋은 결과를 얻으라고 응원해 준다. 전 세계 모든 국가 가운데 가장 존경하는 국가인 독일이 공항 초입에서 주는 느낌이다.

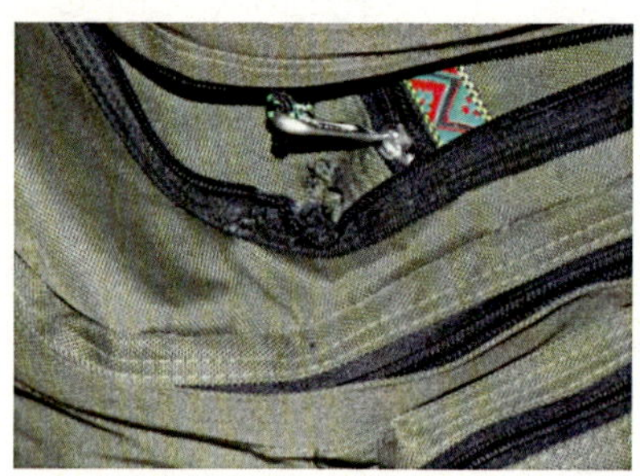

스타일을 바꾼 것에 대한 결과.

프랑크푸르트 공항의 위치에 익숙해졌기 때문인지, 마치 숙소를 찾아가듯 팔 받침 없는 4개의 의자가 늘어선 곳을 찾아 그곳에 자리를 잡는다. 비행기에서 적지 않게 잠을 청해 피곤함이 덜한 가운데 끌낭을 합치려는데, 화물로 보낸 끌낭 지퍼의 한

쪽이 뜯어져 나간 것이 눈에 드러난다. 이것은 뭔가에 걸려 뜯어진 것이 아닌, 일부러 뜯어낸 것이다. 그 사실을 알고는 더욱 불쾌해진다. 그보다 더한 것은 가방을 열어 그 안에 있는 몇몇 가지 물건을 들춰본 흔적이 있는 데다 몇 가지가 없어져 버려 너무 화가 난다.

'정말 안탈랴, 끝까지 좋은 경험 하는구나.'

이럴 바에는 끌낭을 가지고 온 이유와 효과가 없어진다.

그렇다 12 : 자신의 여행 스타일을 다른 스타일에 맞춰 나갈 땐 충분한 준비가 필요하다. 누가 그렇게 해보니 좋다는 식으로 여겨 무심코 따라하다가는 어처구니없는 상황에 놓일 수 있는 확률이 그만큼 높다.

군이 변화를 줄 필요가 없었다. 남들이 끌낭을 메도 캐리어를 들고 다녔던 내가 이번에 무슨 바람으로 끌낭을 가져왔는지…. 맘을 진정시키려고 지난날의 좋았던 기억들만 떠올린 채 쉽게 오지 않는 잠을 청해 본다. 지난 1월 오사카 여행을 하면서 구입한 유니클로의 기모 재킷을 혹시나 해서 가져왔는데, 지금의 상황에 아주 요긴하게 쓰인다. 따뜻하고 포근하니 말이다. 여성의 하이힐 소리가 잠을 방해하기에 충분했지만, 신경 쓰지 않으려 다른 생각을 한다. 지금은 이렇게 해야만 한다. 단 4일 만에 바뀐 공항에서의 뻔뻔함과 과감함이다.

더 이상 잠을 청할 수 없을 만큼의 시끄러운 발걸음과 사람들의 대화가 들리는 것을 보니 그만 일어서야 할 시간이 된 듯하다. 시간이 5시를 넘어 눈을 떠 보니 사람들이 분주히 움직이고 있다. 또다시 성진이의 잔소리가 상상된다. UCC가 있다는 것으로 이렇게 공항 안에서 함부로 자는 것도 뭐라고 할 것 같은 느낌이 든다. 하지만 이번 여행에는 이렇게 공항에서 스탠바이하는 것이 앞으로 2번 더 남아 있다.

자리를 털고 일어나 충전이 될 만한 곳으로 옮겨 그곳에서 인터넷 결제를 하고야 만다. 1달에 29유로. T-Mobile이 되는 곳은 어디서고 사용할 수 있단다.

이것을 처음 도착했을 때부터 했어야 하는데, 미련한 나의 망설임에 지금에서야 결제한다. 어느 곳이고 독일에서 쓰면 되는 것을 지금에서야 하다니. 평균적으로 프랑크푸르트의 피시방 인터넷 이용 요금이 30분에 4유로라고 하니, 그냥 시간에 관계없이 사용하겠단 생각을 한 것이다. 하지만 하이 스피드(High Speed)라는 말은 인터넷의 속도가 아닌 인터넷의 이름인 듯하다. 다운로드를 받으려 해도, 한국에서 받았던 속도의 1/20도 되지 않을 만큼 매우 느리다.

담벼락이 없는 프랑크푸르트의 S-Bahn.

　공항에서 예약한 호텔로 가는 방법을 찾기 위해, 대중교통을 알기 위해 인터넷에 한참의 시간을 할애했지만 머릿속에서 잘 정리되지 않는다. 택시를 타고 호텔로 가자면 25유로 정도를 낸다고 하는데, 그 대신 앞으로의 도시 여행을 위해 1주일 무제한 이용권을 21.3유로를 주고 구입한다. 그것으로 오고 가면 인터넷으로 바보짓한 것을 상당 부분 상쇄할 것이라는 생각 때문이다. 두들겨 맞은 느낌이다. 피곤한 몸을 이끌고 공항에서 열차 타는 곳으로 이동했지만 전혀 감이 오질 않는다. U-Bahn(직행 또는 완행 개념)과 S-Bahn(지하철 또는 국철 개념)이라는 것, 그리고 기타의 것들을 알게 되었지만 눈에 익숙지 않다.

　'이럴 때 어떻게? 그냥 아무 거나 타고 보는 거지.'

　플랫폼으로 들어오는 열차에 올라타고 지하를 벗어나 어디론가 밖으로 나간

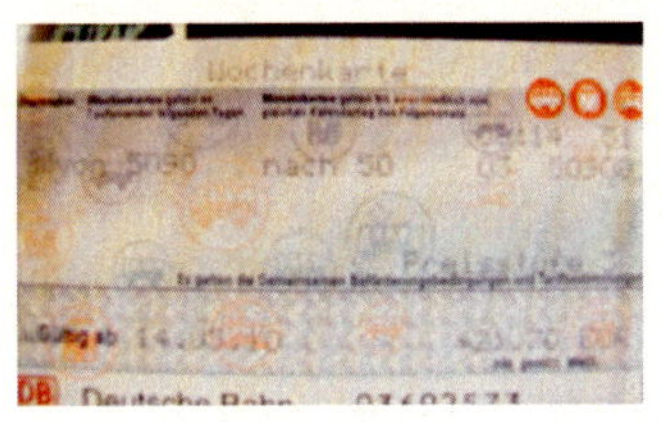

흐릿한 독일의 패스.

다. 소음 없이 내달리는 열차를 타고 어느 정차 역에서 역 이름을 보니 원하는 중앙역과 반대로 가고 있음을 깨닫는다. 다음 역에서 내려 프랑크푸르트 중앙역에 도착한다. 거기서 호텔 이름에 있는 메세(Messe)로 향하는 열차를 타고, 그 역에 내려 열차 노선을 확인하니 그것 역시 호텔과는 다른 곳으로 가는 열차임을 금세 알 수 있게 된다. 내가 가려는 곳은 니이트(Nied)라는 곳으로 S-Bahn 1호선과 2호선이 중앙역에서 2정거장 떨어진 곳이다. 그곳을 가고자 다시 중앙역으로 돌아와 전광판을 보니 이제야 프랑크푸르트의 열차 시스템이 정확히 파악된다.

'흠, 매력적인데.'

독일의 열차 역에는 개찰구가 없다. 표를 판매하거나 체크하는 일도 없다. 단지 열차표 자판기가 있고, 그것에서 자신이 원하는 곳을 찾아 원하는 기간의 열차표를 구입하기만 하면 된다. 열차표 검사가 없으니 무임승차도 당연히 많다는 글이 인터넷에 떠돈다. 열차 안에는 각 량마다 검표원 같은 사람이 한 명 자리를 하고 있지만 열차표를 검사하지는 않는다. 만약 열차표 검사를 불시에 해서 없을 경우 40배의 벌금이 주어지고, 외국인일 경우 3회 적발되면 영구 추방을 한다고 한다. 이런 시스템이 너무 매력적이다.

그렇다 13 : 자유와 사회적 책임이 공존하고 그것이 철저히 지켜지는 것, 그것이 바로 인지해야 할 사람과 사람 사이의 보이지 않는 규정인 것이다.

다른 부분을 떠나 이런 교통 체계는 정말 이 세상 최고의 선진 문화가 아닌가 싶다. 이곳 독일을 방문할 때마다 너무나도 살아가고 싶은 문화라는 느낌을 받는 것을 보면서, 학창 시절 독일어 천재 소리를 듣던 그때로 돌아가고 싶은 생각이 가끔씩 든다. 1년 중 화창한 날씨보다 우중충한 날씨가 더 많은 독일이지만, 트로피컬 해변과 숨을 멎게 할 만큼의 환상적인 경치를 가지고 있는 다른 어느 곳보다 독일의 작은 마을에서 살고 싶다는 생각을 20년 가까이 하고 있다.

니이트(Nied) 역에 도착해 호텔이 있는 노이펠트(Neufeld)로 가야 한다. 예약 확인서에 있는 도로명이 보이고 역 앞 버스 정류장이 보이지만 제대로 확인하지 않고 동쪽으로 걸어 나간다. 평안한 이 지역은 공동 주택으로 이뤄진 고급 빌라들로 보인다. 멀게만 느껴지는 주소를 확인하고 버스 정류장으로 다시 돌아가 노선을 살펴보니 가려는 장소가 있다. 각 정류장에서 출발하는 시각이 적혀 있어 언제 버스가 올지에 대해서도 쉽게 준비할 수 있다. 1분 정도의 편차일 뿐 59번 버스는 제 시각에 도착했다. 버스에서도 표 검사는 하지 않는다. 여유가 느껴지는 버스 안에서 보이는 창밖의 모습은 이곳을 찾은 나 자신에게 흡족한 만족을 줄 만큼 상기된 행복을 준다. 호텔이 보인다.

'Courtyard Marriott Messe' 메리어트에서 일하는 친구로 인해 참 많은 메리어트 브랜치에서 저렴한 가격으로 묵은 좋은 기억들이 있는데, 그 가운데 인터넷 특가를 찾아 구입한 이곳이 맘에 든다. 이

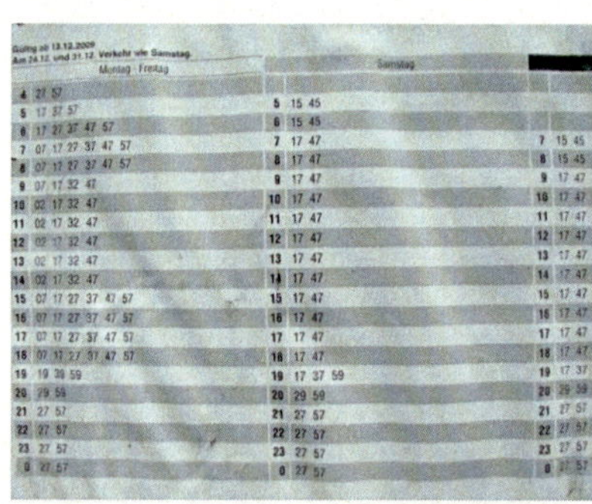

적혀 있는 시간 잘 지켜 주는 버스 기사님들.

늘 기대한 만큼 또는 그 이상을 주는 메리어트 호텔 계열.

른 시간에 도착했는데도 체크인을 해주는 친절함에 방을 찾아 들어가 보니 늘 기대한 만큼의 시설이다. 메리어트 브랜드를 걸고 판매도 하는 편한 침대와 이불 그리고 오리털 베개는 늘 숙면을 유발시켜 준다. 지친 몸에 샤워를 끝내고 침대에 누워 TV를 켜곤 서서히 잠에 빠진다.

눈을 뜨니 벌써 6시가 다 되어 간다. 그렇게 이곳은 내게 충분한 숙면을 제공하고 있다. 지난밤 저녁도, 아침도, 점심도 그리고 지금까지도 뭔가 제대로 먹은 적 없는 내 몸이 뭔가를 찾으라고 신호를 보내 온다. 불행히도 이 호텔에선 티 모바일(T-Mobile)의 무선 인터넷 연결이 되지 않는다. 메리어트만의 인터넷망을 이용해야 하는데, 30분에 5유로, 2시간에 10유로다. 한심한 지출에 헛웃음이 절로 나온다. 그 중요한 인터넷을 우선 뒤로 하고 옷가지를 차려 입고 밖으로 나가 중앙역으로 향한다. 소리 없는 비가 더 심하게 내리고 있는 길거리를 걸으며 문득 이런 생각이 든다.

'이런 날씨의 독일에서는 음악, 시, 소설, 회화 등의 문학적 거장이 나올 수밖에 없겠구나. 정상적이지 않은 날씨에, 매우 정상적인 삶을 요구하는, 자유 속에서의 강한 사회적 책임이 있는 이곳의 환경에선 절제되고 깔끔한 표현의 문학이 거듭 발전할 수 있겠구나.'

중앙역의 한 슈퍼마켓에서 무얼 살까 두리번거리다가 샴페인을 비롯한 몇 가지를 카트에 담는다.

'어느 누구에게도 간섭 받지 않는 오로지 나만을 위해 건배하고 싶다.'

프랑크푸르트이니 프랑크 소시지도 사고, 언젠가부터 푹 빠진 드레싱 없는 샐러드도 하나를 사들고 호텔로 돌아간다. 이젠 교통을 현지인처럼 이용하는 내 모습을 보니 참 기특하다. 남들에게 이런 것으로 부러움 샀던 내가 이해되기 시작한다.

'아~, 이곳에 살고 싶다.'

창밖으로 보이는 독일의 도심과 전원이 내 마음 한 곳에 동경하고픈 마음을 갖게 한다. 맛있는 맛집을, 유명한 뭔가를 맛보러 가는 일을 어느 정도 졸업했다고 생각되는 요즘, 그런 반복적인 경험으로 인해 레스토랑을 멀리하는 것이 아니라, 특별할 것이 없는 레스토랑에 마음과 발길의 욕구가 생겨나지 않는다. 결혼을 하지는 않았지만, 어쩌면 이것이 결혼 전후 6개월의 잠자리 이후의 모습이 아닐까 하는 생각도 한다.

'여자가 다 똑같지. 음식이 다 똑같지.'

차라리 여행을 하면서 지금 푹 빠져 있는 드레싱 없는 샐러드가 어느 마켓에서 더 신선하고 더 손이 가게 만들었는지 하는 궁금증이 일어나고, 그리로 발길을 딛고 싶은 생각이 생겨날지도 모를 일이다.

호텔에 들어와 작은 만찬을 준비한다. 마트에서 10 종류가 넘는 캔맥주를 모두 내려놓고 접해 보지 못한 3종류의 캔만 선택했지만, 전부 내 마음에 쏙 드는 것은 아니다. 한 모금 마시고 바로 변기로 쏟아 버린 것도 있는가 하면, 마시는 내내 캔에 적혀 있는 숫자 하나까지 모두 읽을 만큼 감동적인 맛을 가진 맥주도 있다. 사실 마켓의 맥주는 외국 브랜드까지 포함하면 짐짓 40여 가지가 넘게 진열되어 있었지만, 그걸 열차로 또 버스로 이어지는 길에 들고 오는 것은 여간 짜증나는 일이 아닐 수 없다. 그러므로 차가 있으면 소비와 지출이 늘어날 수밖에 없다는 말이 정답이다.

그런 가운데 항상 여행을 할 때면 렌터카를 생각하게 되는데, 참 아이러니한 것은 여행지를 정해 놓고 항공 티켓을 구입하고 숙박 시설 예약을 완료해 놓고는 현지에서 어떤 교통을 이용할지 결정하지 않는, 나쁘다면 나쁘고 고약하다면 몹시 고약한 습관이 내게 있다.

'어느 나라를 가도 다 교통수단이 있겠지. 공항에 도착하자마자 걸어가는 곳

이 있겠어?'

　이런 출처를 알 수 없는 과도한 자신감과 낭만이 주는 결과는 때론 안탈랴같이 4~5만 원의 지출을 해야만 원하는 곳으로 옮겨지는 결과를 낳게 된다.

　'이곳에서 1년의 시간을 얻으면 나는 무엇을 할까?'

　이곳이 너무도 마음에 드는지 갑작스레 이런 생각이 절로 든다.

　'독일어를 배우겠고, 시를 100편 쓰고, 소설을 하나 쓰지.'

　그런 꿈만 같은 생각을 한다. 어느 누구도 인정하지 않고 관심 없는 나의 문학적 열망을 실현할 그 날만을 꿈꾸며….

　독일 TV 프로그램은 유럽의 다른 나라들에 비해 상대적으로 선택의 폭이 좁다. 영화는 별도의 요금을 지불하는 형태이며, 그나마 나오는 프로그램은 CNN과 BBC를 제외하곤 모두 독일어 방송이다. 이래가지고 간밤을 잘 보낼지 걱정이다. 그렇다고 컴퓨터에 있는 잡다한 오락을 하는 것도 더 이상 무의미해 안탈랴를 떠나며 삭제해 버렸는데 말이다. 포근한 침대 속에 들어가 독일 남부에 눈이 오고 있다는 뉴스를 CNN에서 본다. 내일 날씨가 만만치 않겠다는 것을 예상하게 된다. 그 밖에 태국의 사태가 심각해져 간다는 뉴스와 톱기사가 주를 이루고 있다.

　'시위대의 우두머리를 봐라, 그들이 타이속인지 아닌지. 아무것도 모르고 푼돈 주니 길거리로 나서는 가난한 사람들이 뭘 알겠냐? 그냥 총 맞으면 죽는 거고, 안 맞으면 그 시위대한테 돈 받는 거고. 한 번 성깔 부리면 끝까지 가는 타이족이 타협을 할지 어디 두고 보자. 사람은 계속 죽어 나갈 것이고, 시위대는 정부의 폭력성을 국제 사회에 호소해서 자신들의 폭력 시위를 정당화하겠지.'

　그것을 보며 서서히 눈을 감고 있다.

보편적 인간은 극소수의 사람들만이 자신이 꿈꾸는 여행을
실현할 것이라고 단정 지음으로써 자신의 정체됨을 위로받고자 한다.

시간이 어떻게 지나갔는지 모를 정도로 뒤척임 없이 눈이 떠진다는 것은 몸 속의 장기들과 몸 밖의 마디마디가 충분히 휴식을 취했다는 뜻이다. 그런 아침은 그 어떤 매력적인 여성과의 격한 잠자리 이후에 아침을 맞는 것보다도 더욱 강한 에너지가 축적된 느낌이 든다. 이불 속에서 한참 동안 옹알이를 하다가 자리에서 일어나 창밖의 맑은 공기를 마시려 문을 열자마자 정신이 번쩍 든다. 마치 겨울 같은 날씨…. 왜 하이델베르크에 눈이 온다고 하는지 이해가 가는 날씨다. 인터넷 예약에서부터 과도한 칭찬 일색이었던 아침 식사를 위해 방문을 열자 어제 인기척도 느낄 수 없었던 중국인들이 그득그득하다. 레스토랑에 내려가서도 눈이 휘둥그래질 수밖에 없다.

"안녕하세요, 방 번호가 어떻게 되세요?"

"526번이요."

"들어가세요."

지금까지 봤던 어떤 독일 여성보다 아름답고 충분히 매력적인, 왠지 모르게 차갑고 딱딱하고 성의 없는 느낌을 주는 이유는 왜일까? 그 궁금증이 해결되는 데는 아주 짧은 시간도 필요치 않았다. 여기저기 자리한 중국인 관광객들의 난리법석과 고성 속에서 그 여직원이 혼자 그걸 감당하고 있기 때문이다. 안타깝게 느껴지기까지 한다.

'아~, 너무 빨리 내려왔나 보다. 내일부터는 아주 늦게 와야겠다.'

일본이 그랬을 것이고 한국이 따라했을 것이고, 이젠 그걸 깡그리 모아서 중국이 결정판을 내려 주고 있으며, 간혹 베트남인들이 거들고 있다. 단체로 몰려다니는 패키지여행, 그 꼴불견의 진면목을 말이다. 공공질서를 무시하고, 공공장소를 자기 집처럼 여기고, 사재기 쇼핑을 하고, 촌스런 모습으로 여기저기 누비고 다니는 동양인을 보면 어느 현지인이 우리나라에 와서 저렇게 돈 쓰고

간다고 고마워할지…. F와 S를 연신 날려 주기 바쁘겠지.

민망한 상황에 같은 피부색과 비슷한 모양새로 있는 것이 부끄러워 자리를 박차고 나오고야 만다. 호텔의 커피 서비스 테이블에서 한 잔 들고 가려 했지만, 중국인들이 공사장 식당 소리보다 더 시끄러운 목소리로 커피 테이블을 완전히 장악하고 있어 그마저도 포기하고 방을 향해 엘리베이터 앞에 선다. 하지만 그곳 역시 중국인들이 장사진을 치고 있어 계단으로 5층까지 올라가기로 작정한다.

"오늘 정신없네요. 300명이에요."

계단을 오르기 전 누군지 모르는, 현지 관광에 종사하는 사람일지 모르는 이가 하는 말이다. 참 대단하다. 이를 부득부득 갈고 인터넷 1일권을 결제하는 내가 불쌍하다. 인터넷이 언제부터인가 내게 입으로 들어가는 밥만큼이나 중요한 부분이 되어 버린 것이 한편으론 자랑스러우면서도, 다른 한편으로는 나 자신이 점점 비판에 대해 자유로워지는 것이 우려되기도 한다. 인터넷으로 다운을 받아놓고 보니 완료 예상 시간이 대략 14시간 뒤다. 참 대단한 하이 스피드(High Speed) 인터넷이다.

쌀쌀한 날씨 가운데 호텔을 나와 유명한 곳을 돌아다녀 보지만, 가는 날이 장날이리고 내가 머무는 기간 동안 박람회의 메카라고 불리는 프랑크푸르트 메세에 전시회나 박람회가 하나도 없다는 불운한 소식을 접한다. 왜 이 메리어드 체인이 상상할 수 없는 파격적인 가격에 오퍼를 했는지 이해할 수 있게 된다. 다시 호텔에 들어와 이불 속에 몸을 맡기고 느린 하이 스피드를 바라본다. 비즈니스가 목적이 아닌 내게 전시회나 박람회 관람이 큰 목적은 아니지만, 없다니 섭섭한 마음은 남는다. 요즘 프랑크푸르트는 유럽 은행의 중심으로 자리 잡고 있어 전시회나 박람회의 횟수와 규모가 예전에 비해 점점 줄어들고 있다고 한다.

정오가 다 되어도 나갈 생각을 하지 않고 있다. 너무 오랜 만에 느끼는 이 포근함 때문이기도 하지만, 그저 가슴 한구석에 찝찝함이 잔뜩 담겨 있음을 한참 느끼고 있다. 그런 마음을 정리하고 버스 시간에 맞춰 밖으로 나가 어느새 조용해진 호텔을 빠져나간다.

해가 떠 있지 않은 독일의 전형적인 날씨를 느끼며 무작정 정해진 목적지도 없이 길을 나선다. 버스의 반대 방향으로 버스를 타고, 내려야 할 역에 내리지 않고 한참을 가다 트램이 서 있는 것을 발견하고는 발걸음을 그쪽으로 향한다. 무작정 내리자마자 한국에서도 친숙한 버스 정류장의 사람이 간밤에 만든 거대한 피자를 눈과 코로 확인하고 트램으로 옮겨 탄다. 암만 사회적 질서가 잘 갖춰져 있다고 해도 사람 사는 곳은 결국 대다수의 보통 사람들 속에 소수의 반사회적 '또라이'들로 이뤄질 수밖에 없다. 그 비율의 격차가 좁혀지면 그 나라를 후진국 또는 좋은 말로 개발도상국이라고도 한다.

무심코 옮겨 탄 트램의 노선을 보니 중앙역으로 향하고 있다. 기특하게도 무슨 역이라는 것이 귀에 들어오고, 오른쪽인지 왼쪽인지가, 또는 갈아탈 수 있는 버스와 기차 번호가 귀에 들어온다.

'내가 독일어 천재였다니깐.'

아침의 찝찝함을 상쇄하고 중앙역에 도착해 어딘가 정하지 않고 발길 닿는 대로 걸어간다. 다양한 국적과 모습의 레스토랑과 상점들이 눈에 스쳐 지나가고, 잘 정돈된 거리와 녹음을 카메라에 열심히 담으며 걸어가다 보니, 그 유명세가 프랑크푸르트의 으뜸이라고 불리는 뢰머 광장까지 오게 된다.

전형적인 독일 날씨에 금융가를 지나 뢰머로 가는 길.

 여행과 결혼한 남자

독일의 어느 도시를 가도 느낄 수 있는 광장의 분주함, 익숙한 맥주 냄새, 그리고 구이 연기는 조금 너 그 안에 푹 빠져들게 한다. 재래시장에서 분주하게 사고파는 사람들의 모습에 뭔가를 구입하고 싶은 마음이 들어 부쩍 다가갔지만 쉽게 구매욕이 생기지 않는다. 참 희한하게도 말이다.

광장의 한 임비스에서 맥주 한 잔을 손에 쥐고 앉아 혼자 좋아하고 있는 지금, 혼자 앉아 있는 동양인이 신기한지, 같은 동양인에 비해 보이는 면이 더 많아 뭔가 더 호기심이 가는지 사람들과 시선이 계속 마주친다. 이곳에 오랫동안 있게 된다면 누군가와 사랑을 하게 될 것 같은 생각이 갑작스레 떠오른다. 독일 여성은 참으로 지적이고 상냥하고, 뭐라고 표현하기 힘들지만 모습에 뭔가가 뚜렷하고 분명해 보이는 점이 있다. 그런 모습이 참 보기 좋아 시선이 마주

쳐지면 존중하는 눈빛을 보내게 된다. 하지만 돌아오는 시선은 일상적인 미소가 아닌, 코미디언을 보고 있는 미소이다.

'아니, 내가 어디가 그렇게 웃겨? 그래 머리 좀 크다. 그게 웃겨? 독일에 나보다 머리 큰 사람 엄청 많아! 그리스 신화, 로마 신화의 신들을 봐! 나보다 몇 배는 더 커!'

주변을 의식하고 약간 오버할 때가 있기는 하지만, 지금 나의 행동이 별것 없는데도 나랑 눈을 마주치면 왜 그렇게들 속닥거리고 웃는지 영문을 모르겠다. 그 웃음과 미소가 비웃음이 아닌 것은 분명하게 보여 신경 쓰지는 않지만, 신경을 쓰지 않으니 더 웃는다. 혼자 노랫말을 흥얼거리는 모습을 보고 자지러지는 예쁜 아가씨들은 뭐가 그렇게 웃기는지 모르겠다. 결국 자리를 일어나며 간다는 제스처를 보여 주니 손을 들고 작별인사를 해준다. 웃음으로 그들과 멀어져 가는데, 이곳에 작은 축제가 있다는 것을 눈으로 확인할 수 있도록 작은 현수막 하나가 걸려 있다. 거리의 악사는 슬픈 바이올린을 켜고, 그 음조가 추운 날씨에 더욱 와 닿는다.

토요일이라 그런지, 아니면 작은 축제가 있어서 그런지, 명동만큼은 아니지만 독일답지 않게 아주 많은 사람들을 볼 수 있다. 유럽 금융의 교두보인 프랑크푸르트이기에 도시 내에 관광객이 많이 없다는 것을 감안하면, 정말 분데스리가 게임이 끝난 축구장 2~3군데에서 경기가 끝나고 몰려나온 것과 같은 인파들을 볼 수 있다. 그렇다고 뮌헨의 그 맥주 축제만큼은 결코 아니지만 말이다.

도심을 가로지르는 강을 따라 한참 걷다가 마치 중앙로를 연상할 만큼 다양한 상점과 건물들이 밀집된 곳으로 가고 있다.

백화점과 상점, 시장과 거리. 내가 여행을 하면서 가장 잘 가고 기억에 많이 담는 곳인 그곳들에 오늘 충실하고 있다가 큰 슈퍼마켓 하나를 발견하곤 한 자리를 한다. 눈으로 보이고 코로 자극되는 수많은 것들이 별것도 아닌 이 상황에 부자가 된 느낌을 만들어 주니 행복하기만 하다. 샐러드와 과일들이 가득가득 있는 것을 보니 여행 전에 느끼지 못했던 기쁨도 생겨난다. 양손의 비닐봉투에 가득 담고 가방에 옮겨 담아 발길을 호텔로 돌린다. 마치 무슨 좋은 일이

와인 페스티발인데 와인 파는 곳은 보질 못했다.

생길 것 같은 확신에 찬 기쁨으로 말이다. 이런 내 모습. 얼마 전까지만 하더라도 나는 남의 눈을 먼저 의식해서 내가 쓸쓸하거나 못나 보이는 것은 아닌가 하고 혼자 잡생각에 가득 차곤 했었다. 그러나 이제 나를 덜어 놓고 나니 레스토랑에 갈 때 3가지 불필요한 고민을 하게 된다.

'혼자라고 엉뚱한 자리를 주면 어쩌지? 혼자라고 1개만 시키면 눈치 주지 않을까? 혼자라고 먹는 것에만 온통 신경이 쓰일 텐데?

멀쩡하고 청소 잘해 주는 호텔에서 이렇게 먹고 싶은 것들을 골라 사가지고 가는 것이 차라리 낫다고 생각하게 된 것은 불과 얼마 전부터이다. 그동안 해외여행 왔다고 필요 없이 많은 시간과 비용을 별것 없는 레스토랑에서 소비했던 일들을 생각하면, 좋은 기억보다 현실적인 아쉬움만 남는다.

그렇다 14 : 내가 원하는 것을 할 때 행복한 것이지, 남이 그럴싸하게 포장한 것을 해서는 환상에서 쉽게 빠져나오지 못한다.

도심에서 쉽게 볼 수 없는 검표 장면.

숙소로 가는 지하철에 오르자 예상 못 했던 표 검사를 한다. 거의 하지 않는다는 그 표 검사를 하는 것이 신기하게 느껴진다. 그 느낌을 담으려 사진을 한 장 찍자 또 어떤 여성이 날보고 웃는다. 이유를 알 수 없는 저 웃음. 주 중이 아닌, 프랑크푸르트의 주말 교통은 내게 큰 운동을 시켜 준다. 버스가 1시간에 2번만 오는데, 방금 한 대가 눈앞에서 출발하고 만 것이다.

'30분을 기다릴 것인가? 걸어갈 것인가?'

결국 호텔까지 걸어가기로 작정을 하고 길을 나선다. 아주 많은 시간이 걸리겠지만 호텔로 가는 이 길이 힘들지 않다. 어느새 내 집으로 가는 느낌이 드는 게 기분이 좋다. 호텔에 돌아오자 중국 관광객들은 언제 있었냐는 듯 썰물처럼 싹 빠져 나가고, 처음 이곳을 찾아왔을 때의 그 느낌으로 돌아간 것 같아 다행스럽다.

샤워를 마치고 다시 나 자신을 위한 작은 파티를 한다. 노트북을 열어 정리할 몇 가지들에 집중하면서, 샐러드가 담긴 통에 손을 대고 주섬주섬 집어먹는 내가 색다르다. 이런 경험이 없는 내가 맛이 꽤나 좋다고 연신 손을 갖다 대고 있으니 말이다. 사르르 몰려오는 잠에 취하는 이 기분이 좋다.

5월 16일

발끝부터 머리끝까지 뽀송뽀송한 느낌에 한참 동안의 기지개까지…. 보약을 먹는 것보다 숙면이 낫다는 옛말이 틀림없는 것 같다.

'하긴, 옛 말이 틀린 게 없지.'

한참을 이불 속에서 옹알거리다가 레스토랑으로 향하기 위해 방문을 연다. 9시가 거의 다 되어 가는 시간이지만 어제와 다르게 조용한 분위기다. 레스토랑 직원이 없다. 자리를 잡고 앉자 어제 그 여직원이 다가온다.

"방 번호가 어떻게 되시죠?"

"퓐프 츠바이 젝스."

내 입에서 나도 모르게 독일어가 나온다. 사실 어젯밤 눈감고 혼자 연습한 것이긴 하지만…. 그 여직원이 웃는다. 한결 조용하고 한가한 레스토랑에서 식사를 편하게 즐길 수 있는 시간이다. 그토록 극찬을 아끼지 않던 이곳의 아침 식사는 그냥 메리어트의 아침 식사다. 경의를 표할 만큼은 아니라는 말이다. 미국에선 연어와 치즈 그리고 접하기 힘든 몇 가지가 아침 식사에 제공되는데,

그것이 극찬할 만큼이나 되는가 싶은 마음이다. 커피 테이블에서 머그컵 하나를 들고 방으로 향한다. 그동안 밀린 속옷과 양말을 세면대에서 조물조물 빨아 발코니에 널어 본다. 오늘 날씨가 한국의 5월 날씨로 의심하게끔 끝내 주기 때문이다. 안탈랴의 태양만큼은 아니지만 맥주 없이 콧노래를 부를 만큼의 햇살 따스한 날씨다.

창밖으로 보이는 화창함이 기분을 상쾌하게 해준다.

창밖으로 보이는 화창함이 기분을 상쾌하게 해준다. 날씨가 너무 좋다 보니 월요일에 가보려고 생각했던 하이델베르크로 발길이 옮겨지고 있다. 아무 정보도 없이 또 이정표와 트램을 이용해 주변을 눈치껏 찾아서 중앙역으로 향한다. 10시 훌쩍 넘은 아침 시간임에도 대부분의 상점들이 문을 연 곳이 거의 없다. 전혀 한국적이지 않은 유럽의 모습 중 하나다. 흔한 아시안 상점도 편의점도 문을 열지 않은 것을 보면, 이곳 사람들이 얼마나 여유롭게 사는지 알 수 있다. 시간적인 여유 말이다. 아침 11시에 열어서 오후 4시 전에 문을 닫는 소매점이 한국에 있다면, 과연 그 상점이 살아남을 수 있을까? 또 의아해 하는 시선을 감당할 수 있을까? 아마도 그 전에 상가 번영회나 상조회가 가만있지 않을 것이다. 이것이 둥글게 살아가며 받아들여야 하는 딜레마인 것이다.

독일스러운 발락이 중앙 역사를 가로 막고 있다. 프랑크푸르트의 중앙 역사는 참 잘생겼다. 카메라에 담지 않을 수 없을 만큼 매력적이다. 그리곤 무작정 하이델베르크 행 열차에 몸을 맡긴다. 2003년 니스(프랑스 남부의 휴양지)에

 여행과 결혼한 남자

독일스러운 발락이 중앙 역사를 가로막고 있다.

서 타보고 싶었던 그 열차다. 한 자리를 차지하고 설레며 기다리는데 멀쩡한 사람이 자리에 앉은 이들에게 구걸을 한다. 그런 모습을 보니 이곳의 걸인들은 참 좋은 자리와 타이밍을 가지고 있다고 생각된다.

'아주 기발해. 그래도 국물도 없어, 이놈아! 할 짓이 없어 구걸이냐? 그냥 코 박고 죽어!'

11시가 넘어 출발한 열차가 속력을 낼 때 즈음 표 검사를 한다. 뭔가 내가 잘못한 느낌이 든다. 같은 권역이 아닌 하이델베르크를 별도의 티켓 없이 가고 있으니 말이다. 가지고 있는 표를 검표원에게 보여 주니 아무 말 없이 그냥 지나쳐 간다.

'물건을 훔칠 때 떨리는 기분이 이런 것일까?'

아마도 표 검사를 하는 지점이 프랑크푸르트 권역인가 싶다. 가슴이 두근거리고 마음이 안절부절 못 하는 것을 보니 내가 분명 뭔가를 잘못했다는 생각이 든다.

'돌아올 때는 꼭 표를 끊고 와야지.'

무지가 주는 허무함에 절로 긴장이 되니 마음을 진정시키기가 쉽지 않다.

직행이 아닌 완행인 이 열차는 1시간 30분 정도가 지난 뒤에야 하이델베르크 중앙역에 도착한다. 보고 싶은 사람들에게 짧은 연락이라도 하고 싶어서 로밍된 휴대폰의 통화 버튼을 만지작거리기를 수차례 반복만 할 뿐 다시금 휴대폰을 접는다. 왠지 나만 생각하는 것 같은 이기적인 생각이 아닌가 하는 마음이 들어서 말이다. 짧은 문자라도 대신 남기려고 한참을 즐겁게 써내려 가지만 그 역시도 접고 만다. 현실 속에서 바쁘게 살아가는 그들에게 나의 이기적인 시공간의 여유가 이질감만 더욱 키우지 않을까 고민스럽기만 하다. 정말로 보고 싶은 그들에게 하고 싶은 말이 너무 많은데 말이다.

'내 생에 가장 큰 선물은 그 어떤 행운보다 당신을 알게 되었다는 것입니다. 하루하루가 다르게 세상이 변해 가는 요즈음, 이전과 지금도 말할 수 있는 것은 이 세상 그 어떤 말로 표현할 수 없을 만큼 당신이 소중합니다.'

2010년 5월 16일 하이델베르크를 가고 있는 정오 무렵 이 생각을 했다는 것을 휴대폰에 저장해 놓고 마음의 위안을 삼고 만다.

그런 감상 속에서 맞이한 처음이 아닌 이곳을 그동안 꿈속에서 얼마나 많이 보고 얼마나 많이 지냈는지 모른다. 그만큼 하이델베르크는 나에게 있어 유럽의 로망, 독일의 로망, 그리고 삶의 로망이었고, 지금도 변함없다. 프랑크푸르트와는 다르다는 것을 단적으로 보여 주는 것은 일명 깃발 관광이라고 하는 패키지 단체 관광객들이 여기저기 가득하다는 것이다. 여러 나라의 말이 귀에 들어오는 것과 주차장에 늘어선 관광버스들이 눈에 가득 담기는 것으로도 이곳이 독일 관광의 핵심인 하이델베르크라는 것을 느끼게 해준다. 뮌헨의 맥주 축제(매년 9월 말경에 하지만 October Fest라고 명명한다.)의 폭발력은 없지만, 언제나 가득한 관광객들로 여기저기 도시가 온통 관광을 위해 집중해 있다는

것을 쉽게 확인할 수 있다. 그 가운데 있는 나 자신. 언젠가 누나가 서울의 궁을 지나갈 때마다 내게 말했던 것들 중 하나둘 떠오른다.

"난 전생에 궁에서 살았나 봐. 너무 편하고 좋아."

그 말에 무수리였다고 놀려 대던 기억밖에 없는 줄 알았는데, 나 역시 이곳이 너무 친근하고 이곳에서 살았을 것 같은 느낌이 든다. 그걸 보면 내게 이곳은 참 특별한 곳임에 분명하다. 발을 내딛는 곳곳마다, 눈에 보이는 그 어떤 사물도 온몸에서 분출되는 엔돌핀 속에 사로잡혀 있다. 얼굴이 저절로 밝아진 느낌을 스스로 받고 있을 정도면 지금 이곳에서 내가 얼마나 행복해 하고 있는지를 느끼게 해준다.

사진으론 표현할 수 없는 감동을 주는 이곳 하이델베르크.

하이델베르크 성으로 오르는 길은 결코 쉽지 않다. 중간 중간 숨차게 올라가다 쉴까 말까 고민에 빠지다가도, 지나가는 사람들 앞에서 왠지 왕성한 에너지를 보여 주고 싶은 쓸데없는 객기에 성을 단번에 올라가 버린다. 하지만 결국 후들거리는 허벅지를 위해 잔디에서 강제적으로 휴식을 취해 주고 있다. 시원하게 트인 전경을 눈에 담으면 2003년이 아닌 그 이전의 언젠가 내가 이곳에서 행복한 삶을 영위했을 거란 생각이 절로 든다. 아주 천천히 복원, 보수를 해 가고 있는 모습이 탁 트인 정원과 조망을 하는 데 큰 장애가 되지 않는다.

입장료를 따로 내고 하이델베르크 성의 하이라이트가 가득한 성내로 들어간다. 조금 개조를 한 곳들도 있긴 하지만, 더욱 멋들어진 경치와 느낌을 전해 준다. 중세 시대 성내에서 약 조제를 하던 곳에 들러 바이에른(아스피린을 만든 독일 약사)의 발자취를 경험해 보는 것이 흥미롭다. 출구에 있는 작은 상점에서 미금(이성 중에 가장 소중한 사람)이가 좋아하는 아기자기한 도자기 절구를 구입하고, 세계에서 가장 큰 와인 저장고가 있는 곳으로 향한다. 사실 화장실이 목적이었지만 그 큰 와인 저장고를 보니 거짓말같이 그 증세가 뚝 그쳐 버린다. 조금의 땀을 시원한 바람이 말끔히 정리해 주는 상쾌한 이 기분은 자연이 주는 행복이 아닌가. 그 행복의 포식을 조절 없이 즐기고 있는 이 순간이 황홀하다.

'오랜 만에 느껴지는 온몸의 포에(FoE: Full of Energy)다.'

성을 내려와 유명한 골목길을 따라 정신없이 걸어 나가니 시간도 정신없이 흘러 프랑크푸르트로 돌아가야 할 마음을 전달해 주고 있다. 양쪽으로 레스토랑과 기념품점이 즐비한 긴 거리를 어딘가에서 왔을 다른 관광객들과 함께 걸어가고 있다. 길의 끝에서 트램에 올라 거리를 바라볼 무렵, 갑자기 왔던 길이 아닌 다른 길로 가고 있는 트램에 생각이 복잡해지기 시작한다.

'이건 뭐지? 지금 내릴까? 어차피 종점에 가면 다시 오겠지?'

이젠 조금 교통 체계를 안다고 혼자서 별별 상상을 하다가 이름도 거리도 모르는 곳에 내려 반대로 가는 열차를 기다리며 트램 정거장에 덩그러니 앉아 있는 내 모습이 나쁘지 않은 느낌을 준다.

'난 이런 모습이 기억에 참 많이 남던데…. 오늘 이 시간도 기억에 많이 남겠구나.'

중간에 다시 돌아오는 트램으로 갈아타고는 하이델베르크 중앙역에 이르렀을 땐 왠지 모를 아쉬움이 몰려온다.

'또 올 거잖아. 한 번 연애하고 돌아서는 것처럼 생각하지 말자, 혁아.'

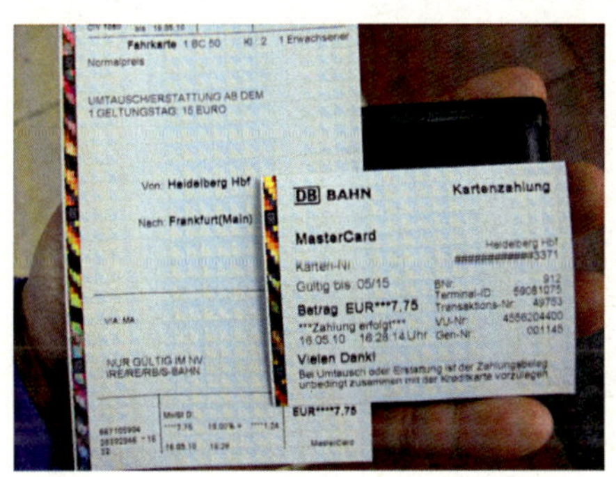

티켓 판매기에서 열차 티켓을 프랑크푸르트 권역 티켓 소지로 할인받아 발급받으니 마음도 편하다. 그리고 남은 시간을 이용해 슈퍼마켓에서 한국으로 가져가면 몇몇 사람이 좋아할 것들을 쇼핑 리스트에 담아 계산대에 줄 서 있는 기분이 나쁘지 않다. 고개를 갸우뚱하게 만드는 코카콜라의 엉성한 탄산이 몸속에서 사라져 갈 때쯤, 열차도 프랑크푸르트를 향해 출발한다. 그리곤 곧 열차 티켓 검사를 한다. 이리도 자주하는데 거의 하지 않는다는 말은 나 스스로가 원치 않는 타인의 여행기를 보고 그것을 내 것으로 받아들인 잘못된 결과이다.

티켓을 꺼내 확인시키고 있을 즈음 남자 승객 한 명이 티켓을 들고 뭐라고 해명을 하고 있고 검표원은 잘못된 것을 다시 지적해 벌금 티켓의 정당성을 주장하고 있다. 자그마치 970유로(약 160만 원)가 넘는다.

'이야, 열차 티켓 안 샀으면 내가 사랑하는 독일에서 아주 망신, 망신, 개망신 당할 뻔했구나. 하나님이 보우하사다.'

사람은 죄짓고 못 산다고, 나 역시 뭔가를 속이고 감추고 살지 못할 운명인가 보다.

일요일의 오후, 아니 저녁, 열차에는 제법 많은 사람들이 프랑크푸르트로 향하고 있다. 뿌듯함을 한가득 담고 돌아가는 내게도 집으로 돌아가는 것 같은 편안함이 있다. 호텔로 바로 돌아갈까, 아니면 몇 가지를 사서 갈까 고민하다 몇 가지를 사러 나선다. 하지만 아무리 크고 유명한 곳도 일요일은 문을 닫는다는 것, 그것도 해가 훤히 떠 있지만 저녁 8시에는 어디에서도 살 수 없다는 것을 깨닫고는 발길을 돌려야 할 내가 그만 초밥이 그럴싸하게 전시되어 있고 뷔페라고 적혀 있는 광고를 보고는 덥석 들어서고 만다. 그리고 그것에 대해 실망하는 데는 많은 시간이 필요하지 않다. 기분 나쁜 포만감을 가지고 돌아선 내내 여행 중 가장 후회되는 행동을 했다는 생각에 스스로 자책한다.

'내가 중국 여행 왔니? 중국 사람이 만드는 일식은 일식이 아니야. 얼마나 많은 시간을 속았고 또 앞으로도 속아야 정신 차릴래? 다시 속고 불쾌한 포만감이 쌓여서 그걸 일깨우니? 며칠 있으면 캐러비언으로 가는데…. 샐러드 찾아다니다가 도대체 무슨 짓을 한 거야?'

온갖 한심한 생각에 돈 아까운 것보다 몸이 답답한 것이 더 안타깝다. 많이 먹는 것이 좋은 것이 아니라, 먹고 싶은 것을 또다시 먹고 싶을 정도로 먹는 것이 좋은 것이라는 것을 이번 여행을 통해서 절실히 느끼면서도 아직 스스로를 제어하지 못하는 나 자신이 한심스럽다. 후회를 조금이라도 만회하기 위해 열차 역에서 내려 일부러 호텔까지 걷기로 나 자신과 합의를 하고, 어둠이 몰려오는 길을 평소보다 빠르게 걸어간다. 내 몸을 고생시키는 것이 아니라 내 몸을 사랑해 주는 것이다. 조금이나마, 아주 조금이나마 마음이 놓여 간다.

호텔에 도착했을 때, 카드 키를 방에 두고 왔는지 아무리 찾아도 없다.

"저 카드 키를 방에 두고 나왔는데 좀 도와 주실래요?"

"방 번호가 어떻게 되죠?"

"퓐프 츠바이 젝스."

또 나도 모르게 이 말을 하고 있다.

"!@#$%&*(*($#%?#"

'엥! 뭐라는 거야?'

"파이브 투 식스."

"아뇨, 이름이오."

우리나라에서도 과연 이런 일이 일어날지 모르겠지만, 어디 가서 한 마디 하면 그냥 자연스럽게 현지말로 쭉 말을 하는 통에 더 말하기가 주눅 든다. 차라리 영어로 이야기하면 '모른다, 안다' 할 텐데 말이다.

방으로 돌아와 발코니에서 햇살에 바짝 살균된 속옷과 양말을 거둬들이고 앉아 옷장 정리를 하다 보니 'Please, don't disturb' 표시가 나온다. 그것이 없어 계속 하우스 키핑 서비스를 받았는데 말이다.

헛된 배부름 속에 화학 소금과 조미료로 더부룩해진 배가 먹기 싫은 혐오 음식을 먹은 느낌처럼 짜증스럽다. 지금 이 순간을 기점으로 중국이 아닌 그 어떤 나라에서 춥고 배고프고 고달픈 상황이 오더라도 중식 집은 가지 않겠다는 다짐을 또 하게 된다. 200~300달러 주는 고급 중식이 아닌 허접한 뷔페는 다시는 가지 않으리라고 말이다.

정통 중국 음식은 레스토랑 입구부터 압도하는 대국의 카리스마가 느껴지고 서비스와 메뉴 역시 훌륭해서 감동이 생겨날 수밖에 없을 정도로 호감 가는 색다른 맛을 주는 데 반해, 중국 개화기에 피난 와서 한국에 정착한 화교들이 만든 한국형 중식은 외국에서 쉽게 볼 수 있는 질 떨어지는 중식과 다를 바 없다. 자장면 한 그릇을 만들기 위해 화학조미료와 설탕을 얼마나 써야 보편적인 자장면의 맛이 나오는지 얼마 전 TV를 통해 엄청난 충격을 준 뒤, 왜 화교들이 자장면을 팔면서 자신들은 자장면을 먹지 않고 끼니마다 다른 음식을 먹는지 깨닫게 된다. 그들이 수십 년 동안을 이 같은 사실을 숨긴 채 대한민국 온 국민의 건강을 해쳐 왔으니, 마음속 저 끝자락에서부터 솟아오르는 개탄의 감정이 쉽게 가라앉지 않는다. 정말 나쁜 사람들이다. 그러면서 물가가 조금이라도 오르거나 환율이 변동되면 밀가루 값이 어쩌고저쩌고 하는 작태가 참으로 보기 싫다.

'당신들은 당신들이 만든 음식만 먹고 살아요!'

지난 1주일 여 동안 너무도 좋던 장운동은 멈춰지고, 더부룩한 배로 숨을 쉬기가 힘들다. 이런 후회와 저주를 반복하는 멍청한 짓이 그만 일어났으면 한다. 베란다를 열고 달밤의 체조라도 하듯 팔 벌려 뛰기를 200번 넘게 하고 나서야 속이 진정되고 편안해지기 시작한다.

'먹는 것으로 후회하지 말자.'

5월 17일

행복하다 말할 때 행복이 되는 것이다. 행복한 고민은 결국 고민일 뿐이다.

지난 새벽 늦게까지 복잡한 속을 달래느라 늦게 잠이 들었다. 너무도 오래 잔 듯한 느낌에 놀라 눈을 떠보니 아직 7시밖에 되지 않았다. 지난 저녁의 불쾌함에도 편안한 숙소에서 숙면을 취한 결정판이다. 교통사고로 입원한 후 퇴원한 뒤 약을 챙겨 먹을 분량도 어제부로 끝이 나고, 이젠 말 그대로 자연적인 재활을 해야 한다. 수술을 하지 않았기 때문에 2번의 시술 치료로 개선될 수 있는 것은 아니다. 간혹 찝찝한 저림과 경련이 신경을 곤두서게 하지만, 수술 후 근력 에너지가 축소되는 것보다 수술하지 않고 꾸준한 운동을 하는 것이 내 몸에서 리스크를 줄이는 길이다.

'일반인 평균 이상의 운동 에너지를 가지고 있는 내가 일반인의 평균 또는 그 이하로 맞춰진다면 내 성격에 못 살지.'

하루도 변하지 않는 메뉴의 아침 식사를 마치고 또다시 무작정 길을 나서다가 눈여겨보았던 곳을 찾아간다. 이름도 모르고 위치도 모른다. 그저 트램으로 지나쳐 갔던 그곳으로 향할 뿐이다.

'어제 봐둔 거기를 찍고 중앙역으로 가서 뭔가를 구입하자.'

버스를 타고 트램으로 갈아타 낯익은 곳에서 내리자 이내 한두 개가 아닌, 할인 매장들이 즐비한 모습들을 보게 된다.

'정신 못 차리고 푹 빠지겠는 걸! 여기서 좀 돌아보자.'

상당한 교통량 속에 신호등이 고장 나 2명의 경찰이 신호등을 대신해 교통 정리를 하고 있다. 배가 불뚝한 경찰관과 날씬한 여 경찰. 어디를 가도 제복을 입은 독일 여성을 보면 왠지 모르게 곧고 올바르게 보이면서도, 한편으론 차갑고 무정해 보인다. 막연히 웃고 사근사근한 말로 중심이 없는 것보다는 훨씬

팬더 곰이 그려져 있는 애완동물 종합 할인매장 KOLLE ZOO.

나은 모습임에는 틀림없지만, 따뜻한 미소를 전하려 할 때 매정한 모습으로 돌아올까 겁이 나 이내 돌아서고 만다.

제일 가까운 첫 매장으로 들어간다. 대부분의 상점들이 오전 10시에 영업을 시작하기 때문에, 그 시각에 맞춰 호텔에서 나온 것이 나름 잘 맞아 돌아간다. 나는 처음은 아니지만 거의 첫 손님이나 다름없다. 직원들은 조용하면서도 분주한 모습들이다.

'살 것도 없을 텐데 괜스레 재수 없는 손님이겠네. 쏘리.'

자동문이 열리자 눈앞에 보이는 공간은 상당히 넓은, 내가 좋아하는 높은 천장 구조로 되어 있는 곳이다. 오른쪽에서 새들이 지저귀고 작은 수족관에 엄청나게 큰 임신한 비단잉어가 유유히 아침 운동을 한다.

'수족관이야, 새장이야?'

그 규모에 놀라 몇 장의 사진을 찍어 보지만, 이윽고 이곳이 단순한 곳이 아니라는 것을 알게 된다.

'애완동물 전문 할인매장.'

그렇다. 집에서 기를 수 있는 모든 동식물들이 있다는 것을 쉽게 알 수 있게 된다. 눈으로 스쳐간 어류, 조류, 양서류, 파충류, 포유류, 게다가 우린 주로 식용으로 많이 쓰는 갑각류와 연체류도 전시 판매되고 있다. 그것을 기르는 데 필요한 서적, 먹이, 환경, 약제, 액세서리까지 모든 것이 있는 이곳의 매장 규모는 코스트코의 한 층과 맞먹을 만큼이다.

'우와, 여기에 오면 애완동물이 절로 길러지고 싶겠구나.'

우리나라 어느 매장을 가도 개나 고양이 정도에 간혹 기타 등등이 있는 것이 고작인데, 이곳은 고양이 매장 하나만도 우리나라에서 가장 큰 매장 이상일 것이란 확신이 든다. 굳이 개와 관련된 곳을 비유하지 않는 이유는, 그곳이 너무도 커서 한국 대기업들이 주거 밀집 지역에서 운영하는 수퍼수퍼마켓(SSP)의 규모보다도 더 크기 때문이다. 그냥 큰 것이 아니라, 개가 태어나서부터 죽을 때까지 필요할 수 있는 모든 것들이 갖춰져 있고, 그 종류와 브랜드들이 눈이 휘둥그래질 정도로 많다. 어떤 누군가가 개와 어떤 애완동물의 필요에 대해 고민에 빠진다면, 그 고민에 이곳은 무조건 해답을 줄 것만 같은 믿음이 든다. 스니키 사진을 연신 찍어 대고 돌아 나오니 어느새 12시가 다 되어 간다.
'이러다간 다른 곳 못 가겠는데? 빨리빨리 둘러보자.'

몇 방 질러 준 가전제품 할인매장 PROMARKT.

그 바로 옆의 매장을 들어선다. 이곳은 한눈에도 가전 매장임을 알 수 있다. 어느 나라에 가도 다 있는 가전 매장이니 무엇이 다른지, 또 그 가격은 어느 정도인지 다른 매장들을 위해서 빠르게 체크해야겠다고 다짐한다. 눈에 가장 먼저 들어오는 세탁기와 냉장고. 이미 한국의 냉장고와 세탁기가 세계 시장에서 그 품질과 가격 경쟁에서 월등히 앞서 간다고 하니, 눈부신 성장에 같은 한국인으로서 경의를 표하지 않을 수 없다. 문득 국가대표 축구선수인 이영표 씨가 이번 2010년 남아공 월드컵을 앞두고 모 언론과 단독으로 나눈 인터뷰가 떠오른다. 그는 인터뷰에서 이렇게 말했다고 한다.

"개인적인 생각으로 한국이 이번 월드컵에서 16강에 오를 수 있는 확률은 40% 정도라고 봅니다. 실패할 확률이 더 높다는 것이죠. 한국은 늘 그랬습니다. 늘 어려움에 맞닥뜨려졌고, 그 어려움과 싸워 내야만 했죠. 때론 이기고 때론 지기도 했지만, 한국이 이번 월드컵에서 16강에 오르기 위해선 우리가 가지고 있는 것 외에 다른 것이 필요하다는 것을 모든 선수들이 공통된 생각으로 인식하고 있어서, 저는 해외 언론이 더욱 혹평하는 이번 월드컵에서 우리가 가진 것 이외의 것을 보여 줄 수 있을 것이라고 생각합니다."

그렇다 16 : 한국은 많은 것이 부족하고, 모든 것이 빈약하고, 또 모든 것이 뒤처진다. 하지만 부족한 것을 살신성인의 자세와 희생정신으로 극복해 내고, 빈약한 것을 만회하기 위해 밤낮으로 고민하고, 뒤처져 있는 것을 받아들일 수 없어서 남들이 쉴 때 하나라도 따라잡기 위해 동분서주하는 나라가 한국이다. 거기에다 한국 사람은 머리가 참 좋다.

혼자서는 살아갈 수 없는 한국이지만, 있으나마나한 잉여국가가 아닌, 국제사회 속에서 경쟁력 있는 밀알로 발전해 가고 있다. 그저 하나의 국가가 아닌, 세계가 필요로 하는 국가, 그것이 한국이다. 표현하지 않아도, 신랄하게 문제점을 들춰내도 한국은 내가 알지 못하는 전후 시대부터 지금까지 놀랄 만한 기적을 만들어 냈다. 또한 지금도 진행 중인 그 열정과 열망에 마음속 깊은 곳에서부터 뜨겁게 일어나는 찬사를 아낌없이 보낸다. 그런 국가의 국민인 내가, 그리고 이렇게 전 세계를 누비며 돌아다닐 수 있는 내가 할 수 있는 작은 것 하나는 한국은 영혼이 있는 나라라는 것을 알리는 것이라고 본다. 그래서 나는 서울의 캐치프레이즈인 'Soul of Asia' 가 참 좋다.

매장을 둘러보는데 몇 가지가 눈에 띈다. 미니 안마기, 혈압계 그리고 다기능 캠코더. 갑자기 누군가에게 선물로 줘야 할 것만 같은 생각이 들어 바구니를 가져와 담다가 주체 없이 담아낸 바구니를 하나씩 정리해 나가기 시작한다. 달걀을 찔 수 있는 간편 조리기도 꼭 바구니에 담고 싶지만, 박스 크기가 정말이지 너무 커서 엄두가 나질 않는다.

'이거 가지고 가면 대박인데. 다음에 이곳에 또 올 수 있을까?'

이 매장에 들어서자 갑자기 다음에 꼭 다시 오고 싶다는 생각이 든다. 그만큼 손에 담아 가고 싶은 것들이 많다.

'만약 내일 한국으로 돌아간다면 조금의 무리를 감수하고라도 이 많은 것들을 쇼핑 리스트에 챙길 텐데….'

10시간이 넘는 대륙 이동을 앞으로도 2번이나 해야 하는 통에 다음의 기약을 벌써부터 하고 있다. 내가 다짐하면 꼭 다시 왔던 그 마음으로 말이다. 캠코더의 기능을 보니 갑자기 성진이가 떠나기 전에 했던 말이 떠오른다.

"보이스 레코더를 하나 사가지고 다니면서 녹음해가지고 들으면서 다녀야 하겠어. 적는 것은 그때그때 까먹는 게 안 좋아."

"그거 가격 만만하지 않을 텐데?"

"그래도 하나 있어야겠어. 괜찮은 거 있음 형이 하나 사오든가."

캠코더와 사진 그리고 보이스 리코딩이 매우 좋은 성능으로 되는 장지 손가락 크기의 콤팩트한 디자인의 다기능 장치가 눈에 확 뜨여 손에 들고 고민에 빠진다.

'몇 개 더 살까?'

가격은 남자들이 가고 싶어 하는 술집(룸살롱이지 어디겠는가)의 1/M가격이지만, 세일 행사를 하고 있어 마음이 갈팡질팡한다.

'유로도 며칠 급락했다고 하는데, 한 3개 확 지를까?'

고민하다가 우선 캠코더 1개와 바구니에 담은 다른 것들을 구입하고 밖으로 나와 마음을 고쳐먹는다.

'그래, 다른 곳도 돌아보고 여의치 않으면 다시 와서 사자.'

생활용품이 가득한 하우스홀드 전문 할인매장 TOOM BAUMARKT.

바로 옆 매장으로 들어가니 생활용품을 판매하는 곳이다. 서울 을지로 상가를 보기 좋게 가지런히 정리해 놓은 곳 같은 느낌이다. 을지로 상가에서 구입한 것만으로도 집 한 채를 지을 수 있다고 하는 분주한 서울의 다운타운 정중앙. 정신없이 여기저기 산적해 있는 그것을 각각의 제품과 종류별로 소비자가 아주 쉽고 편하게 선택할 수 있도록 정리해 놓은 이곳과 지금 지나쳐 온 곳들이 언젠가 한국에 만들어질 것이라고 상상된다.

'마당 있는 집이 별로 없어서 힘들까? 아~, 한국은 좀 아니겠구나.'

발길을 멈추게 한 곳, 그곳은 다양한 식물과 꽃씨를 판매하는 곳이다. 뢰머 광장 부근의 시장에서 사려던 것인데, 이곳에 와보니 더욱 경제적인 가격과 더욱 다양한 종류로 준비되어 있다.

'꽃이야 노 땡큐고…. 어떤 걸 좀 사가 볼까? 내가 좋아하는 노란색, 노란색, 노란색….'

녹색과 붉은색이 대부분인 식물들 속에 눈에 들어오는 것들이 있다. 노란색의 고추, 완숙 토마토, 방울토마토, 파프리카 그리고 호박이다. 그것들 중 친환경 토마토를 재배하고 있는 송영달(옥천에서 토마토 재배하시는 분) 아저씨께 드리려고 한국에는 없는 토마토 씨앗 두 팩을 따로 챙겨 가기로 작정한다.

'송영달 아저씨한테 재배해 달라고 해야지. 그거 되면 그 아저씨 대박 나는 거지.'

심심풀이로 혼자서 그 노란색 작물들에 이름을 붙여 보니 웃기기만 하다. 한국에서 노란색 하면 의례히 황금에 비유해 '황금 ○○○'라고 보통 일컫는데, 그냥 '황' 자만 붙여도 제법 재미있다. 황추, 황마토, 황박처럼 말이다. 왠지 그 아저씨가 이걸 성공시켜서 보다 많은 고소득을 올릴 수 있었으면 좋겠다는 생각이 든다.

다시 그곳을 나오니 한 블록 옆에 있는 거대한 빌딩이 눈에 들어온다. 그와 동시에 마른하늘에 날벼락이듯 호랑이가 장가를 간다. 3층이 주차장이라는 것을 확인하고는 2층으로 내려와 들어간 곳은 1유로 매장. 그곳에서 아르바이트로 일하는 것으로 보이는 젊은이 2명이 물건들을 마지 못 해 진열하고 있다. 마치 이런 걸 누가 사냐는 느낌으로 말이다. 그런 곳에 내가 서 있다. 진흙 속에서 진주를 찾는 것이 아니라, 이곳 진흙은 어떤지 알아보기 위해서다. 95% 이상은 사지 말아야 할 것들이 맞고, 나머지 5% 정도는 약간의 흥미를 갖게 하는 것들이다. 다이소, 천 냥 하우스 그리고 이곳…. 어디를 가도 기대와 현실이 거의 비슷한 비율로 갖춰진 곳들이다. 그곳 바로 옆에 화장실이 있다. 사용료를 내지 않는 몇 안 되는 곳이어서 눈에 담아 두고, 그 저렴한 상점에서 슬리퍼를 1유로에 하나 구입하니 뿌듯하다. 운동화만 신고 다니기엔 앞으로의 시간이 불편할 것 같은 예감에서다.

어마어마하게 큰 슈퍼마켓 E-CENTER.

1층으로 내려가니 너무도 사랑스러운 슈퍼마켓이 거대하게 자리하고 있다. 그 규모를 보니 다리부터 아파 오는 것이, 눈이 시뻘개지도록 둘러봐야 어느 정도 보았다는 생각이 들 정도다. 어제의 바보 같은 선택에 의해 답답한 속으로 긴 밤을 보내야 했던 내 장기들에게 오늘은 점심부터 신선한 채소들을 공급해 줄 작정이다.

예전에 쓰던 말로, 품종 수로 누르려는 것인지 수량으로 누르려는 것인지, 정말 많아도 너무 많다. 그런데 매장의 손님은 한가한 월요일 오후라 할지라도 손가락으로 꼽을 만큼이다. 스니키 사진을 담기에도 민망할 정도로 썰렁하다. 이런 초대형 슈퍼마켓에 있는 직원이 다 합쳐도 현재 5명이 되지 않는다. 보안장치와 시스템이 완벽하다 하겠지만,

1유로 샵인 TEDI.

없어도 너무 없다. 정육 코너에 1명, 생선 코너에 1명, 여기 저기 진열 관리하는 다른 1명, 그리고 캐셔 1명까지 4명이 눈에 들어오고 간혹 보이는 매니저 급 1명이 전부다.

한국이라면 주요 공급 업체에서 파견사원을 보내 여기저기 시식 코너를 만들고 그것으로 시장화하는 것이 보통인데, 그 난리법석을 이곳에서는 찾아볼 수 없다. 지난 주말 저녁에 찾았던 유명한 슈퍼마켓도 마찬가지였다. 어느 것이 맞는지는 그 나라의 지역 정서와 소비문화에 따라 다르겠지만, 나는 이런 분위기를 몹시 동경한다.

한국에서는 찾아볼 수 없는 포장이 매우 독특한 방울토마토 한 팩을 사가지고 나와 둔덕에 앉아 오물거린다.

내 사랑 토마토.

'토마토 참 맛있구나. 이뇨 현상에 큰 도움 되겠다.'

'검프'의 김소연이 방울토마토를 주식으로 챙겨먹는 것처럼 설정해 어색하게 먹는 모습이 지금의 내 모습과 오버랩되고 있다.

'내가 먹는 것이 더 복스럽고 맛깔 나는데….'

'누가 나 연기자로 안 쓰나?'

내가 둔덕에 앉아 토마토를 먹자 다른 사람들도 하나 둘 앉는다. 매장은 너무 크고 볼 것이 많지만, 가끔씩 쉬어 줄 공간이 부족한 것이 흠이다. 화려하게 치장하거나 불필요한 서비스를 생략하는 것에 익숙한 독일인들이기에 그럴 것이라는 상상을 하게 된다.

'그래도 난 독일이 좋아.'

나 혼자만의 생각으로 독일 사람을 4가지 유형으로 분류해 본다. 배운 사람, 못 배운 사람, 취한 사람 그리고 안 취한 사람. 각각의 사람들을 대함에 따라

 여행과 결혼한 남자

그 순간 큰 차이를 느낀다. 지성을 갖춘 독일인들은 그 사회를 이끌어 가는 주체이자 문화의 원동력이다. 지성이 없는 독일인들은 그들 스스로가 지적 능력이 낮은 것을 인정하고 자신들이 사회에서 살아가고 생존해 나가는 데 대해 운명적으로 받아들인다. 지성이라는 것은 학교 교육이 전부가 아니다.

또 취하지 않은 사람은 그 어떤 나라의 사람보다 유머 감각이 넘치고 상대방을 배려하지만, 취한 독일인은 그 열정이 과해 때론 스스로를 큰 병폐에 빠지게 한다. 적지 않은 나라를 여행하면서 그곳에서 만나게 된 독일인들을 통해 그것을 알 수 있다. 어제 돌아오는 중앙역 부근에서도 취객 여러 명이 지나가는 사람에게 아무런 이유 없이 뭔가 고성을 지르고 폭력을 휘두르는 것을 아주 가까운 곳에서 목격했다. 그러고 나니 그런 생각이 더 설득력 있게 와닿는다. 물론 주변을 항상 배회하는 경찰이 일순간에 진압해서 더 큰 불상사는 막았지만, 그것만으로도 취약한 여행 계층인 여성과 노약자는 큰 충격을 받기에 충분하다. 마치 지난 1월 오사카에서 야쿠자를 만난 듯 못 본 척, 못 들은 척 그냥 지나치기는 했지만 말이다.

큰 건물 그 바로 옆은 독일의 E마트라 불리는 ALDI다. 규모는 크다고 할 수 없지만 전국적으로 가장 많은 체인망이 있는 할인 매장이라고 한다. 자체 브랜드도 상당히 많은 데다, 계산대의 긴 행렬만 봐도 이곳이 자국민들에게 사랑받는 곳이라는 생각을 하게 만든다. 자체 브랜드 독일 축구 대표 팀 저지를 몇 장 바구니에 담아 조카와 누나 그리고 매형에게 선물할 것들을 마련하고 나니 마음이 놓인다. 누나에게 다기능 캠코더를 주고 싶지만, 안타깝게도 우리 누나는 살아오면서 고가의 휴대용품을 참 기가 막히게 잘 잃어버리고 잘 고장 낸다. 마치 내가 지난 몇 년간 휴대폰을 수차례 떠나보낸 것처럼 말이다.

햇볕이 작렬하는 저 하늘에서 소나기가 무섭게 내린다. 비 맞는 사람들이 바깥에 보이지만, 그런데도 그들은 우리 한국인처럼 뛰어가지 않는다. 비가 멈추기를 기다리다 콜라를 하나 사들고 바깥을 주시한다. 어쩌면 마지막일지 모를 독일에서의 마지막 콜라와 함께 말이다.

소나기가 앞을 가릴 정도로 엄청나게 내리는 밖의 모습을 유리창 밖으로 바

독일의 이마트 ALDI.   음료 전문 할인매장 TOOM.

라보고 있자니 근사한 카페에서 커피를 들고 있는 기분처럼 내 마음이 바뀐다. 슈퍼마켓이지만 카페에서 들을 수 있는 감미로운 선율의 음악이 귓가에 맴돌아서일 수도 있겠지만, 남들에게 차갑게 느껴지는 이곳 독일을 사랑해서 그런지 매사 좋은 느낌으로 보이기만 한다.

'좋게 보면 안 좋은 것도 좋게 보일까?'

다시금 맑은 햇살을 가로질러 다른 매장으로 들어간다. 이곳은 거대한 음료 창고를 방불케 할 만큼의 음료와 주류를 판매하는 전문 매장이다. 가격도 그동안의 다른 곳들보다 상당히 경쟁력 있음을 쉽게 알 수 있다. 소매점을 하는 점주들은 이런 곳에 와서 구매하지 않을까 하는 상상을 해본다. 마지막으로 관심 없는 자동차 매장과 의류 매장을 스치듯 지나가고 다시 큰 빌딩으로 향한다. 누군가 그것의 마니아라면 분명 엄청난 시간을 할애해 다양하게 둘러보았을 법한 곳들을 말이다.

어느덧 7시다. 9시가 넘어서야 해가 지는 유럽의 날씨에 시간 개념이 헷갈리는지, 아직도 구경해야 할 곳이 남았는지 발이 떨어지지 않는다. 이 한 장소에 이렇게 많은 전문 매장이 들어서 있으니 참, 이곳들을 오늘 바쁘게 누볐다는 게 뿌듯하기만 하다. 한 가지 재미난 상상을 해본다. 만약 한국에서 해가 9시에 떨어진다면 근무 시간은 저녁 6시까지가 아니라 그 이상일 것이 불 보듯 뻔할 것이라는 생각.

"해가 중천인데 퇴근하려고?"

라고 말할 선임자들과 임원들이 즐비할 거라는 것은 너무나 명료한 일이다.

그렇다 17 : 일을 오래한다고, 일을 많이 한다고 그 능률이나 실적이 늘거나 크게 바뀌는 것이 없지만 한국은 그렇게 한다. 왜? 일에 중독되어 살아가니까. 이제 한국은 효율성 떨어지는 지난날의 습관을 하루 빨리 바꾸지 않으면, 마지막에 가서 비상할 수 없게 된다는 것을 알아야 한다.

슈퍼마켓에서 본 하드케이스 하나를 구입해서, 그 안에다 오늘 산 것들과 오늘 밤의 작은 파티를 위해 몇 가지를 챙겨 넣는다. 여행을 올 때 너무도 잘못한 선택인 끌낭을 과감히 이곳에 버리고 하드케이스를 가지고 앞으로 여행하겠다는 생각으로 말이다.

'그렇게 스타일은 함부로 바꾸는 게 아니야.'

다른 곳을 가도 폐장 분위기일 8시 무렵이 되어서야 이곳을 다시 한 번 눈으로 담고 마음으로 새긴다. 정신없이 하루를 보낸 이곳을 벗어나 호텔로 돌아간다. 퇴근 시간이 겹쳐서 그런지 많은 사람들이 트램과 버스에 타고 있다. 어느새 나는 현지인처럼 대중교통을 이용하는 모습으로 버스에 오른다.

하나하나 엄청난 규모의 E-CENTER.

방에 돌아오자마자 뿌듯함이 밀려온다.

'가방 참 잘 샀다.'

빡빡한 끌낭을 내던지고 그걸 대신한 가방의 공간이 큼직하게 자리해 모양을 제대로 갖춰 준다.

'하~, 이제 프랑크푸르트에서의 마지막 파티를 해볼까?'

샤워를 마치고 뉴스를 보니 태국 사태가 심각 일로에 접어들고 있다. 정부의 최후통첩을 전달했음에도 시위대가 더욱 격렬하게 대응한다.

'거 봐, 타이 족은 한 번 발동 걸리면 끝장 본다니까. 저항 세력들 봐라. Red Shirts단체 보면 딱 누가 뒤에서 조종하고 있는지 답 안 나오나?'

날씨는 아이슬란드의 화산재가 다시 한 번 크게 요동치고 있지만 바람이 북동쪽으로 흘러 비행 편과 공항들이 속속 운항을 재개한다는 반가운 소식이다. 그리고 지나온 안탈랴에 폭우가 내린단다. 늘 맑던 안탈랴가 말이다.

'이건 또 무슨 자연의 섭리야?'

샴페인을 터뜨려 유럽의 마지막 밤을 자축한다. 멀리 온 길을 짧은 시간 머물다 떠나가는 것이 어떤 이에게는 이해할 수 없는 것으로 보일 수도, 또 어떤 이에게는 사치로 보일 수도 있는 지금의 시간. 그러나 짧은 시간에 긴 여정을 소화하면서 다음 여정지로 무리 없이 FOE를 가지고 갈 수 있다는 것은 교통사고로 인한 상처가 상당 부분 치유되었다는 것을 의미한다. 또한 건강을 위한 먹거리를 알아간다는 것에 뿌듯함이 절로 든다. 진정 여행을 하는 또 다른 이유를 찾게 된 적지 않은 일들만으로도 이번 여행은 이미 성공 가도를 향해 달려가고 있다.

프랑크푸르트(Frankfurt)에서 푼타카나(Punta Cana)로

5월 18일

드디어 이번 여행의 결정적인 원인이 된 푼타카나(유럽의 자본이 도미니카에서 지난 십 수 년 동안 집중 투자한 휴양 도시)로의 이동이 시작된다.

무료한 병원생활 중 전 세계적으로 가고 싶은 나라의 항공사들에 웹 멤버십을 40여 개 가입해 놓고 여행에 대한 상상을 키워 가던 중 어느 날, 콘돌 항공의 프로모션이 이메일로 도착한 것이다.

프랑크푸르트에서 이름도 생소한 푼타카나로 가는 비행기 티켓을 한국 돈 약 8만 원도 안 되는 가격으로 구입할 수 있는 기회를 놓치기 싫어서, 앞으로의 병원 생활이 어떻게 될지도 모르는 가운데 그냥 내지른 결과 그 티켓을 구입할 수 있는 행운을 얻었기 때문이다. 푼타카나가 어디에 위치해 있고 또 어느 나라 도시인지도 모르고서 말이다. 10시간 조금 넘게 비행하는 것으로 보아 이곳이 범상치 않은 곳임은 분명하다.

그곳은 도미니카에 위치한 휴양지 중의 한 곳이다. 현지의 상태가 어느 정도일지는 모르겠지만, 보이는 오버 뷰는 충분히 동남아시아에는 없는 곳으로 보인다. 오랜 만에 가보려 했던 몰디브의 그것과 견줄 만해 보인다. 그것으로 갑작스런 루트를 만들게 되었고, 퇴원이 결정되자 1주일 만에 출발하게 된 것이 이번 여행이었다.

Booking - Confirmation (Internet) / INVOICE

Condor	
CONDOR FLUGDIENST GMBH Condor Individuell Thomas-Cook-Platz 1 D - 61440 Oberursel Tel. +49 (0)1805 707 202* Tel. +49 (0)6171 65 3604 * 0,14 EUR/Min. aus dt. Festnetz, Mobilfunk max. 0,42 EUR/Min. reservation.en@condor.com	

HERR
KWANGHYUCK MOON

174 SAMYANGRI OKCHEONGUN
KP-430210 CHUNGBUK

conf. date	agency no.	file key
15.04.2010	50076	1087865-01
adu. chd. inf.	departure	return
1 0 0	18.05.10	

pos tit name	age remark	amount
1 Mr. MOON/KWANGHYUCK		46.00

사실 교통사고 전에는 콘돌 항공이 있는지도 몰랐다.

'고생스럽더라도 그냥 지구를 한 바퀴 돌아보자는 생각이 현실이 될 줄이야.'

식사를 마치고 가방을 다시금 열어 확인한다. 안탈랴와 이곳 프랑크푸르트에서 구입한 적지 않은 것들인데도 가방의 지퍼를 우격다짐으로 누르지 않아도 된다.

그렇다 18 : 매번 필요로 하는 뭔가에 대한 선택에 앞서 갈팡질팡해 오던 시간이 여행이라는 것을 만나고 시간이 흐르면서 더욱 단순화되고 명확한 결정을 내리게 되는 것을 보면, 여행이 주는 하나의 삶의 교훈이자 유익한 습관이 생긴 듯하다.

가방 정리를 하니 마치 새로운 여행을 가는 기분이 든다. 가방의 바퀴 소리도 조용한 것이, 저렴해 보이는 이 가방에 점점 정들어 간다. 공항으로 이동한다. 많은 사람들이 오늘도 어디론가 각자의 목적을 가지고 공항으로 가고 있다. 이곳 프랑크푸르트는 라운지도 이상하다. 보통 출입국 사무소를 지나 입국장 내에 있는 것이 매우 일반적인데 입국장 밖에, 그것도 공항과 연계되어 있는 것이 독특하다. 쉐라톤 호텔 앞에 위치해 있다. 라운지라는 것이 있는 사람들의 모양내기라고 하지만, 나 같은 운 좋은 여행객들이 라운지 카드를 가지고 유유자적할 수 있는 곳이기도 한데, 별것 제공되지 않으면서도 이렇게 떨어져 있는 것을 보면 참 웃긴다.
'역시 인천 공항…, 라운지도 세계 최고!'
어느 공항을 다녀 보아도 인천 공항과 견줄 만큼 시설이 잘된 곳도 없고, 공항 서비스가 훌륭한 곳도 없으며, 라운지 역시 최고 수준임에 틀림없다. 유럽의 허브라고 하는 프랑크푸르트 공항은 미국의 로스엔젤리스 공항과 자매결연 맺고 업무 협약을 했다고 한다. 그래서 그런지 두 공항의 느낌이 일맥 상통하는 듯하다.
누나가 가지고 싶어 하는 럭셔리한 시계의 가격대를 보니 헛웃음만 나온다. 그것에 눈만 호강시키고 돌아서 출국 게이트에 자리를 잡고 서자, 놀라운 사실에 접한다. 이 공항에서 버스를 타고 출국장으로 이동할 것이라곤 상상하지 못했던 것이 눈앞에 다가온 것이다.
'이건 뭐야~?'

성진이의 추임새가 여행 중 말하지 않았던 첫 한국말로 입에서 튀어나온다. 내가 또 웃긴가 보다. 그것도 아주머니 연령대의 여성들이 날보고 그 이상 야릇한 미소를 짓는다. 아디다스 트레이닝복을 입고 있는 내가 전혀 이상할 바 없는데, 왜 그런지 모르겠다.

'내 오리궁뎅이 보고 웃는 거야?'

가만히 있지 않는 내가 그들 앞에서 뭔가의 제스처로 화답을 해준다. 그들끼리 속닥거리며 웃음을 멈추지 않기에 그 앞으로 다가가 밝은 미소로 묻는다.

"저기…, 제가 웃기세요? 저의 어디가 그렇게 웃겨요?"

"어, 미안해요. 입과 눈이 참 재미있어요."

"아~~."

'입과 눈이 웃기다…. 도대체 뭐야? 차라리 표정이 웃기다고 하든지.'

물어봐도 이해할 수 없는 대답을 들으니 더 답답하다.

비행기로 다가간다. 아마도 지금까지 버스를 타고 비행기로 간 거리와 시간 중 가장 먼 거리를 간 듯하다. 이번 여행의 마지막에 이용하는 콘돌 항공. 고마우면서 또 이용하겠다는 생각을 절로 하게 만드는 이 항공편에 몸을 옮긴다.

'오잉!'

좌석이 세계적으로 가장 넓은 이코노미 좌석을 운용한다는 카타르 항공의

기대 이상 상상 이상의 만족을 준 콘돌 항공.

그것과 거의 흡사하다. 두 다리를 쭉 뻗고 움직여도 아주 많이 편안하다.

'이거, 이거, 8만 원의 행복인가요?'

주변에 아기가 4명 있는 것이 불안하지만 출발 전부터 흥분을 감출 수 없게끔 만든다. 사실 난 옹알거리는 아기들을 비행기에 태우고 가는 부모가 이해되지 않지만, 그들만의 이유를 들어 보면 여행을 추종하는 나로선 받아들이지 않을 수 없는 이유들이다.

"아무것도 모르는 시간에 나가 한 가지만이라도 기억할 수 있다면 다른 건 바라지 않아요."

라고 말했던 예전 미국 가족의 말도 기억난다. 그 당시 나는 참 당돌한 질문을 했던 기억이 있다.

"아기가 한 가지가 아니라 10가지를 얻을 수도 있겠지만, 그 아기가 다른 승객에게 불편함을 줄 것이 확실하다면, 그것은 다른 사람에게는 불편함을 기억에 남기는 것 아닌가요? 말 그대로 내 가족만을 위해 남의 불편을 조장하는 이기적인 상황이 되는 거죠, 안 그런가요?"

"우리 아이는 비행기에서 울지 않아요. 지켜보세요."

그렇게 자신을 했던 아기는 비행기가 이륙하자마자 울기 시작했다. 전체 11시간의 비행 중 8시간 이상을 눈물과 탄식으로 보낸 후의 그 아기 엄마 모습은 참으로 비굴하기 그지없었는데….

그 일이 있고 나서부터 나는 좌석에 앉기 전 주변을 둘러봐 아이가 몇 명 있는지 확인하는 버릇을 가지게 되었다. 그리고 마음속으로 주문을 건다.

'오늘도 몇 개의 지뢰가 있군.'

이라며 혼자 중얼거리며 앉는다. 그것을 들은 사람이 있다면 왠지 공감되는 커뮤니케이션에 비행 중 꽤 친해진다. 그런 가운데 이 캐빈 안에 쌍둥이 2명과 다른 2명이 있다. 한 명은 울고 한 명은 웃고, 다른 2명은 지금 자고 있다. 목청을 들어 보니 쉽지 않은 비행이 될 것 같다.

비행기가 이륙한다. 유럽을 떠나고 있다. 비행기가 이륙하자 쌍둥이의 활약이 시작된다. 부모가 한 명씩 맡아서 아기들을 달래보고 있지만, 참 심난하기만 하다. PMP를 꺼내 차라리 음악을 듣는 것이 신경을 자극하는 아이들의 음성보다 더 감미롭겠다는 생각을 한다. 그래도 이 부모는 양심적인 것이, 아기가 울 것을 대비해 젖병과 몇 가지 간식 그리고 인공 젖꼭지를 두루두루 준비했다. 그마저도 챙기지 않고 무대포로 탑승하는 부모는 그저 말도 못 하는 아이에게 고통뿐 아니라 대부분의 승객들에게도 가뜩이나 불편한 좌석에서 짜증을 불러일으킨다.

아이들의 활약이 잠잠해져 가니 이 항공사에 대한 이야기를 다시 안 할 수 없다. 처음에는 유럽의 라이언에어, 이지젯 항공과 같은 대표적인 저가 항공사인 것으로 알고 기대를 바닥에서부터 시작해서 그런지, 다른 일반 항공사만큼의 기내 서비스를 받는 기분이 프로모션으로 얻게 된 저렴한 항공권에 대한 행복을 배가시켜 준다. 그러면서도 그것에 반하는 민망함이 교차한다. 대한항공이 전체의 노선도 아닌 몇몇 노선에 개인 스크린을 장착했다고 홍보하는 것에 콧방귀가 뀌어질 정도로 그 이상의 시설을 가지고 있다. 그 정도로 너무 저렴한 가격, 아니 그냥 공짜에 가깝게 받은 이 항공 티켓을 만끽하고 있다. 다음의 여행을 프랑크푸르트 또는 함부르크에서 다시 시작하겠다는 생각과 다짐이 절로 나온다.

뭔가에 열중을 하다가 화면을 보면 온통 파랗다. 대서양인 것이다. 또다시 뭔가에 한참을 빠져 있다가 보아도 역시 파랗다. 요하네스버그(남아공의 수도)에서 상파울루(브라질의 대표 도시)로 15시간 비행할 때와 비슷한 느낌이다.

노트북의 전원이 나가떨어질 때까지 영화를 보고 잠이 들었다. 또다시 저녁을 제공해 주고 있지만 모처럼의 선잠을 방해하지 않기 위해 모자를 더욱 눌러 씀으로 내가 식사하고 싶지 않다는 것을 보여주고 다시 잠을 청한다. 출발 전 암만 찾아봐도 'I don't want meal service' 라는 스티커가 안 보여서다.

30분 남았다는 기내 방송이 귓가에 스쳐간다. 그리곤 몇 분 지나지 않아 누군가 나를 깨우더니 귀에 꽂고 있는 이어폰을 빼고 전원을 끄란다. 현지시각 오후 7시를 향해 가는 지금, 유럽과 다르게 어두움이 하늘에 짙게 깔려 있다. 비행기가 사뿐히 도착했을 땐 이곳이 캐러비언 지역의 공항임을 말해 주듯 코

코넛나무 잎으로 지붕을 덮은 건물에 창문과 출입문이 없는 공항이 전형적인 느낌을 연상케 한다.

내리자마자 공항 직원이 어떤 카드를 보여 주며 10달러를 지불하고 구입하라고 아우성이다. 비행기에 탑승한 대다수가 황급히 그곳으로 가 구입하는 통에 정신없이 줄을 서서 기다린다. 하지만 달러가 없다. 10유로를 꺼내 계산대에 여권과 함께 내자 돈을 집어가다가 다시 되돌려주곤 그냥 가란다. 도착 비자였던 것이다. 90일간 비자면제 협정이 되어 있는 한국이 그에 해당되지 않아 구입할 필요 없이 입국이 가능한 것이다.

'이런 느낌 묘한데? 우대받는 이 낯선 느낌….'

뿌듯한 마음을 다잡고 출입국 검사대를 지나 터미널로 향해 보니, 그 터미널 역시 어딘가에서 많이 본 듯한 곳이다. 가방의 형태가 갑자기 떠오르지 않는다. 떠올릴 수 있는 기억을 모두 끄집어내 가방의 모양새를 더듬어 가지만 기억나는 것은 버클뿐이다. 사람이 짐을 카트에 싣고 와 다시 카트에서 사람이 컨베이어에 내려놓는, 아주 원시적인 방법이 낯설지 않다. 한참을 기다려도 가방은 나오지 않는다.

'가방 없어지면 안 된다. 없어지면 안 된다.'

하루 만에 새로운 가방과 작별할 수 없고, 그 안에 정들어서 헤어지면 안 되는 것들이 많아 30분이 지나도 나오지 않는 가방에 불안함이 더해 간다. 그나

몽환적 분위기의 푼타카나 공항. 에어컨이 있는 곳은 단 한 곳도 보이지 않는다.

마 위안할 수 있는 것이라곤 아직도 아주 많은 사람들이 나처럼 가방을 찾고 있다는 것이다. 내 가방으로 보이는 것을 몇 번 지나치다가 손으로 잡아 보니 손에서 내 것이 맞다는 입질이 온다.

이곳 푼타카나는 안탈랴와 같이 여행을 시작할 때부터 공항과 숙소로 가는 교통편이 거의 없다는 것을 알고 출발해서 그런지 별다른 기대가 없다. 패키지가 아니기 때문에 무조건 택시를 이용해야 한다지만, 현금이 없어 ATM을 찾는 데 한참이 걸린다. 10분이 넘는 시간이 지난 후에야 겨우 하나를 찾아 도미니칸 화폐 200(1도미니카 페소 약 40원)을 인출하고 택시를 탈 수 있는 곳으로 가 가격을 묻는다. 택시 기사는 숙소까지 가는 데 1400을 달라고 한다. 뭔가에 홀리는 기분이 들어 공항의 여행자 카운터(Traveler' s Check)에서 환산을 해 보니 막무가내의 가격은 또 아니다. 달리 방법이 없다.

이곳의 화폐가 페소라는 것을 알게 된 후, 방금 전에 인출하고 온 내게 그곳으로 가면 ATM이 없다며 공항을 나가서 인출해야 한다고 우겨댄다.

"참 내, 말을 못 믿네. 그럼 따라와요."

"어디에서 왔어요?"

"꼬레아요."

"남이요, 북이요?"

"북이요."

같이 걸어가는 택시 기사가 화들짝 놀라더니 나와 더 이상 눈을 마주치지 않으려 한다.

"남이에요. 농담이에요."

라티노의 해맑은 웃음을 지으며 날 툭 친다. 돈독이 단단히 들어 있는 휴양지의 라티노들이지만, 그들이 가지고 있는 천진난만함은 남아 있는 듯하다.

택시라고 해서 그를 따라간 곳에는 스타렉스가 서 있다. 그것에 몸을 싣고 어두움을 뚫고 달려간다. 30분을 넘게 간다고 하니, 4만 원 남짓 되는 택시비가 그다지 바가지라고만은 생각되지 않는다. 내가 혼자가 아닌 3명이었다면 가격은 더욱 경쟁력 있게 되는 것이니까 말이다.

무작정 싼 것이 최고라고 어딜 가도 가격부터 보는 것은 내 여행 스타일에 맞지 않는다. 결국 그렇게 저렴하게 여행하면 저렴한 기억이 남지 말라는 법도 없으니까.

"치카치카 좋아하세요?"

"에?"

음악을 틀고 몇 마디를 하는 통에 치카가 가수나 음악인 줄 알았다. 그 음악 중에 1990년대에 들었던 666의 Amok가 나온다. 참 격세지감이 아닐 수 없다. 쓴 웃음을 짓고 짙게 깔린 어두움을 지나 다소 불빛이 모여 있는 중심가로 들어가고 있다.

"치카치카 잠깐 구경하고 갈 거죠?"

이제야 알겠다. 치카치카는 직업 여성이었던 것이다. Chick이라고 하는 직업녀의 속어에 라틴 식의 여성 어미를 붙여서 치카가 된 것이다.

"구경만 하세요. 구경은 돈 안 내요."

"진짜 진짜 고마운데 그냥 호텔로 가주세요. 전 비행기 20시간 탔어요."

불필요한 거짓말을 해야 더 이상 말하지 않을 것 같았다.

"아! 한국에서 왔다고 했죠. 미안해요."

"아니에요. 세상의 남자는 여자를 다 좋아해요."

"그럼 호텔로 바로 갈게요."

나도 안다. 아니 이미 알고 있다. 소수의 몇몇을 제외하고, 라틴 여성이 얼마나 열정적이고 매력적이고 또 환상적인지를 브라질 여행을 통해서 누구보다 잘 알고 있다. 하지만 이런 방식은 아니다. 바가지와 위협이 될 요소가 수두룩한 이 상황에 그저 남자라고 호기심부터 발휘하는 그런 생각 없는 행동을 할 사람은 아니다. 그리고 무엇보다 난 낭만 여행객이지 섹스 관광객이 아니다.

호텔로 가기 위해서는 여러 곳의 검문소를 통과해야만 한다. 한참을 달려 리조트가 있는 타운의 또 다른 검문소를 통과하고 마지막으로 또 다른 검문소를 지나자, 내가 묵을 호텔에 도착한다. 로비로 들어서자 테이블에 자리하고 있는 투숙객들의 여유로움이 보인다. 또다시 All Inclusive 시스템에 접하게 된다.

유쾌하지 않아도 될 사소한 것에도 격렬하게 반응하는 라티노 특유의 익살과 호기를 알기에 서로 악수하고 즐겁게 인사한다. 내가 친숙하게도 보이고 또 돈 냄새도 나기 때문이다. 리조트의 설명을 듣고 한 뭉치의 안내서와 카드를 받아 들고 숙소로 향한다. 가방은 방으로 가져다 줄 테니 그냥 가라는 말을 들으니, 돈을 작은 돈으로 바꿔야겠다는 생각이 든다. 한쪽에서 아이들의 공연이 이뤄지고, 자리할 수 있는 대부분의 곳에서 사람들은 지불한 비용에 모두 포함되어 있는 것들을 만끽하고 있다. 어두움에 리조트 앞의 바다가 보이지 않지만, 그 느낌이 어떨지 상상이 된다.

방으로 들어와 둘러보니 기대한 만큼의 딱 그 정도다. 이윽고 가방을 가져오는 직원에게 100페소를 주니 그냥 휙 돌아선다. 다른 사람들은 그 이상을 주는

특별할 것이 없는 숙소. 리모콘이 없다.

가 보다. 그것이 2~3달러가 되는데도 말이다. 이렇게 방에까지 옮긴 시간이 밤 10시다. 시차의 압박이 또 몰려온다. 도미니카답게 TV 3곳의 채널에서 메이저리그 야구를 중계한다. 역시 야구를 좋아하는 민족이다. 샤워를 마치고 침대에 눕고 보니 온몸이 바보같이 움직이지 않는다. 그렇게 첫날밤이 다가온다.

5월 19일

몸에서 휴식이 필요하다고 느껴지는 것은 신으로부터의 신호이다.
그것을 거스르면 결국 신은 인간에게 병으로 그 벌을 대신하게 한다.

눈을 뜨니 4시 30분이다. 시차가 빠르게 극복되어야만 남은 3일 동안 행복한 시간이 될 텐데. 바람이 심하게 부는 것이 날이 밝아도 해가 뜨지 않을 것 같은 느낌이다. 아니나 다를까, 비가 조금씩 내리고 있다.

'흠, 안 좋아.'

해가 구름을 가려도 이 정도는 보정이 필요 없을 만큼 밝다. 날이 밝아 밖으로 나가 보니 비는 더 이상 내리지 않는다. 하지만 하늘이 꽤나 심통이 났는지 구름이 가득하다. 바로 앞의 바다에 나가자, 그 안에서 3가지가 순식간에 느껴진다.

'이곳에 더 오래 있을 걸, 호주의 화이트헤븐 비치보다 모래가 더 곱다, 다음에 누군가와 꼭 한 번 같이 오고 싶다.'

처음에 8일을 계획했지만 예약 시스템과 항공에 문제가 생겨 4일로 절반을 줄인 것이 후회스러워진다. 한국 해변의 50배 이상, 보라카이의 8배 이상이나 되는 백사장을 가지고 있는 호주의 화이트헤븐 비치보다 더 훌륭하다는 것을 알게 되어 흥분된다. 그로 인해서 이곳에 누군가 함께 와서 꿈만 같은 시간을 즐기고 싶은 생각이 든다. 가만히 뭔가 해주기만을 바라듯 받아만 먹는 애완동물 같은 마음을 가진 동행자가 아닌, 여행의 컨셉과 상대방을 배려할 줄 아는 그런 누군가와 말이다.

'이제 시작이다. 시간이 얼마 없지만 하루를 1주일같이 즐겁게 보내자.'

중남미 특유의 여유로움과 밝음이 대부분의 리조트 직원들의 일상에 깊게 묻어나 있는 것이 식사를 하는 그 자리에서도 쉽게 느껴진다. 달걀 프라이를 담당하는 직원은 누구에게나 과도하게 친한 분위기를 전한다. 그 앞에서 3개 달라고 하니 놀란 표정을 한다. 그것도 현지 숫자로 '트래스' 라고 말을 했으니 말이다. 그 말에 갑자기 하이파이브를 하고 알아들을 수 없는 말로 웃으며 한참 말하는데, 어떤 의미인지는 알 수 없지만 달걀프라이를 만들고 있는 것만은 분명하다. 프랑크푸르트의 호텔에서 제공되었던 대부분의 음식들이 비슷하게 제공되는 이곳의 아침 식사에서 틀린 것은 넘쳐나는 열대 과일과 셰이크, 그리고 주스들이다. 그리고 미국에서 많은 휴양객들이 왔다는 것을 쉽게 짐작할 수 있는 아메리칸 악센트가 여기저기서 들려온다.

라티노 특유의 카페인이 강한 쓰디쓴 커피가 아침 입맛에 어울리지 않는다. 이런 맛은 스쿠버다이빙을 마치고 슈트를 벗은 뒤 휴식과 함께했던 중독성 강한 맛이다.

아침 식사가 5시 30분부터 11시까지 무려 5시간이 넘게 제공된단다. 과하게 먹은 것 같지 않지만 몸은 그만 먹으라는 신호를 준다. 분명 이번 여행은 앞으

해가 구름을 가려도 이 정도는 보정이 필요 없을 만큼 맑다.

로 내가 어떤 것을 얼마만큼 먹으며 살아가라는 메시지를 내 영혼보다 육체에 강하게 전달해 주는 여행이다.

　그 몸을 이끌고 리조트를 돌아보기로 마음먹고 하나하나 눈에 담아 본다. 이 정도의 공간에 이런 자연조건과 결합해 놓으면 여행지로서 잘될 수밖에 없다. 그런 조건하에 있는 이곳 푼타카나이기 때문에 2000년대 들어 관광산업의 큰손들이 대거 이곳에 화끈한 투자를 했다. 그것이 이젠 교통, 가격, 접근성 그리고 숙박 등 여행의 기본 4대 요소가 완벽하게 만들어진 곳으로 바뀌게 된 것이다. 거기에 여러 가지의 휴양 유형을 만들어 남녀노소가 구별 없이 즐길 수 있는 편안한 곳이 되었다. 그러한 이곳을 관광을 전공하고 5년간의 현장실무 경력을 가지고 있는 내가 현역 당시에는 전혀 모르고 있다가 병원 칩거 중에 항공사의 프로모션에 당첨되면서 알게 된 것이 참 묘한 기분을 준다.

　'모로 가도 서울만 가면 되는 건가? 씁쓸하구먼.'

　갑자기 맑게 개인 화창한 캐러비언의 날씨 아래 리조트 구석구석을 돌아다녀 본다. 해변에서 사진 몇 장을 담고 있는 찰나 카메라에 연무 현상이 갑자기 생겨 사라지지 않는다.

　'있으면 뭐든 잘 쓰지만 고장 나면 해결을 잘 못 하는 내게 이번 여행에서 첫

이코노미 격인 4성 리조트지만 혼자 떠도는 낭만 여행객에게는 안성맞춤이다.

번째 시련이 다가온 것인가?'

서늘한 곳에 앉아 혼자만의 주문을 외우기 시작한다.

'안 돼 안 돼. 이번에는 글로 남길 건데 사진 없으면 안 돼 안 돼. 많이는 아니어도 누군가는 내 글을 볼 것인데, 요즘은 글만 있어선 사람들이 읽지를 않아. 인터넷에 글이 15줄만 넘어도 댓글로 미안하다고 적고 안 읽고 가는 요즘의 사회인데, 하물며 나의 정신없는 이 글을 보는 사람들에겐 사진 첨부가 없으면 아무도 안 볼지 몰라.'

순간 카메라가 고장 나면 나는 어떻게 해야 할지, 어디서 카메라를 고쳐야 할지, 어떤 것으로 대체할지에 대한 생각들이 스쳐 지나가면서 머리를 번쩍 한다.

'아! 성진이 주려고 했던 다기능 캠코더를 우선 쓰면 되겠구나!'

그런 마음의 정리를 끝내고 다시 한 번 카메라를 켜니 아이러니컬하게도 정상적으로 잘된다.

'성진이에게 뜯지 말고 박스째 고스란히 주라는 신의 계시인가?'

문득 인터넷이 궁금해진다. 결코 저렴하지 않은 비용을 지불하고 이메일을 열어 보니 역시 그 녀석이 글을 남긴 기록이 보인다. 빛의 속도로 답 글을 보내고 한숨을 돌리고 나니 인터넷이 끝나고 만다. 그렇게 30분에 8달러를 저 하늘로 보내고 만다.

아침에 흐리기만 하던 날씨가 이제 완벽하게 캐러비언 지역의 날씨로 변모했다. 강렬한 태양과 여기저기 이곳이 캐러비언의 휴양지임을 알려주는 과감한 의상과 꼴불견이 그것을 말해 준다. 파라솔에서 노트북을 열고 글을 쓰면 왠지 혼자만 튀어 보이겠다는 생각이 들면서, 거기에 뭔가를 입에 물어 주면 더 폼 나겠다는 생각도 든다.

'담배를 물어 줘야 하는 건가? 요즘은 금연이 대세인데.'

스쿠버다이빙도 제법 재미있을 것 같은 느낌이지만 짝이 없다. 스킨스쿠버는 동반자가 없으면 위험하다. 그것도 여러 번이 아니고 단 한 번을 위해 손발을 맞춰 보지 않은 사람과 짝이 되면 더욱 위험하고 온전히 집중을 할 수 없다.

말 그대로 그저 몸을 물에 담그고 나오는 것과 별반 다르지 않은 것이다. 내

주변에 그것이 되는 사람이 딱 2명 있
는데, 한 명은 자격증만 있는 폐활량
끝내 주는 미금이고, 한 명은 실제 다
이빙을 좋아하고 휴가 때면 가려고
노력하는 은미(잘난 커리어우먼)이
다. 후자도 스케줄 맞추기 힘든 이성
이라 실제로 다이빙을 같이하는 것은
참 쉽지 않기에, 현실적으로 보면 난
스쿠버 파트너가 없는 셈이다.

내게도 목이 있다.

　술친구처럼 주변에 다이빙 좋아하
는 친구가 있으면 개인 장비도 구입
하고 포인트를 찾아서 또 다른 취미
를 가지고 있을지도 모른다. 동호회 가입을 안 해본 것도 아니다. 그 나름의 노
력을 통해서 내가 그들과는 물과 기름일 수밖에 없겠다는 자각을 하고 다시 제
자리로 돌아온 것이 날 위로해 준다.

　왜 제주도 한 번 가는데 격식과 순서를 차려야 하고, 장비를 대신해 옮기는
것도 부족해 선배들의 잔심부름까지 해야 하는지 모르겠다. 하물며 먹는 밥도
아닌 스쿠버다이빙을 고참이 먼저 해야 한다는 것도 우스꽝스럽다. 그 것도 한
국사회에서는 피해갈 수 없는 감당해야 할 일인지 모르겠지만, 그 길이 아니어
도 다른 방법으로 더 편안하고 더 합리적으로 다이빙을 할 수 있는 방법이 있
다. 그렇기에 딱 한 번의 경험 후 다시는 인터넷으로 레포츠 동호회를 하지 않
고 있다.

그렇다 20 : 특별한 소속감이 어떤 이들에겐 멋져 보이기도 하겠
지만, 좋아하는 것만 같이 좋아하는 사람들을 원하지, 불필요한
다른 부분에서도 참고 감수해야 하는 것에는 익숙하지 않고, 앞으
로도 익숙하고 싶은 마음은 없다.

골프, 수영, 다이빙, 낚시…. 그 어떤 레포츠 동호회도 하나같이 비슷한 불쾌
감을 준다. 그렇다고 그것이 잘못된 것은 아니다. 단지 내 생각과 다를 뿐이다.
단순히 다르다는 것으로 남을 힐난하는 공산당 같은 생각은 이제 하지 않는다.

짠 바람이 부는 모래사장의 파라솔에 누워 뭣 모르고 눈길을 돌리다가 토플
리스로 선탠하는 사람과 눈이 마주치는 참 난해한 '뻘쭘함'의 순간에 있다.

'뭐야? 이거 어떻게 시선 처리를 해야 하나?'

역시 휴대폰은 어느 상황에서고 유용하다. 걸려오지도 않은 전화를 한국말
로 주저리주저리 혼잣말해 가며, 저 멀리 바다의 수평선을 보며 딴청을 한다.
그것이 다시금 이 공간의 편안함을 주는 데 큰 도움이 된다.

해변의 분위기로 보면 엄밀히 말해서 지금은 성수기가 아닌 것 같다. 사람은
수를 셀 수 있을 정도이고 바닷가도 조용하다. 가끔씩 숨이 멎을 듯한 몸매의
소유자들이 지나갈 때면 순간적인 엉뚱한 상상으로 혼자만의 '자뻑'을 하는 것

이런 석양 보면 쓰러질 주변의 몇이 있다.

 여행과 결혼한 남자

도 나쁘지 않다. 괜스레 그냥 좋은 사람과 왔다가 상대방을 배려하지 않은 시선 처리 한 번으로 휴양지가 유배지만큼이나 고통스러울 수도 있기 때문이다. 그래서 휴양지는 이성과 가는 것이 아니라 꼭 마음이 통하는 동성 친구끼리 가야 재미있다. 그 재미를 남자보다 여자가 더 잘 아는지, 여자들은 여자 친구들과 함께 여행을 참 잘 간다. 그렇게 간다고 하면 부모도 형제도 또 연인도 만류하지 않는다. 그곳에서의 안전함을 더해 주고 맘이 통하니 여러 가지로 편리하고 유익하겠지만, 현대 사회의 경향을 보면 결정적으로 아찔하고 아슬아슬한 경험을 서로의 묵인 하에 즐길 수 있기 때문이다.

그런 여행을 이성과 할 수 있다고 하면 그대로 믿을 사람은 거의 없다. 여자는 직감은 강하지만 착각을 잘해서 이성과의 여행에서 늘 혼란을 겪다가, 결국 여행에 대한 추억보다 다시는 그 사람과 여행 가지 않겠다는 생각만 하게 되기도 하니 말이다. 이성적인 감정이 전혀 없는 주변의 이성과 그런 여행을 적지 않게 경험해 본 나이지만, 그들 역시 나에 대한 부담과 견제를 가진 채 여행을 하고 그것을 눈치 채는 나 역시 달갑지 않다.

'꼴에 지도 여자라고.'

하는 생각이 드는 행동과 눈빛을 보내면 같이 커피라도 한 잔 마시고 싶은 마음이 저절로 사라지고 다시는 함께하고 싶지 않은 여행자로 남게 된다. 그래서 해외여행은 부부가 아닌 이성과 가게 되면 서로가 보이지 않는 상처를 입는다. 그 순간도 순간이지만 나중을 생각하면 참 난해하다.

요즘의 사회 풍속을 통해 예를 들어 보면 정답이 나온다. 결혼도 하지 않은 연인이 해외여행을 가는 것이 지탄의 대상이 아닌 지 오래된 지금, 헤어진 남자 친구와 푸껫을 간 기억이 있는 여자에게 다음과 같이 여행을 함께 가자고 하면 묘한 상황이 발생될 수 있다.

"이번에 푸껫 스케줄이 딱 들어맞는데 가자!"

라고 새로운 '남친'이 말해 오면 여자는 대답하기가 곤란하다. 결국은 2가지 답변 중 그 순간에 떠오르는 것으로 거짓말할 여지가 충분하다.

"거기 여자 친구랑(아니면 가족이랑) 갔었는데 별로야." 아니면 "난 거기 싫어.”

　같은 돈을 내는 것도 아니고 남자가 일방적으로 많은 부분을 지출하는데도 여자가 그렇게 말한다면 난 100% 거짓말하는 거라고 생각한다. 대부분의 비용을 남자가 내는데도 해외여행 싫어하는 여자가 한국에 몇 명이나 될지 의심부터 간다. 그래서 언젠가부터 ‘쿨(cool)’ 이라는 단어가 거짓말 대신 나타나 점점 그 영역을 넓혀 가고 있는지도 모른다. 똑같은 예에도 여자들이 원하는 다른 결과가 나타나니 말이다.

　“이번에 푸껫 스케줄이 딱 들어맞는데 가자!”

　같은 질문을 하면

　“거기 갔었어. 다른 데 가.”

　“누구랑 갔었는데?”

　“알면 어쩔 건데? 기억에 안 좋은 곳을 말하고 되짚어야 돼?”

　“아니 그래도 어떻게 안 좋은지 알아야….”

　“왜 이래? 여행을 가자는 거야, 아니면 내가 여행 갔던 것들이 궁금한 거야?”

　‘맞아. 더 캐물어야 뭐가 좋겠어?’ 찌질이 ‘란 소리만 듣고 집착하느냐는 소리나 듣겠지.’

　여자는 많은 부분에서 남자가 꼼짝 못 할 말을 한다. 하지만 그 쿨한 말도 꼼짝 못 하게 만드는 말도 언젠가는 다른 어떤 것에 의해 뒤집어질 날이 올 것이다. 여자는 항상 안심하고 방심할 때 남자한테 뒤통수를 맞는 법이다.

　시간이 조금씩 흘러 햇살이 파라솔을 옮기게 만든다. 모래사장이 얼마나 긴지 수평선이 바다 한가운데서 양 옆으로 길게 늘어서 있다. 남을 의식하지 않고 윗옷을 입고 누웠다. 가득 먹은 점심으로 배가 정리되지 않고 끈적임이 남아 글쓰기가 참 난감하다. 일부러 그 토플리스를 벗어나 사람이 한적한 곳으로 옮겨 왔건만, 다른 곳도 그런 토플리스들이 적지 않다. 몇 사람과의 아이 컨택이 반복된다. 선글라스도 가져오지 않아 인상 북북 쓰며 자판을 치고 있는 모습이 뭐가 신기한지 말이다.

　‘내가 색 달라? 독특해? 신기해? 어느새 난 그런 사람이 된 거야?’

해가 구름에 가려지고 검은 구름이 점점 많아지는 것이 결단을 내리라는 신호로 계속 내게 다가온다. 빗방울이 단 한 방울이라도 내 몸을 스쳐 지나가면 옷을 벗어서라도 노트북을 보호해 방으로 쳐들어갈 각오로 버티고 있다.

잔뜩 찌푸린 하늘 아래의 지금 이 리조트는 일반적인 4성 리조트다. 만약 몸을 예쁘게 만들고 확실한 동기를 가지고 마음 통하는 친구들과 함께 5성 리조트를 간다면, 남자가 원하는 로망을 실현하기는 어렵지 않겠다는 자신감이 생긴다. 리조트는 일반적으로 4성부터 있을 만한 곳으로 평가된다. 호텔의 3성과 비슷한 조건이라고 할 수 있어 리조트는 6성이나 7성급도 간혹 있다. 크루즈와 거의 비슷하게 말이다. 혼자 여행하는 내가 굳이 호화 리조트에서 호화스럽게 일찍 자고 일찍 일어나는 새 나라의 바보가 될 필요는 없다. 사실 혼자 여행하면서 호화스런 숙소와 비즈니스 클래스, 운전사가 딸린 리무진 렌터카와 최고급 레스토랑에서의 식사를 한다면 외로움을 많이 느끼게 될 것이다. 높이 올라갈수록 그것을 즐기는 것은 소수이기 때문이다. 그 소수 안에서 혼자 즐기는 사람은 멀쩡하게 보이지 않는다.

해가 사라지니 오히려 사람이 많이 모여든다. 바다에도 적지 않은 사람들이 들어가 해수욕을 하고, 지나가는 사람들은 가타부타 궁시렁궁시렁 뭔가 말을 하고 있다. 하지만 그 어느 누구도 카메라를 들고 다니는 사람은 없다. 파라솔 테이블에 카메라를 둔 나 자신이 이상할 정도로 말이다.

이곳을 절반이나 단축해 4일만 있게 된 것이 시간이 흐를수록 더 후회스럽다. 요령껏 찾아내서 숙박비도 경제적으로 구했는데, 과연 무엇 때문에 이런 결과가 되어 버렸는지.

'모르기는…, 그 날이 아니면 다른 날 항공권은 몇 배로 비쌌던 거 몰라? 결국 돈 때문이었던 거면서~.'

가끔씩 여행 중 예산에 대해 흔들리는 나 자신을 보면 아직도 난 낭만 여행객으로서는 걸음마 단계의 초보인가 보다.

옆쪽의 다이버샵에서 TV로 뉴스를 보았는지 갑자기 현지 직원들을 불러 밖으로 나간 카타마린(작은 돛단배)과 다이버 팀을 불러들이라고 한다. 지나가는 말로 '타이푼'이 귀에 쫑긋하고 박힌다.

'노트북 갖다 놓고 와야겠구나.'

기왕 나왔으니 스노클 장비를 빌려서 한국 물개의 모습을 보여줘야 하지 않겠나. 접영으로 100M 정도 달려 주면 친해지려 드는 사람이 있을지도 모르겠다는 솔깃한 상상과 함께.

노트북을 방안에 잘 모셔 놓고 수영 버전으로 옷차림을 하고 다시 나와 바다로 들어간다. 조금 전 마주친 토플리스는 이상하지 않은 그저 평범한 사람이란 것을 일깨워 준다. 바다 속에서 비키니 브라를 하고 해수욕을 즐기는 이가 그다지 많지 않기 때문이다. 아주 멋진 쉐이프를 가지고 있는 몇몇 사람이 그냥 해변을 거닐다가 누웠다가 또 바다 속으로 들어가곤 한다.

'뭐야. 주변 남자들 다 긴장시키는 것도 모자라 주변에 있는 여자들 기죽일 일 있어?

참 희한한 상황 속, 다이버샵에서 스노클과 핀을 빌리는데 1시간만 무료라고 몇 번을 강조한다. 땡볕은 아니지만, 일반적으로 스노클을 1시간씩 하는 사람도 없는데 말이다. 그것도 다소 깊은 산호 군락 지대도 아닌, 정해진 곳, 발 닿는 해변의 뿌연 곳에서 강조를 하니 웃기지 않을 수 없다.

"스쿠버 다이빙은 어때요?"

"저도 하고 싶지만 라이선스 안 가져왔고, 또 파트너도 없어요."

"PADI예요?"

"CMAS요."

"인터넷으로 확인할 수 있어요."

"네, 하지만 파트너가 없어요. 전 내일 모레 떠나기 때문에 한 번밖에 할 수 없어서 어렵겠네요."

지나가는 보트가 많아 경계선을 두 개나 설치해 놓고, 그곳을 넘어가 다치면 샵에서 책임지지 않겠다는 것을 읽으라고 하고는, 사인까지 해야 장비를 빌릴 수 있단다. 사인을 끝내고 바다로 들어가려 하자 두 사람이 경계선 주변에서 열심히 스노클 중이다. 그곳으로 서서히 다가가고 있는데 깜짝 놀랄 일이 벌어진다. 어느새 그 '노출녀'가 눈앞에서 어떤 남자와 이야기를 나누고 있다. 애인이 아닌 그냥 껄떡대는 젊음인 것 같다.

'저 남자는 참 아니다. 전혀 매력이 없어.'

여자와 몇 마디를 하고 졸졸 따라다니는 꼴이 예전 많이 말하던 똥마려운 강아지 주인 눈치 보는 꼴이다. 짧은 시간의 불타는 사랑을 갈구하는 광경과 토플리스 차림도 어느새 식상해서 그저 장비를 착용하고 밑으로 들어간다. 허접한 스노클에 바닷물이 계속 입으로 들어온다. 간만에 짠물을 원 없이 먹어 주고 켁켁거리는 모습을 온 동네 사람들에게 다 보여 주고 있다.

'아 모양 빠져. 이게 모야. 차라리 스노클을 빼버리고 그냥 잠수하는 게 낫겠다.'

그렇게 뜯어서 파라솔에 놓고 다시 들어가 핀의 마찰력으로 전력 질주를 해 본다.

'어깨가 괜찮구나. 아침에 헬스장 가서 스트레칭한 게 효과가 있나 보구나.'

무리하지 않고 하체를 많이 이용해 가까운 20~30M을 왔다 갔다 속력을 낸다. 순간 지나가는 이름을 알 수 없는 두 마리의 커다란 물고기가 휘리릭 지나간다.

'어! 이렇게 낮은 곳에도 저렇게 큰 물고기가 있네.'

그 길을 따라가다가 사람 다리를 보곤 귀찮아져서 일어난다. 그 노출녀다.

'꿀꺽.'

짠 물과 침을 동시에 삼키고 만다.

'이게 무슨 시츄에이션?'

휴대폰도 없고 자연스럽게 이 상황을 벗어날 건더기도 없는 뻘쭘한 상황이다. 땡볕도 아닌 저 하늘을 향해 바로 누워 배영을 시작한다. 유유히 어색하지 않게 벗어나 긴장된 마음을 쓸어내린다.

'나가야 하겠다. 이러다가 이상한 꼴 당하겠다.'

이런 생각에 잠겨 있을 때 그 노출녀가 바다를 벗어난다. 이렇게 예상치 못한 노출은 불편한 현실을 주는데, 가끔씩 역관음증에 빠진 몇몇 여성들은 주변에서 정신 상태를 걱정하며 보는 것을 자신을 추종하며 보는 것으로 알고 더 오버하는 사람들도 있다. 그런 사람들이 불쌍하다.

"뭐 좀 있어요?"

"물고기 두 마리를 봤는데요. 크기가 손바닥만 한 것이 이렇게 낮은 물에선 처음 봐요."

"그래요? 우리도 스노클을 할까?"

파라솔 앞 동에 자리한 두 명의 관광객이 책을 다 보았는지 바다 속으로 들어와 뜬금없이 물어본다. 말 그대로 여자 친구들끼리 온 여행. 악센트를 보아 이 근처에서 온 듯하다. 다시 물속을 헤엄쳐 가다가 전속력으로 앞으로 나가 본다. 어깨와 관절이 아프지 않은 것이 그동안 재활을 열심히 했고 준비를 잘한 것 같아 기쁘기만 하다.

'이젠 사고 이전의 상태로 돌아왔구나. 다행이다.'

그렇다 21 : 나이를 먹어 가면서 몸속의 장기와 관절은 저절로 퇴행되고, 보다 더 힘들 것이고 더욱 아플 것이고, 또 쉽게 에너지가 소모되고 지구력이 떨어질 것이다. 그래서 꾸준히 운동을 하는 게 얼마나 중요한지 이번의 교통사고가 일깨워 준다.

햇살은 완전히 구름 속으로 사라지고 거센 바람이 밀려오고 있다.

'조금 전에 누군가 말했던 태풍이 정말로 오는 건가?'

선 블록을 가져 오지 않아도 시커멓게 그을 일은 없을 것 같다. 바닷물이 남해안의 그것처럼 너울이 심해지고 있다. 어느덧 캐러비언 해변의 잔잔한 너울이 남해안의 너울로 변해 버린 것을 보니 뭔가 한바탕 퍼부을 것 같은 느낌이다.

곧장 방으로 돌아와 샤워와 빨래를 끝내고 발코니에 널고 들어와 생수로 짠

물을 희석시켜 주니 속이 다 후련해진다. 침대에 누워 멍하니 있자니, 갑자기 폭우가 쏟아지는 소리가 꼭 닫은 발코니 창 너머로 들려온다. 야자나무가 부러질 듯 하늘에서 수도꼭지를 틀어 버린 것처럼 거세게 비바람이 몰아치는 통에 널어 놓은 빨래가 비에 다 젖어 버린 것도 모르고 있다.

'비 한번 원 없이 시원하게 쏟아지는구나.'

침대에 누워 TV를 보는데 눈이 휘둥그래진다. 지난 2002년 월드컵이 'KoreaJapan'이 아닌, 'JapanCorea'로 표기되어 나온다.

'얘들은 뭐야? 니들 도미니카를 니카도미라고 하면 좋겠냐?'

얼마나 많은 돈질을 했으면 알아서 이렇게 표기해 주실까 하는 생각이 절로 든다.

'그래서 과거 스페인 식민지 국가는 국민성이 없다고 하는 거야.'

좋을 수 없는 한국인의 기분으로 비가 잠시 멈춘 틈에 저녁 식사를 위해 챙겨 입고 나가 본다. 칭파오(청나라 시대 여성의 고급 의상)를 차려 입은 한 사람이 중국 스페셜이라고 한 구역에서 서비스하는 것을 보니 다름 아닌 몽골리언 바비큐다.

'몽고를 중국이라고 해야 하나? 거 참 묘하네~.'

이곳은 동양 사람이 거의 오지 않아서 그런지 대충 흉내만 내도 비슷하게 가는 분위기다. 마늘을 제대로 사용하지 않아서 그마저도 비슷하지 않은데 말이다. 무엇이든지 원하면 마음껏 즐길 수 있는 이곳에서의 식사, 채소를 가득 담아 와서 와인과 함께, 또 맥주와 함께 즐긴다. 혼자서 자리를 하고 있자니 속도가 빠르지 않을 수 없다.

비가 내리는, 아니 쏟아지는 캐러비언의 밤, 적응되지 않은 시차로 피곤이 몰려온다. 알아들을 수 없지만 현지 ESPN의 메이저리그 야구 중계는 수면제보다 더욱 달콤하게 느껴진다. 남은 날이 짧디짧아 시차를 이겨내 보려고 갖은 고문과 냉장고의 마실 거리를 비워 가고 있지만, 이내 이겨내지 못하고 자리에 눕고 만다. 새벽에 일어나질 것을 뻔히 예상하면서도….

5월 20일

여행을 결혼과 같이 현실과 타협하지 말라.
여행은 이기적이라 해도 공개적인 비난을 받을 이유가 없기 때문이다.

캄캄한 새벽에 일어나 멍하니 천장을 바라본다. 얼굴에 붓기가 없는 느낌이 든다. 잠을 편안히 잘 잤는가 보다. 간만에 바다수영을 해서 그런지 몸이 나른하니 기지개가 켜진다.

아침 식사를 하는 곳으로 씻지도 않고 순간 이동을 해 달걀 프라이를 만드는 곳에 이른다. 어제의 그 조리사가 내 모습을 기억하는지 아는 척을 한다. 그것이 나에게만 그러는 것이 아니라 아무에게나 똑같이 그렇게 한다는 것을 알게 되는 데는 그리 오래 걸리지 않았지만, 캐러비언의 더운 날씨 가운데 뜨거운 불판 앞에서 저런 마음을 아침마다 가질 수 있는 것은 정말 대단하다는 생각이 든다. 어느새 무한 사랑하게 된 양상추가 없다. 식사를 하며 내다보는 밖은 오늘 하루가 얼마나 무덥고 그늘 없는 날씨가 될지 짐작하게 한다.

카메라를 방에 잘 보관해 두고, 노트북을 들고 다시 해변으로 나간다. 풀장에 있는 파라솔을 이용해 볼까 하지만, 날씨가 좋아 어느새 아침부터 사람들로 가득하다. 햇볕을 가릴 수 있는 명당은 이른 아침인데도 이미 북새통이다. 몇 번 경험해 보지 않은 강렬한 햇볕 아래 시원한 바람이다. 한 마디로 잠시 잠깐 생각 없이 있다가는 피부가 성하질 않겠다. 생긴 것 같지 않게 피부가 민감한 내가 이런 걱정을 남 앞에서 하면 누구나 코웃음을 친다.

병원에 입원한 뒤부터 머리를 깎지 않고 있다. 병원에 입원하기 1달 전부터 머리를 깎지 않았으니 어느덧 5개월째가 되어 간다. 머리털도 늙어 가는지 좀처럼 잘 자라지가 않는다. 그렇게 기른 머리가 이젠 어느덧 자르지 않으면 보기 싫을 정도까지 자란 모습이다. 야구 선수의 뒷머리가 휘날리는 것이 동경되는 나머지 여행을 출발하면서 깎아야 할 머리를 깎지 않고 있으니 이젠 보기 흉할 정도다.

'이젠 나도 1%의 스타일링을 해야 할 때다. 몸도 만들고.'

평균 이상의 얼굴을 가졌다고 '자뻑' 하는 내가 그동안 여러 가지 일들로 몸 관리를 하지 않아 딱, 아저씨의 푸짐한 모습을 하고 있다. 그런 나를 좋아하는 한국의 이성이 있다는 것은 놀라운 일이 아닐 수 없다.

'현란한 입담으로 그것을 커버하고 있기 때문인가?'

외모지상주의를 비판하지 않고 오히려 그것이 맞다고 생각한다. 트로트 가사처럼 잘난 사람 잘난 대로 살고 못난 사람 못난 대로 사는 것이다. 모든 사람이 똑같이 살기 바라는 평등 사회라면, 그것은 결코 합당한 사회라고 할 수 없다. 모순적이지만 평등 사회는 결코 합리적인 사회가 아니다.

우리나라의 그 외모지상주의가 우리나라만의 것이 아님을 안다. 외국은 이미 오래 전부터 그런 현상이 사회에 출현해 이젠 정착된 지 오래다. 태어나서 성장기를 거치면서 자신이 잘나서 잘난 것을 표출하는 직업을 가져야 하는지, 그렇지 못해서 한 분야에 열심히 집중해서 그것으로 앞으로의 인생을 먹고 살아가야 할지에 대해 나름대로 명확한 결론을 내린다고 한다. 간혹 그 잘남이 너무 과해 부러움과 시기를 동시에 사는 경우도 있겠지만 말이다.

날씨가 끝내 주게 좋다 보니, 이런 날씨라면 이곳이 훌훌 벗어 던지는 곳이란 것을 알게 된다. 누드 해변이나 나체 해변은 아니지만 해변에 카메라를 들고 설쳐 대는 사람이 극소수이고, 그마저도 바다와 경치에 집중되어 있다. 인적이 없는 어제 해가 뜰 무렵 사진을 찍은 것이 다행스럽다. 오늘은 석양에 사진을 담으려고 하는데 그것이 잘될지 모를 일이다. 불필요한 눈치가 아니라 남을 배려하는 눈치를 가지는 것은 남을 편하게 해주는 동시에 남으로부터 존중을 받는다.

오늘은 나이스 바디도 참 많아 눈을 자주 즐겁게 해준다. 일기예보를 보지는 못했지만 바다에서 레포츠도 많이 이용하고 있고 하늘에 헬리콥터와 수상 비행기가 오전부터 분주히 날아다니고 있는 것을 보면, 왜 이렇게 어제와 다른 많은 사람들이 해변으로 나왔는지 짐작하게 해준다. 사람이 드물었던 어제는 비수기 같은 느낌이라고 할 정도의 분위기지만 그것이 하루 만에 반전을 이루어 이 기분을 만끽하는 느낌이 사뭇 진지하다.

이런 여행을 하고 있는 내게, 나이를 따져 물으며 한심하게 생각하는 사람도 많다. 결혼이 어쩌고 인생이 어쩌고 재산이 어쩌고 하는 것들을 걱정하라고들 한다. 맞는 말이다. 그런데 이제까지 다르게 살아왔는데 지금부터 일반적으로 살아간다면 남들보다 훨씬 뒤처진 그것을 무엇으로 만회하고 상쇄한단 말인가? 더 많은 노력? 더 깊은 집중? 온갖 희생? 누군가 내게 말했다.

"넌 참 베짱이같이 산다. 인생 니나노야."

"그런 면이 없지 않아. 그런데 베짱이는 죽은 베짱이를 잡아먹지 않아. 개미는 죽은 개미를 잡아먹어도 말이야. 왠지 알아? 개미는 오로지 먹고 사는 것과 종족 번식만이 인생의 목표이기 때문이야. 개미의 개체 수에 비해 베짱이는 아주아주 극소수야. 개미의 성실함과 부지런함을 돋보여 주기 위해서는 베짱이가 필요하듯, 보편적인 인간의 삶에 대한 노력이 잘 표현되기 위해서 나 같은 베짱이도 주변에 몇은 필요해. 그렇다고 내가 남을 속이고 갈취하면서 살지는 않잖아?"

말도 안 되는 억지 논리를 열린 입이라고 일장 연설을 하는 내가, 아등바등 상투적인 삶을 열심히 살아가기 싫어하는 내가, 누군가에게 말하는 나만의 인생철학이다. 이것이 때론 누군가에게 동경의 대상이 될 때도 있다는 것이 놀라운 일이지만, 난 내가 구속 받기 싫기 때문에 누군가를 구속하는 것도 싫다. 올해가, 이때가, 지금이 어쩌면 늘어지도록 즐길 수 있는 마지막일 수도 있다는 생각을 항상 머릿속에 두고 그 시간에 충실하려고 집중한다.

그렇다 23 : 인간의 삶과 목숨은 태어날 때부터 신이 정해 놓고 그것을 바꾸지 않는다. 그래서 영원할 것 같은 삶이 어느 순간 허망하게 끝나 버리는 것을 보면 하루하루를 행복하게 살려고 해야 한다는 단순한 신리를 깨닫게 된다.

햇볕에 노출된 다리가 뜨끈뜨끈한 것을 보니 잘 익어 가고 있는 느낌이다. 종아리의 피부가 바짝 말라붙은 느낌이다. 아니나 다를까? 시뻘겋게 그을린 종아리가 얼얼하기만 하다.

점심시간이 다가오는 시간, 이곳은 4곳의 뷔페 레스토랑을 가지고 있다. 그 가운데 나는 인터내셔널 뷔페를 제공하는 한 곳만 간다. 다른 3곳은 그릴, 이탈리안 그리고 추가 비용을 지불하는 곳이다. 이번 여행을 하면서 채식의 중요성과 내 몸속의 기관들이 반응하는 것을 충격적으로 깨닫게 되었다. 그런 점에서 나는 이번 여행을 다른 무엇보다 건강과 관련한 측면에서 이미 성공한 것이라고 생각한다. 특히 양상추와 오이가 내 몸속에서 작용하는 것들을 재발견하면서, 비타민을 먹지 않더라도 그것들은 챙겨 먹겠다는 다짐을 하게 된다.

도미니카에 오면 꼭 생선 요리를 먹어 볼 필요가 있을 것 같다. 생선이 신선한 것은 말할 것도 없거니와 요리의 밑간과 스타일이 우리네 생선전과 흡사하다. 이곳의 생선 요리는 정말 훌륭하다 못해 찬사를 보내고 싶다. 많이 먹지는 않아도 아주 맛있게 먹은 기분이 정말 상쾌하다.

어디를 가더라도 나는 뷔페 레스토랑에서 3가지 이상의 같은 요리를 담지 않는다. 그런데 지금 내가 그렇게 하는 것을 보면 쉽게 알 수 있을 만큼 이곳의 생선 요리에 무한한 신뢰가 간다. 섬나라인 이곳 도미니카 공화국에선 아무래도 바다를 통해 얻어지는 먹거리가 많을 것이고, 그것에 대한 조리방법도 다양할 것이라고 기대하는 것은 무리가 아니다. 바다와 인접한 국가들은 저마다 특별한 대표 요리가 있다.

한국에는 발효를 통해 젓갈과 장 그리고 건조를 통해 굴비와 황태 등의 훌륭한 요리 재료들이 있다. 그와 마찬가지로 신선함을 생명으로 여기는 일본의 생선회와 구이, 스칸디나비아 지역의 청어와 대구 절임 요리, 이탈리아를 포함한 지중해 지역의 멸치 요리 등은 인간이 육류가 아니더라도 또 다른 군을 통해, 풍부한 단백질과 다양한 영양소가 포함된 바다 생물을 통해 영양을 섭취할 수 있다는 것을 알 수 있도록 일깨워 준다.

지난 시절 이것을 극단적으로 즐기는 열정적인 연인도 있었지만, 그렇게 빠져들게 만드는 것이 바로 바다 생물이다. 그런 가운데 나는 언젠가부터 양식장에 대한 꿈을 꾸고 있다. 소와 돼지를 기르듯 생선을 내 손으로 기르는 것에 대한 막연한 동경과, 그것에 수반되는 노력과 고통을 감내할 수 있다는 정체를 알 수 없는 자신감이 늘 충전되어 있으니 말이다.

식사 후 잠깐의 휴식 뒤에 맞는 오후의 시작, 어제 그리고 간밤의 지나온 시간과는 사뭇 다르게 오늘의 날씨는 말 그대로 강력하다. 도미니카의 동쪽인 이곳 푼타카나의 날씨와 자연환경에 반할 수밖에 없다. 서쪽인 아이티는 지금 자연 재앙의 대혼란에 사회 혼란까지 겹쳐 전체적으로 어두운 상황에 놓여 있다. 그것을 보면 참 세상은 인간의 힘으로 만들어져 가는 것이 아니라 신이 점지해 놓은 길로 가고 있음을 새삼 느끼게 된다. 이곳에서 버스로 아이티 국경까지는 약 4~5시간이 걸린다고 한다. 약 5시간을 두고 지옥과 천국이 공존하고 있다. 이 리조트에 있는 그 어떤 사람도 아이티 걱정을 하기보다는 자신들의 휴가를 어떻게 하면 더욱 충실히 그리고 알차게 보낼까 하는 마음으로 가득할 것이다.

그렇다 24 : 칭송도 비판도 할 필요가 없는 그저 인간으로 태어나 남의 행복에 부러워하고 남의 불행에 무관심해 하는 것이 인간이다. 불행에 함께 뛰어드는 순간, 책임도 지지 못할 동정을 하는 사람으로 남을지, 아니면 내 불행으로 알고 끝까지 함께하는 선인으로 남을지는 후대의 평가가 말해 줄 것이지만, 인간은 태생적으로 전자의 모습이 강하다.

아무리 시대적 변화로 인해 엉망이 되었다고는 하지만, 가족이라면 그것이 다를 수 있겠다는 동양적 기대감을 갖기도 하지만 말이다.

날씨가 다시 심술을 부린다. 구름이 가득한 것이, 금세 퍼부을지 모르니 정신 차리고 있으라는 메시지를 보내는 것같이 하늘이 금세 시커멓게 변해 간다.

"사진 좀 찍어 주시겠어요?"

"네, 물론이죠."

어제 파라솔 앞 농의 두 여자들 중 한 명이 부탁을 한다.

"어떻게 찍어 드릴까요? 친하게, 우아하게 아니면 섹시하게?"

"네?"

"자세 잡으세요."

혼자서 먹히지도 않는 말을 늘어놓고 셔터를 2번 눌러 주고는 같이 사진이 잘 찍혔는지 확인하는 기분이 참 오랜 만이다.

"멋지게 나왔네요. 모델 같아요."

이젠 그 불필요한 친절성 멘트는 그만 날려도 되는 시간이 되었는데도 아직까지 누구 앞에만 서면 눈치를 살살 보면서 상대방에게 듣기 좋은 소리를 하려 드는 내가 지겹기만 하다.

"사진 몇 장만 더 찍어 주실래요?"

"네, 문제없어요."

'뭐, 딱히 할 일도 없는데 말이지.'

"두 분이 상대방의 양손을 잡고 하트를 만들어 보세요. 그 안에 태양을 담을 게요."

"아, 정말 좋은 생각이네요."

평상시 잘 찍는 포즈 몇 가지를 말해 주면서 찍어 주니 지난날의 어렴풋한 기억들이 순간적으로 머리를 스쳐 지나간다. 저렇게 좋아하는 모습처럼….

"찍어 드릴까요?"

"카메라 안 가지고 나왔어요. 한 장 찍어서 이메일로 보내 주세요. 사례할게요."

"사례요? 어떻게 사례를 해요?"

"그건 그때 가보면 더 재미있지 않을까요?"

바다를 등지고 사진기에 눈을 맞춘다. 그 중 날씬한 쪽에 속하는 여자가 그 작업을 진행하고는 내게 말한다.

"이메일 주소가 어떻게 되세요? 적어야 되는데…."

"적을 필요 없이 외우기 쉬울 거예요. '널위한모든것31' 이에요. '베스킨라빈 스31' 은 아녜요."

여자가 빵 터진다. 역시 외국에서 말 개그의 위력은 상상을 초월한다.

"야야, 이 사람 이메일 물어봤는데 뭐라는 줄 알아?"

"뭐라는데?"

"널위한모든것31이라면서 베스킨라빈스31은 아니래."

둘이 배꼽인사를 하듯 배를 움켜잡고 웃는 모습이 나올 정도는 아닌데, 지난 날 외국인들과 나누었던 수많은 말 개그를 통해서 본 저런 모습이 이젠 낯설지 않다.

"몇 개 더 가르쳐 드려요?"

"네네."

"음…, 파리 여행 중 레스토랑 테이블에 5명의 동행자들이 앉게 되었어요.

서로들 얼굴만 이제 익숙해졌을 뿐 아직 말도 제대로 하지 않은 사이였죠. 어쩌다 보니 저는 가장 중앙에 있어 메뉴 오더를 먼저 할 수가 없었거든요. 웨이터가 첫 번째 동행자에게 메뉴를 물었어요. 그래서 그 사람이 대답했죠.”

“뭐라고요?”

“스타터는 발사믹 샐러드, 메인은 거위 스테이크 그리고 후식은 체리 무스로 주세요.”

첫 사람의 주문을 받아 적고는 웨이터가 옆 사람에게 메뉴를 묻더군요. 프랑스는 왠지 그렇게 천천히 하는 문화가 있나 봐요. 옆 사람이 그냥 프랑스 음식이 뭔지 아무것도 모르겠는지 ‘미투’ 하더라고요. 그 다음은 저였는데, 뭐라고 했는지 아세요?”

“뭐라고 했는데요?”

“미쓰리. 그러니까 같은 테이블에 있는 사람들이 빵 터진 거예요. 그리곤 남은 두 사람은 ‘미포’ ‘미파이브’ 이러는 거 있죠.”

애들이 죽으려고 한다. 햇볕에도 많이 그을려져 있는 모습들인데, 이 유치하다고 시대에 뒤떨어진 취급 받는 말 개그에 얼굴로 피가 쏠린 모습들이다.

“이게 바로 한국식 말 개그예요.”

“최고예요, 최고.”

“아주 간단한 걸로 끝낼까요? 아님 여기서 그만할까요?”

“더 해주세요.”

“JYP라고 한국 뮤지션이 있는데요. 어느 토크쇼에서 있었던 일이에요. 누군가와 대화를 하던 중에 발을 헛디뎌서 미끄러졌대요. 상대방이 뭐라고 물었을까요?”

“음…, ‘Are you OK’ 하지 않나요?”

“그렇죠. 그렇게 말하죠. 그럼 대답은 뭐라고 했을까요?”

“흠…, 잠깐만요. 뭐라고 말했을까…?”

“그 사람이 하는 말이 ‘아니요, 난 오케이가 아녜요. 난 JYP예요’라고 했대요.”

"하하하, 유머 감각이 정말 최고군요."

"그럼 이제 좀 진정들 하시고 하시던 일 마저 하세요. 전 제 자리로 돌아가
볼게요."

"재미있었어요. 사진 꼭 보내 드릴게요. 베스키라빈스31이 아닌 널위한모든
것31로요."

내 파라솔로 돌아와 드러누워 끈적거리는 시원한 바람을 맞으면서 역시 유
머도 함께할 수 있어야 유머란 것을 깨닫게 된다. 저 앞에서 주변 사람들이 어
떻게 쳐다보고 있는지도 모르고 아직도 정신 못 차리도록 웃으면서 내가 해준
말을 되새기고 있는 여자들을 보니 말이다.

"저기 죄송한데, 아시는 것 있으면 한 가지만 더 해주실래요? 너무너무 재미
있어서 잊을 수가 없겠어요."

"어떤 거요? 제 이메일 주소요?"

여자가 웃다가 털썩 주저앉고는 실성한 듯이 눈이 충혈되도록 웃는다.

"갑자기 생각하려니 또 안 떠오르는데요?"

"그런 유머는 정말 처음이었어요. 너무 재미있어요."

"한국에서 이런 말하면 눈앞에서 무시당해요. 말장난한다고요. 전 한국에선
안 웃기는 사람 쪽에 속해요. 아주 가끔씩 웃길 때도 있지만요."

"한국에서 왔어요?"

"네, 짧게 지구를 돌고 있는데 프랑크푸르트에서 온 지 3일 되었어요. 내일
떠나죠."

"너무 짧군요."

"맞아요. 처음엔 8일 예약을 했었는데 항공편이 안 맞아서 그냥 4일만 있게
되었어요."

"내일은 어디로 떠나는데요?"

"푸에르토리코를 들러서 뉴욕으로 가요."

"멋지다. 나도 뉴욕 가고 싶다."

"사실 저는 가는 이유가 딱 한 가지밖에 없어요."

"그게 뭔데요?"

"뮤지컬 보러 가는 거죠. 뉴욕에만 있는 'Rock of Ages' 보려고요. 사실 작년에 뉴욕 갔을 때 세 번 봤는데 너무 기억이 생생해서, 이번엔 좀 무리해서 일정에 넣었어요."

"뉴욕이 처음이 아니세요?"

"그렇게 되었네요. 근데 어디에서 오신 거예요?"

"우린 멕시코에서 왔어요."

"아, 멕시코. 전 멕시코는 칸쿤밖에 가보질 않았지만 항상 좋은 기억만 있어요. 아! 한국에도 야구가 최고로 인기 있는 스포츠 중 하나인데요. 그 중 최고로 인기가 많은 구단에 멕시코 선수가 한 명 있어요."

"누군데요?"

"카림 가르시아라고, 혹시 아실지 모르겠지만 작년 WBC에서 멕시코 대표 선수이기도 했어요."

"카림 가르시아. 누구지? 너 알아?"

'앗! 가르시아가 멕시코에선 안 먹히는구나. 베리 지토나 에드곤조만 유명한 것인가?

"아무튼 그래요. 프랑스 월드컵에서 1:3으로 역전패한 기억도 있네요."

"우린 축구 안 좋아해요."

"아, 미안해요. 축구 얘기 하지 않을게요."

그렇다 25 : 외국에서, 그것도 중남미에서 축구는 가히 최고로 꼽히는 스포츠임에 틀림없고 유럽 역시 마찬가지이지만, 축구를 싫어하는 사람은 정말 그 색깔이 매우 뚜렷해 축구 얘기를 하는 것 자체를 싫어하는 사람들이 많다.

호주 여행을 때 만나 친구가 된 이탈리안 알렉산드르도 누군가와 이야기를 나누다가 항상 'I hate soccer.' 라고 말했던 기억이 난다.

"지금까지 여행한 곳들 중에서 어디가 가장 좋으셨어요?"

"지금 이 순간이요. 지나온 여행의 추억을 되짚으면 그것은 아련하긴 하지만 설렘이 없어요. 백악관에서 잤다고 해도 그 시간이 지나고 나면 그것은 역사가 되는 것이지 꿈이 되는 것은 아니잖아요. 지금은 여기 이 자리에서 꿈을 실현하고 있는 것이죠. 어쩌면 두 분을 여기서 만나서 더 즐거울 수도 있어요."

"말 되네요. 그럼 저도 지금을 가장 행복한 순간으로 하겠어요."

중남미의 여성들은 돈에 목숨 걸지 않는다. 하지만 남자의 경우는 다르다. 라티노의 열정은 세계에서 손꼽히는 가운데 있으니, 이성에 대한 열정 역시 그 끝이 없다고 어딘가에서 들은 기억이 난다. 그리고 라티노들이 가지고 있는 유명한 명언이 있다.

'No Money, No Honey.'

여자도 남자도 받아들이기 거북하지만 부정할 수 없는 현실이란 것을 잘 알고 있다. 돈이 있으면 여자가 있다는 증거이고, 여자가 있으면 돈이 있다는 증거라는 말. 예전 발리 세미나에서 리조트 총책임자인 캐빈이 했던 그 말이 이 순간 함께 오버랩되고 있다. 그만큼 돈을 벌기 위해 라티노는 열심히 살아간다. 그들이 원하는 여성과의 영원한 미래를 위해서 말이다.

"전 이만 들어가서 노트북 가져다 놓고 수영복으로 갈아입고 나와야겠어요."

"비가 올 것 같은데요?"

"그래서요. 저는 장마철에 태어나서 그런지, 비 맞는 걸 좋아해요."

"얘기 재미있었어요. 영원히 잊지 못할 거예요."

"그럼 영광이죠."

일상적인 말이 누군가에게는 저렇게 잊지 못할 재미있는 얘기가 될 수도 있다는 것을 여행을 하다 보면 느낄 수 있다. 작은 곳에서 늘 새롭고 발전된 것만을 원하는 시공간을 넘어와 여유를 가질 수 있는 것이 여행이다. 적지 않은 사람들이 그것을 공감하고 갈망하면서도 시간이 흐름에 따라 무뎌지고 부정하는 것이 삶이다. 그래서 여행은 늘 두 가지 얼굴로 보이곤 한다.

'행복한 꿈 vs 일상의 사치.'

무릎부터 노출된 다리가 따뜻한 열기로 가득한 것을 보니 적잖이 그을려졌을 거란 생각이 들게 한다. 끈적끈적한 몸을 샤워하는데 종아리가 화상이라도 입은 듯 쓰라리다. 이곳의 짧은 태양이 얼마나 강력한지 알 수 있게 해준다. 잠깐 침대에서 쉬는 동안 밖에는 기다렸다는 듯이 비바람이 몰아친다. 나는 수영복 바지만 입고 바다로 향한다. 화이트 헤븐 비치보다 고운 모래사장 위로 바닷물이 쓸고 지나간 곳을 걷는 느낌은 마치 비단포가 깔린 침대를 걷는 느낌처럼 촉감이 부드럽고 감미롭다. 비가 왼쪽 뺨을 때리는 것이 기분 나쁘지 않고 엉뚱한 생각을 하게 만든다.

'돌아올 땐 오른쪽 뺨이 이렇겠지? 마사지 받는 것 같다.'

한참을 걷다 돌아와 바다 속으로 들어간다. 마치 대중목욕탕의 온탕처럼 온기가 가득하다. 밖의 사늘한 분위기와는 사뭇 다르다. 머리를 담그지 않고 간혹 다가오는 너울을 넘으며 잠깐의 시간을 호사스럽게 보내고는 밖으로 나와 두리번거린다.

'뭘 할까?'

음악이 흘러나오는 쪽으로 발길을 옮기고 수영장 속으로 들어가 무엇을 하고 있는 가만히 지켜보니 살사댄스 강습을 하고 있는 두 사람이 눈에 들어온다.

'비 오는데 왜 저러고 있지? 누가 배우나?'

사람이 없는 가운데에도 음악을 멈추지 않다가 눈이 마주치는 모든 사람에게 반강제로 참여시키는 모습이 보인다. 비가 만만치 않게 내리는데도 말이다. 비바람이 불어오는데도 간단한 동작으로 가르치는 그것을 사람들이 즐겁게 따라 배우는 것이 신기하기만 하다.

수영장 밖으로 나가기에는 갑작스럽게 기온이 너무 떨어졌다. 혹시나 감기에 걸리지 않을까 걱정스러워 목욕탕에서 몸을 불리듯 한참을 목까지 담그고 멍하니 춤추는 곳을 바라만 보고 있자니 참 한심하다.

'그냥 걸어 나가서 방에서 얼른 샤워하고 누우면 될 것을…. 어차피 나갈 거면서 이렇게 버티고 있는 나도 참 한심스럽다.'

그런 느낌이 가슴까지 와닿을 무렵 몸을 일으켜 좀처럼 뛰어다니는 모습을

본 적 없는 리조트 안에서 숙소가 있는 5번동을 향해 보란 듯이 열심히 뛰어간다. 프랑크푸르트의 TEDI에서 구입한 1유로짜리 슬리퍼를 수영복 바지 뒤에 꽂고 가니 가뜩이나 동양인도 한 명인데 지나가는 사람마다 다들 이상하게 쳐다본다.

'이런 식으로 유명세 타는 건 좀 아닌데. 가뜩이나 두건 색깔 바꾸면서 돌아다녀서 이젠 아는 사람도 많은 눈친데 말이야.'

잠깐의 뻘쭘함을 뒤로 하고 무사히 방으로 돌아와 샤워기의 자바라를 돌리니 이젠 화상을 입은 것처럼 무릎 아래쪽이 심하게 따갑다. 다리라고 우습게 보고 선크림도 바르지 않은 채 객기를 부린 데 대한 철저한 대가다. 몸에서 올라오는 온도를 낮추고자 에어컨의 온도를 거의 끝으로 낮추었지만, 왠지 에어컨이 헛바람만 돌아가고 있는 느낌이다.

'고장 나면 마지막 날 밤 개고생한다.'

때려 부술 것만 같은 폭우가 내리다가 방안이 잠시 정전된다. 그리고 다시 켜지기가 무섭게 몸에서 느껴지는 익숙함 하나가 떠올라 긴장하게 만든다.

사람이 나이를 먹어 가고 운동 에너지가 점점 퇴화되어 가면서 몸에 익숙한 신경의 느낌은 반대로 발전하는 것인지, 아니면 어떤 다른 현상에 의해서 유추되는 상황이 맞아떨어져 가는지 모르겠지만, 지금 분명한 것은 에어컨이 소리만 나고 있다는 것이다.

'차라리 문을 열자. 그게 낫겠다.'

문을 열자마자 비바람으로 따귀를 시원하게 맞아 주고선, 그마저도 포기하고 가만히 침대에 누워 전기가 정상으로 돌아가기만을 기도한다. 그러나 10분, 20분 그리고 30분이 지나도 전혀 돌아올 기미를 보이지 않는다.

'이거 뭐야? 이런 리조트에서 그럼 쓰겠어?'

궁시렁대다가 노트북을 펴 글을 쓸까 하고 세팅을 마치자 그때서야 전기가 제대로 들어온다. 실컷 준비 자세 잡고 난 후 허무함이 몰려온다.

아무런 상관도 없는 TV 프로그램을 보다가 뜬금없는 의문이 생긴다.

'그동안 여기저기서 본 것 말고, 어디서 들어 본 적 없는 인간과 짐승의 차이가 뭐가 있을까?'

한참을 상관없는 TV를 보다가 사람이 다치는 것을 보고는 뭔가에 뒤통수를 맞은 듯 멍한 기분이 몰려온다.

그렇다 25 : 사람과 짐승의 차이점은 공포심이다. 짐승은 태어나면서부터 공포심을 알기 때문에 갓 태어나도 소리 지르며 울지 않는 데 반해, 사람은 신생아에서 어린아이를 거쳐 학교에 들어가기 전까지도 죽음에 대한 공포심이 없기 때문에 때와 장소를 가리지 않고 자신의 순간적인 감정에 따라 울어 대는 것이 다르다.

곰곰이 생각을 해보니 매우 논리 있는 말로 생각된다. 한 예로 지금 소아암 투병을 하고 있는 2살배기 둘째 조카가 자신이 얼마나 아픈지, 그리고 언제 죽을지도 모를 상황에서도 천진난만하게 그 나이 때 좋아하는 음료수, 과자, 장난감, 초콜릿, 만화 등에 빠져 있으니 말이다. 나이 30~40대에 암이라고 하면 죽음을 생각하지 않는 사람이 없을 것인 데 반해, 어린아이들에겐 그 큰 병도 그저 노는 데 불편한 울음거리 정도밖에 되지 않으니, 이 세상에서 어린아이들이 가장 용감하고 가장 활동적이라는 것에 전적으로 동의한다.

'그래, 아기는 어른들이 만들어 놓은 세상을 몰라서, 하고 싶은 대로 하다가 안 될 때 울어 버리면 그만인 거였어. 나도 언젠간 비행기 타는 것이 무서워서, 관광이 개발되지 않은 곳은 위험할 것 같아서, 테러와 분쟁이 일어나는 곳에선 무슨 일이 일어날지 몰라 여행지에서 뺄 수도 있을까? 가끔 짜증내는 것을 보면 그럴 것 같기도 한데. 아직은 내 마음이 어린아이와 비슷한 것일까?'

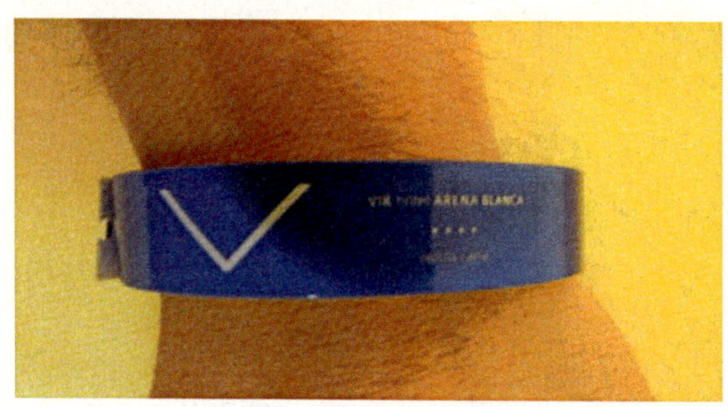

이것만 있음 어디든 콜!

침대에 가만히 누워 많은 생각을 하게 된다. 정전으로 인해서 말이다. 어떤 상황이든지, 그 상황과 연관이 없더라도 뭔가 생각하게 해주는 것이 또 여행의 묘미가 아닐까.

평소에는 그냥 쉽게 지나치던 것도 여행 중엔 다른 시각으로 보이니 말이다. 그래서 혹자는 여행에서 사람을 만나지 않아도 사람을 만난 것 이상으로 많은 것을 배우고 경험하게 된다고 한다. 이런 순간 그 말에 참 공감이 간다. 내가 늘 하던 말이다. 마지막 저녁 식사를 위해 방을 떠나 레스토랑으로 향한다. 어떤 상황에서든지 마지막은 늘 한 쪽 어깨의 무거움과 다른 한 쪽의 토닥거리는 격려로 시작된다.

'와인을 좀 마셔 볼까?'

무제한으로 마실 수 있는 스파클링 와인 디스펜서 기에서 직접 잔을 들고 가니 웨이터 한 명이 다가와 말을 건다.

"저한테 오더만 하세요. 앞의 매니저가 뭐라고 해요. 그냥 휴가를 즐기세요."

"아, 미안해요."

괜히 나 편하자고 한 행동이 어떤 이에겐 크게 불편한 모양이다. 그렇게 받아 든 와인 잔을 가지고 테이블에 앉아 채소를 잔뜩 담아 마지막 저녁을 준비한다. 생선 요리와 함께. 오늘은 즉석 야채튀김 코너가 있다. 바나나, 감자, 고구마 그리고 정체를 알 수 없는 한 가지가 더 즉석에서 튀겨져 나온다.

"이건 뭐예요?"

"유카(Yucca: 주로 당나귀 먹이로 사용됨)예요."

그 앞에서 그게 뭐냐고 물어봐야 전혀 도움이 안 될 것이고, 적혀 있는 단어의 스펠링을 찾아 확인해 보니 식용으론 거의 먹지 않는 식물이라고 적혀 나온다.

'뭐야? 식용도 아닌데 왜 먹지?'

다른 것들을 집어 담고 나서 호기심에 2개를 집어 자리로 온다.

'어! 이걸 왜 안 먹지? 이렇게 맛있는 걸!'

어느 제과점에서 파는 것보다도 훨씬 훌륭한 맛을 가진 유카 튀김이 왜 사전에서는 못 먹는 것이라고 되어 있는지 이해할 수 없지만 내 입맛에 환상적으로 맞아떨어진다. 와인과 맥주를 적잖이 마시는 오늘, 물속에 오래 있었던 탓에 방에 들어가면 잠이 사르르 올 것만 같은 포근한 느낌이 든다. 테이블에 혼자 앉아서 오직 먹는 생각만 하며 시간이 흘러갈 무렵, 내게 누군가 물어온다.

"안녕하세요. 식사 끝나고 뭐 하세요?"

말 개그로 쓰러진 사람이다.

"술을 좀 해서 잠이 잘 올 거 같은데요. 거의 잠들 거 같아요."

"괜찮으시면 우리랑 같이 술 한 잔 더 하시겠어요? 여기 현지 술을 하나 샀는데."

"그래요? 호기심이 생기는데요? 어디에서 할까요?"

"방 번호 가르쳐 주세요. 저희가 갈게요."

"5225번이에요. 바다 바로 앞이지만 야자나무들이 바다를 잘 안 보여 줘요."

"어! 우리도 5동인데. 우린 1층이에요."

"비 엄청 들어오셨겠네요."

"완전 물바다였어요. 혼자였으면 정말 무서웠을 거예요."

"아무튼 언제 방문하실 거예요? 가서 좀 청소 좀 해야 할 것 같아서요."

"8시에 갈게요. 괜찮아요?"

"네, 그때 봬요."

'아~, 졸린데…, 또 거절 못 했구나. 혁아~.'

방으로 돌아와 CNN을 틀고 방의 모든 불을 켜놓고 주변 정리를 마친 뒤 침대에 누워 기다리며 시간을 보내는데, 세상 제일 무거운 꺼풀신이 강림하신다. 눈꺼풀이 떠졌다 감았다 반복하는 와중에 시간을 보니 8시가 넘었다.

'이것들이 왜 늦어…, 짜증나고 후회 되게….'

지금 오지 않으면 와도 내가 버텨내지 못할 것 같은데, 아직도 저 방문은 조용히 바람만 막아 주며 서 있다.

푼타카나(Punta Cana)에서
산후안(San Juan)으로

5월 21일

임기응변과 합리적인 판단 능력은 여행을 통해서 가장먼저 습득되는 스킬이다.

눈이 떠진다.

'내가 잠귀가 얇아서 벨 눌렀으면 분명히 일어났을 텐데. 너무 곯아떨어졌나? 이거 늦은 거 아냐?'

괜한 걱정이 밀려오는 이 시간, 샤워를 하면서 기억이 날 수 없는 것들을 기억하려머리를 쥐어 짜낸다.

'아~, 사람 완전 우습게 보겠네. 나 완전 웃긴 코리안 되겠어.'

지난 며칠 동안 볼 수 없었던 해가 떠오르려고 한다. 허둥지둥 카메라를 들

푼타카나의 석양이 아닌 일출이다.

고 밖으로 나가 며칠 전과 색다른 사진을 카메라에 담고는 뭔가 깨달음을 얻는
다. 어제 밤에 그냥 자고 만 것을. 마지막 식사를 위해 레스토랑으로 나아간다.
혹시나 마주치게 되면 뭐라고 말할지 아무것도 생각나지 않고 머릿속이 온통
하얀 느낌이다.

'그래 후다닥 먹고 나와서 빨리 체크아웃하고 공항 가자.'

빛의 속도로 식사를 마칠 무렵 우려했던 상황이 벌어지고야 만다.

"저기, 어제 그냥 주무셨어요?"

"아~, 저기~, 죄송해요. 제가 너무 피곤해서 그만 깜박 잠이 들어 버렸어요.
화 많이 나셨죠?"

"어! 그러셨어요? 다행이네요. 사실 저희 안 갔어요. 친구가 그냥 혼자 가라
고, 자기는 안 가겠다고 해서 좀 그렇더라고요. 그래서 아침에 만나면 사과하
려고 했는데, 사과할 필요가 없겠는데요?"

"그러셨구나…. 그래도 혹시라도 오셨으면 불쾌하셨을 거니까 제가 사과할
게요. 어젠 무슨 약에 취한 것처럼 잠이 밀려와서 그만."

"오늘 가시니 더 이상 시간도 없고, 지금 당장 할까요?"

"그럴까요? 전 상관없어요. 아침에 짐은 싹 다 싸났거든요. 입고 갈 옷들도
준비를 싹 해났죠. 제 방 오시겠어요?"

"아니요. 저희 방으로 오세요. 5013호예요."

"언제 갈까요?"

"지금요. 식사 다 끝나셨죠?"

"네, 그럴게요."

접시 하나 가득 채소 담아 그 방으로 향하는 마음이 묘하기만 하다.

'인사불성으로만 취하지 말자. 도미니칸 술은 얼마나 셀까?'

나를 편하게 생각하는 건지, 아니면 나를 우습게 보는 건지, 방이 전혀 정돈
되지 않은 상태이다.

'나도 나지만 너도 너다.'

같이 흥얼댈 수 있는 음악을 틀고 편하게 앉으라는 말에 방바닥에 기대어 앉

아 도미니카 술 브루탈(Brutal)에 콜라를 섞어 보니, 그 맛이 짐빔콕이나 잭콕의 그것과 다를 바 없다. 어쩌면 조금 더 부드러운 맛으로 다가온다.

"괜찮은데요? 술 잘하세요?"

"거의 매일 마시죠. 남자는 여자가 술 잘 마시는 거 싫어한다면서요?"

"잘 마시는 것을 싫어하는 것이 아니라, 잘 토하거나 우는 걸 싫어하죠."

"하하하하, 저는 울지는 않아요. 토는 제 뜻과 다르게 즐겨 하게 되는 편이지만."

"음악 좋아하는 게 비슷한 거 같아요. 전 1980~90년대 록 좋아하거든요. 2000년대는 전자악기를 너무 써서 별로예요."

"그러세요? 저 전자악기 하는데."

"아 그래요? 실례했네요. 기분 나쁘셨으면 사과할게요."

"아녜요. 들어요."

아침부터 삼겹살도 아니고, 아침부터 위스키다.

"사진기 가져왔는데 한 장 남길게요. 저도 이메일 보내 드릴게요."

"전 이메일 주소 아주 평범해요."

"하하하, 알겠어요."

사진 한 장을 담아 어떻게 나왔는지 확인시켜 주니 만족스러워하는 눈치다.

"비행기 언제예요?"

"6시 무렵이요. 산후 안 가요. 뉴욕 가는 커넥팅이죠."

"그럼 체크아웃 해놓고 더 놀다 가세요."

"제가 방해되면 안 되죠. 사실 친구 분은 별로인 거 같아요."

"저 신경 안 쓰셔도 되요. 저기 병 보이시죠? 그거 제가 어제 다 마셨어요. 전 지금 죽은 고기예요."

"그래요? 우와 3병씩이나. 어제 좋은 시간이었겠군요."

"우린 친구니까요."

'뭐라는 거야?'

아침부터 마시는 와인에 정신이 나갔다 들어왔다 한다. 술을 멈추고 물을 마시려 하자 물병을 뺏어 들고는 고개를 가로 젓는다.

"그냥 술 드세요. 물은 밥 먹을 때만."

'애들은 취하지도 않나? 이러다가 비행기 놓칠라 애들아!'

"근데, 이름이 뭐예요?"

"제 한국 이름은 절대 못 따라하고, 영어 이름은 제임스, 독일어는 야메스, 오세아니아에선 자메스 그리고 스페니쉬로는 하이메예요."

"하이메…, 저는 안나고, 쟤는 크리스티나예요."

"아, 그럼 제가 안나 씨의 사진을 이메일로 보내 드릴게요. 이메일 주소 적어 주세요."

안나… 보험 들었다.

"다음에 멕시코 한번 놀러 오세요. 그땐 길게 오세요."

"친구같이 말이죠?"

"네."

"이메일로 스케줄 일러 드릴게요. 갑자기 멕시코가 참 가고 싶네요."

"꼭 오세요."

내가 재밌나 보다. 이렇게 좋게 헤어지니, 다시 만날 수 있게 되면 그땐 모든 사람들이 생각하는 것들이 가능해진다. 마치 또 하나의 연애 보험을 들어 놓은 것처럼….

"체크아웃 해야겠네요. 이만 가볼게요."

"끝내고 다시 오세요."

"아니요. 그러고 싶은데 아침에 술이 익숙하지 않아서 다시 마시면 취해 버릴 것 같아요. 다음에 멕시코 가기 전까지 아침에 술 잘 마시는 적응을 해가지고 갈게요."

"그래요. 그럼 잘 가요."

별로 말을 하지 않는 크리스티나가 손으로 작별인사를 하고, 안나가 방문 밖에까지 나와 가벼운 포옹을 한다.

"멕시코에 꼭 갈게요. 기대돼요."

그 말이 떨어지자마자 안나가 탭키스를 살짝 한다.

"연락해요."

하고는 웃고 들어간다. 뺨 양옆도 아니고 왠지 예상치 못한 것을 당한 기분에 멍한 느낌이 가시질 않는다. 가뜩이나 낮술도 아닌 오전 술을 4잔이나 마신 뒤인데 말이다.

'묘하다. 이 느낌은 뭐지?'

예상치 못한 탭키스에 정신이 혼미하다. 백팩을 둘러매고 돌아서 몽롱한 기분으로 호텔 프런트로 걸어가고 있는 순간,

"이번 여행이 가장 행복한 여행으로 기억 되세요!"

안나가 엊그제 했던 말을 되새겨 지금을 잊지 말라고 하는 것 같다.

"네, 남은 기간 멋진 시간 되세요! 멕시코에서 봐요!"

언제를 기약할 수 없는 상황에서도 반드시 그곳에 갈 것만 같은 상상을 하고 있는 내가 참 신기하다.

체크아웃을 끝낸 뒤 공항으로 택시를 타고 떠난다. 올 때와 같은 비용을 내고 가는 시간, 이제 늘어지는 시간은 당분간 미국에선 할 수 없다는 생각에, 그리고 산후안의 공항에서 밤을 지새울 생각에 술기운이 다 날아가고 만다.

일찍 체크인을 해주는 통에 라운지도 일찍 들어가 쉴 수 있게 되었지만, 알

라운지라고 말할 수 없지만 그나마 가장 명당자리인 것은 맞다.

고 갔던 정보와는 다르게 돈을 받는 것이 적지 않다. 그저 인터넷이 가능하다는 것 하나만으로 모든 것이 이해되는 상황이다.

라운지는 폐쇄된 공간이 아니라 확 트인 2층에 자리하고 있다. 뉴욕은 지금 성수기인 것 같다. 예약한 숙소를 버리고 라스트 미닛을 잡기 위해 인터넷에 집중하고 있지만, 지난해에 묵었던 힐튼 호텔의 가격이 3배나 뛰어서 다른 것들을 결정하기 거북하다. 혹시라도 라스트 미닛 할인이 나오면 예약해 둔 아주 허름한 호텔을 당장에라도 취소할 요량으로 있지만 그마저 쉽지 않은 상황이다. 어차피 이번 뉴욕 행은 순전히 'Rock of Ages' 때문이기에 가급적 다른 모든 상황을 이해하려 하지만, 정체불명의 숙소만 믿고 갈 수밖에 없는 상황이라는 게 이해되지 않는다. 큰 기대를 하면 꼭 다른 느낌으로 후회를 주곤 하는 것이 인간의 삶이라는데….

보딩이 시작되는 것이 라운지에서 내려다 보인다.

'아마도 가장 열악한 라운지로 기억될 거야.'

게이트로 내려와 줄을 서서 순서를 기다리는 순간 불안한 생각이 엄습한다. 사람들이 게이트 앞 테이블에서 실랑이하는 것을 보니 비행 편에 뭔가 큰 문제가 생긴 것이 틀림없다. 순식간에 오만 가지 생각이 머릿속으로 스쳐 지나간다.

'내일 뉴욕 가는 것을 탈 수 있을까? 놓치면 뉴욕에서 제대로 뮤지컬이라도 볼 수 있을까? 이것저것 다 꼬여서 일본 가는 비행기도 못 타면 어떡하지?

오랜 만에 프로펠러 비행기를 타본다. 그 느낌? 한 마디로 대박!

출발 시각 20분을 남기고 가만있어선 안 되겠다는 생각이 들어, 공항 직원으로 보이는 한 사람을 붙잡고 설명을 들어 봐야겠다고 몸과 맘이 오랜 만에 하나가 되어 움직인다. 위기에 대한 본능적인 반응이다.

"저기, 이 줄이 산후안 가는 항공편인가요?"

"네."

'헉! 큰일이다!'

"무슨 문제 있나요?"

"티켓 보여 주세요. 제 시간에 출발하니 걱정 마세요. 여긴 다른 항공사로 산후안 가는 항공이 문제가 있는 거예요."

"아, 감사해요."

오랜 만에 프로펠러 비행기를 타본다. 그 느낌? 한 마디로 대박! 뻔하고 당연한 상황에서 보이는 모든 것에 감사하고픈 생각이 절로 든다. 출발 시간이 거의 다 되어서야 게이트가 열린다. 밖으로 나가자 타고 갈 프로펠러 비행기가 눈앞에 다가온다.

그 비행기의 승객들과 짐이 내려지고 정비가 끝날 때까지 약 30분여를 대기선에서 기다린다. 지루하지 않게 현지인 몇몇이 악기 연주를 시작한다. 흥겨워 덩실대는 사람도 있고, 그냥 전혀 신경 쓰지 않는 사람도 있다. 아니면 나같이 이것도 저것도 아닌 사람들도 있다. 그런 가운데 그 연주대는 2개의 소쿠리를 발로 툭툭 치며 돈을 내라고 종용한다. 사람들의 주머니에서 남은 동전과 지폐가 쏟아져 나오자 더 신나게 연주를 한다. 큰 박수와 함께 연주를 마칠 상황이 되자 소쿠리, 아니 돈통에 든 돈을 싹 정리하고선 앞에서부터 연주를 다시 시작한다. 크게 반응을 보였던 사람들도 그냥 고개만 까딱거릴 정도로 분위기가 급변했지만, 돈을 내지 않았던 몇몇이 다시 돈통에 돈을 넣자 그들은 두 번째 연주를 끝내고 또다시 앞으로 다가와 똑같은 연주를 시작한다.

그것을 30분 동안 6번을 하니 나중엔 사람들이 대놓고 쌍욕을 한다.

'과유불급인 거야, 이 문외한들아!'

암만 휴양지에 온 관광객이라도 정도껏 우려먹고 바가지를 씌워야지, 정도를 지나치게 되면 그 사람이 아니라 그 나라의 국민성과 됨됨이까지 싸잡아서 욕먹게 되는 현실을 그들은 모를 것이다. 그저 내 주머니에 돈이 들어오면 그만이니까.

쓸데없는 찜찜함에 사로잡혀 있는데, 프로펠러가 힘차게 돌아가기 시작하더니 하늘을 향해 오른다. 주변의 경치가 멋질 것이라고 생각해 비디오로 담아 보려 하지만 기대 이하여서 카메라를 접고 만다. 활주로를 하나 더 건설하는 것으로 보아 이 공항은 앞으로 여객 수용이 더 늘어날 것으로 판단된다. 그도 그럴 것이 이곳은 2009년에 380만 명 이상의 여행객이 찾았다고 하니 엄청난 관광지임에 틀림없다. 이곳은 도미니카 공항 가운데 가장 많은 외래 관광객이 찾는 공항이라고 한다. 수도인 산토도밍고보다도 더 많은 관광객이 찾는다니 대단하다. 대부분의 투자 자본이 유럽에서 유입된 것이기 때문에 유럽 주요 국가 민항사들은 떠나가는 이곳 푼타카나에 대부분 다 취항한다고 한다. 처음 보는 항공사 이름들을 이곳에서 참 많이 접하게 된 것을 보면 수긍이 가는 정보다.

'참 허무하게 제주도는 도대체 뭐니? 외항사 정규 편 몇 개니? 뻥튀기 집계 좀 그만하고 개방하자. 제주도만이라도. 하긴 그렇게 하면 제주도민을 죽인다는 둥, 나라를 팔아먹는다는 둥 하겠지? 아시아의 하와이라고 예전부터 노래를 부르더니, 하이난에게 그 타이틀 뺏기고 참 질하는 짓이다.'

국내에서 그럭저럭 그나마 가장 봐줄 만한 바다와 해변이 있고, 한라산이 있고, 눈이 있고, 골프장이 있고, 관광 문화에 대한 의식 수준이 그나마 한국에서 가장 높은 제주도가 이제는 국제화되어야 한다. 내국인들 위주의 갈치, 오분자기, 흙돼지 같은 음식 메뉴 말고 외국인이 좋아할 만한 메뉴를 개발하고 한라산의 일부를 스키장으로 개발하면, 가깝게는 동남아에 좀 있다 하는 부자들이 꼭 한 번 찾아올 것이다. 어차피 제주도민들은 제주도에 살지 않는 사람을 육지 사람이라고 총칭해서 부르지 않는가?

말이 좀 있다 하는 동남아의 부자들이지, 200년 전부터 수세식 화장실을 이용했던 사람들이다. 조선의 임금이 수세식 화장실을 쓰게 된 것이 채 100년 남짓이니, 그들의 문명이 식민지 시대에 대부분 발전했다 할지라도, 우리가 상상하지 못했던 것들이 우리보다 얼마나 훨씬 이전에 발전했었는지 인정해야 한다. 하지만 한국전쟁 이후 눈부시게 성장한 대한민국이 어설프게도 까무잡잡한 인니, 말레이, 타이 그리고 필리핀 계통 사람들을 무시하는 인종 차별을 하는 것은 일상이 되어 버린 지 오래이다.

작은 비행기지만 인천에서 프랑크푸르트로 갔을 때의 아시아나 항공보다 좌석은 더 넓고 편리하다. 만화에서나 나오는 몸매를 가진 미국인들이 많이 이용하는 항공편이기 때문일지도 모르지만, 작다고 할 수 없는 내 체격이 편안함을 느낀다. 그런 것을 보면 미국권이나 유럽권 항공기들은 대부분 이코노미 좌석이 이용하기에 적당하다. 아시아권 중에선 케세이 퍼시픽이 장거리 노선에서도 참 좌석이 좁았던 기억으로 있고, 싱가포르 항공은 이용할 때마다 느끼는 것이지만 한국에 취항하는 항공기만 상대적으로 아주 많이 좁다. 싱가포르 항공이 그렇게 차별을 두는 것에 불쾌함을 느낀다. 가식적인 모습을 가지고 있는 것이 싱가포르 항공사의 승무원만큼이나 말이다.

1시간의 짧은 비행이 끝날 무렵 해는 저물어 가고 창밖으로 푸에르토리코의 모습이 보인다. 조금만 시선을 돌렸다 돌아봐도 꼭 눈에 보이는 것 하나가 있다. 바로 야구장이다. 메이저리그에 수많은 슈퍼스타들을 배출한 곳답게 야구장이 정말로 많다. 이 정도의 수라면 나라도 야구를 다시 하겠단 생각을 하게 된다. 항공기 창밖으로 보이는 해안의 코스트라인도 어둠 속에서 더욱 우아하

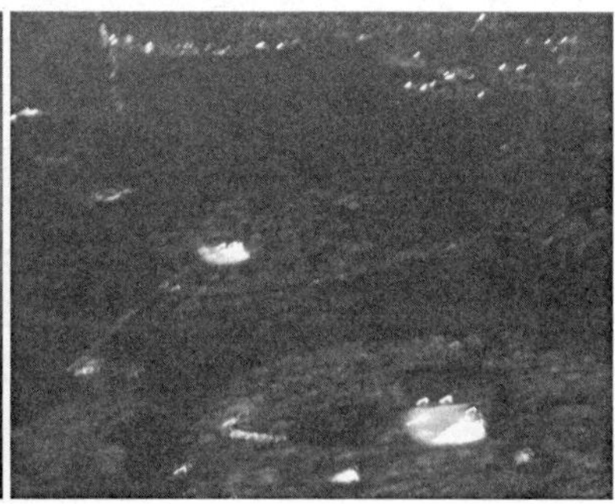

게 빛을 발하고 있다. 70~80여 명이 탑승하는 아주 작은 항공기이지만, 그 어떤 첩보기보다, 그 어떤 항공편보다 착륙이 아주 매끄러운 것이 박수를 쳐주고 싶다. 줄 수만 있다면 팁을 내려놓고 싶은 마음까지 든다.

일반적으로 좌석이 2C면 누구나 제일 먼저 내릴 것으로 예상하는데, 이 작은 비행기는 앞에 문이 없고 뒤에만 문이 있다. 가장 마지막이 된 셈이다. 공항에서 하루를 보내기로 작정했으니 급할 것 없는 지금은 안심이지만, 지난날 회사 다닐 때 짬을 내 아침 일찍 도착하는 항공편으로 회사에 늦지 않기 위해 다른 사람의 불편을 무릅쓰고 돌파하듯 뛰쳐나간 기억이 이런 상황에 아련하게 오버랩된다.

'그땐 참 없는 시간 쪼개고 쪼개서 비싼 돈을 들여서라도 나갔었는데….'

항공기의 게이트웨이가 많은 공항이지만, 비행기가 많이 작아 그 게이트웨이의 높이가 맞지 않는가 보다. 비행기에서 내려 버스 없이 한참을 걸어 건물 속으로 들어오니 깨끗함과 산뜻한 조명을 느낄 수 있는 분위기다. 또다시 한참을 걸어 출입국 심사대가 있는 곳으로 다가가 거의 마지막에 줄을 선다.

푸에르토리코는 미국령이지만 괌이나 사이판같이 관광 목적으로 무비자 입국이 허용되는 곳이 아니다. 워낙 중남미의 많은 사람들이 미국으로 들어가기 위해 혈안이 되어 있기 때문이다. 전자비자로 무비사 입국이 된 지금에서야 미국령이라도 어디든지 자유롭게 출입국할 수 있는 한국인이지만, 만약 미국이 비자가 필요하다면 당연히 푸에르토리코도 비자가 필요해진다.

가장 마지막에 줄을 서서 앞의 같은 스크린을 7~8번 정도를 반복해서 볼 때쯤 어느 새 그 많던 사람들은 모두 빠져나가고 마지막이라고 외치는 한 출입국 경찰의 호출 소리를 향해 다가간다.

"국적이 어느 나라죠?"

"거기 씌어 있는 것처럼 한국이에요. 남한이오."

"지금 어디에서 오는 거죠?"

"푼타카나에서 아메리칸 이글 타고 왔어요."

"에? 어떻게 푼타카나를 갔어요?"

"프랑크푸르트에서 푼타카나 갔다가 지금 이곳으로 온 거죠. 세계 일주를 하고 있어요."

"미국에선 얼마 동안 묵을 거예요?"

"전체 5일이에요."

기분 상하지 않게 하지만 상당히 많은 것을 자세히 묻는다. 이 정도면 벌써 스탬프를 받고 나갔을 텐데 말이다.

"미국에 마지막으로 온 것이 언제죠?"

"지난해 5월에 입국했어요."

"그때 얼마 동안 있었죠?"

"한 86일 정도 있었어요."

"그때 뭐했나요?"

"올랜도에 있는 친구네 집에서 휴가를 보냈죠. 플로리다를 전체적으로 다 여행했어요."

"그전에 미국은 언제 왔었죠?"

"같은 지난해 2월이었어요."

"그때는 얼마큼 있었나요?"

"그땐 60일이 조금 안 되었어요."

이젠 그만할 때도 됐는데 뭐가 그리 궁금한지 계속 물어본다. 더 이상 기다리는 사람이 없어서 그런지 출입국 사무소 경찰이 아니라 비행기 옆 좌석에 탄 아저씨같이 물어본다.

"그땐 어디에서 지냈나요?"

"그때도 올랜도 친구네 집에서요."

"여자 친구인가요?"

"그냥 친구예요."

'이런 것도 물어보나?'

"세계 일주라…, 나머지 티켓들도 볼 수 있나요?"

넘겨준 티켓을 한참 쳐다보더니 또 질문이 시작된다.

"인천이 어디예요?"

"한국의 메인 공항이죠. 서울 공항이라고도 해요."

"전체 기간은 어떻게 돼요?"

"한 달도 안 돼요. 3주 정도."

"3주라…, 그걸로 세계일주가 가능해요?"

"지금 하고 있잖아요. 건강만 허락된다면 문제없어요."

확인을 하려는 것이 아니라 슬슬 뭔가 개인적인 궁금함을 해소시키는 분위기로 변해 간다.

"3주간 세계 일주라…. 얼마 정도 들어요?"

"솔직히 잘 모르겠어요. 마일리지로 보너스 티켓 2개를 구했고, 프로모션으로 몇 가지 혜택을 받았지만 정확히 계산해 보지 않았어요. 여행이 끝나고 나면 해야겠죠."

"미국 여행에 현금은 얼마 가지고 들어오는 거죠?"

"골드카드 한 장이랑 두 장의 플래티늄 카드를 가지고 왔어요."

"그렇군요. 많은 질문에 답변 감사하고 행복한 여행 되세요. SIR!"

기분 나쁘지 않았지만 스탬프를 받고 나가자마자 한 남자가 내게로 급히 다가온다.

"성이 문 씨예요?"

"네."

"당신 가방이 마지막으로 혼자 컨베이어를 돌고 있으니 빨리 찾으러 가세요."

"아, 그래요? 감사해요."

"당신이 타고 온 비행기가 우리 공항 가장 마지막 도착편이에요."

얼마나 많은 질문에 답을 했는지 짐짓 15분 이상은 시간을 보낸 것 같은 느낌이다. 지금은 나 이외엔 아무도 없는 것이 당연하게 생각된다. 지난해 애틀랜타로 입국할 당시에도 86일간 있는 동안 무엇을 할 것이냐는 질문에 미국 일주를 하고 플로리다를 관광할 거라고 대답하니, 적지 않은 질문을 추가적으로 했던 기억이 난다. 그 당시에도 출입국에 대한 것보다는 앞으로 무엇을 할지에 대한 질문이 참 많았었다.

'혹시 이 사람들이 나의 여행 스타일을 가지고 자신들의 여행을 계획하고 꿈꾸는 것은 아니야?'

가방을 찾아서 밖으로 나온다. 공항은 아주 깨끗하다. 마치 김포공항 같은 느낌의 이곳은 아메리칸 에어라인이 지나칠 정도로 많은 부분을 차지하고 있다. 그 항공사를 이용하니 다행이지, 그것이 아니었으면 다른 항공사를 찾느라 적잖이 수고를 했을 것이다. 전체적으로 공항을 둘러보고 현금 인출기에 카드를 넣자 이곳이 미국임을 알게 해준다. 수수료를 따로 받는 현금 지급기이니 말이다. 한국과 아주 많이 다르게 어디를 가도 보이는 가격이 전부가 아니라는 것을 새삼 느끼게 해주는 곳이 미국, 그리고 지금 이곳이다.

공항을 전체적으로 둘러보았지만 마땅히 편히 쉴 만한 곳이 없다. 의자는 모조리 팔걸이가 있고, 조명은 어느 곳도 어둡게 된 곳이 없다. 결국 콘센트가 있는 기둥에 자리하곤 인터넷을 연결해 보지만 그마저도 여의치 않다. 하루가 길게 지나간 탓인지 벌써부터 졸음이 밀려온다. 하지만 지금 내가 왜 이 수고를 하는지 다시 한 번 생각해 본다.

'80달러 아끼겠다고 이런 고생을 하는 경유 항을 이용했는데, 저 호텔에 140달러를 내고 묵으면 이곳에 온 나는 한심한 바보가 되는 거잖아. 그냥 즐기자. 이미 프랑크푸르트에서 두 번 경험했잖아. 남 눈치 보지 마. 내 여행은 때론 호사스럽게, 때론 걸인같이 그렇게 하는 거야.'

의자들이 늘어선 곳에 자리를 잡고 무작정 누워 잠을 청하려니 청소가 시작되나 보다. 잠이 쏟아지는데, 청소기의 소음이 잠을 청할 수 없을 지경까지 이른다.

'제발…, 제발 그만해라.'

귀를 틀어막고 주문을 외우다 비소로 소음이 멈추어 잠에 빠져든다.

산후안(San Juan)에서
뉴욕(New York)으로

5월 22일

여행 중에 가장 바보스런 생각은 지금 하고 있는 여행을 후회하는 것이다.

　금세 잠에서 깨어날 수밖에 없는 상황이 된다. 공항의 냉방으로 체온이 급격하게 떨어졌기 때문이다. 그나마 가져온 허리 벨트를 바닥에 깔아 두고 누워 체온이 덜 떨어진 것이 다행이다. 공항 청소부는 나의 성격을 테스트하는지 내 머리맡 위로 청소차를 연신 몰고 다닌다. 한 마디로 안 일어나고는 못 버티는 상황을 만들어 주는 것이다. 결국 짐을 챙겨 들고 공항 밖으로 나가 따뜻한 기온에 잠시 의자에 앉자 생각에 빠져든다.

　'이곳에서의 경험은 좀 아니다. 충분한 현지 정보가 없는 상태에서 무작정 저렴한 것만 선택한 것은 현명한 절약이 아니다. 최소한의 정보라도 가지고 왔어야 하는데…. 앞으로 루트를 짜면서 현지 정보에 신경을 쓰자.'

　지켜질지 모를 약속을 혼자서 하고 태양이 기지개를 켤 무렵 보딩 카운터의 문이 열린다. 조금 흥미로운 것은 보딩 카운터로 오기 전에 공항 외부에서 X레이 검사를 하고 확인 필 스티커를 붙여야만 화물의 체크인이 이뤄진다. 아마도 푸에르토리코에서 미국 본토로 농산물 밀반입이 꽤나 심한가 보다. 농산물 반입이 엄격히 금지되어서 어기면 벌금이 엄청나다고 한다.

　일단 미국이라는 바운더리에 들어와서는 미국 지역으로 이동하는 것은 참 편리하게 되어 있다. 검사대를 지나 게이트에 도착해 보니 인터넷 연결이 원활하다.

'추신수가 홈런을 2개 쳤구나.'

한국에 관한 뉴스를 접하지 않으려고 많은 애를 쓰지만, 결국 한국 사이트를 쭉 살피고 만다. 직접 관리하는 싸이 클럽의 질문에도 답을 하고, 혹시나 누가 메신저에 들어와 있을까 찾아보기도 하지만, 아무도 없다.

'오늘 토요일이다, 혁아. 토요일 오후에 로그인 상태로 있는 사람이 정상이 겠니?

당연히 없을 메신저를 살펴보고는 혼자서 생각에 잠긴다.

'이번에 들어가면 내가 알고 있는 사람이 아닌, 날 알고 있는 사람들에 대한 인간관계 다시 생각해 봐야겠다.'

나도 이제 그들이 필요로 할 때만 연락되는 사람이 되어선 안 되겠다는 생각을 한다. 그럴 바에야 차라리 그냥 아는 사람이 낫다.

저 얇은 호창이 천장이다.

시간이 되어 탑승한 비행기는 완전히 만석이다. 입추의 여지가 없다. 자리를 하고 출발하는 데 한참의 시간이 소요되니 잠깐의 인내도 한계에 다다른다. 훨씬 큰 이 비행기가 푼타카나에서 타고 온 아메리칸 이글보다 더 불편하게 느껴진다. 그만큼 사람이 넘쳐나도록 들어서 있는 것이 숨 막힐 지경이다. 옆자리에 코가 독특하다 못해 심각할 정도로 이상하게 생긴 한 여성이 옆 자리의 남편과 나란히 앉아 영화 소리가 들리지 않는다고 몇 번 항의하면서 식상한 슬랭을 써대고 있다.

"소리 들려요?"

"안 들리는데요?"

남편은 궁시렁대는 부인을 모른 척하고, 사가지고 들어온 머핀을 주섬주섬 먹으면서 모르쇠하고 있다.

"이거 안 들려요!"

"바꿔 볼게요."

프로레슬러 스콜피온이 나오는 이상한 영화가 꺼지고 켜지기를 반복하다가 마침내 소리가 난다. 자동적으로 그 부인의 듣기 싫은 슬랭을 이젠 듣지 않아도 된다. 불편한 밤을 보낸 뒤 쏟아져 내리는 피곤을 다독이며 3시간이 조금 넘는 시간이 언제 갔는지 모르게 뉴욕으로 쏜살같이 다가간다.

'뉴욕이라….'

별도의 검사 없이 빠르게 짐을 찾아 예약된 호텔로 떠나는 발걸음이 가볍지 않다. 뭔가 실수하고 있는 것 같은 느낌이 들어 내내 찝찝함을 곱씹으며 능숙한 솜씨로 열차에 올라 숙소가 있는 Marcy Ave로 향해 간다. 자메이카 라인(뉴욕의 JFK 공항에서 출발하는 두 가지 지하철 라인 중 하나) 밖으로 보이는 브루클린의 모습이 브로드웨이 정션을 지나 1990년대의 청계천 같은 어수선한 분위기를 자아낸다. 그곳에 내려 캐리어를 끌고 주변을 두리번거리며 숙소를 찾기 시작한다. 쉽게 찾을 거라던 설명과는 다르게 한참을 왔다갔다 반복한다. 결국 찾았지만 그 앞에 붙어 있는 문구는 호텔이 아니라 호스텔이다.

'뭔가 심각에게 불길하다.'

2층으로 올라 보니 철장으로 만들어진 안내 데스크에 뉴욕 시내 걸인들로 보이는 흑인들이 삼삼오오 앉아 TV를 보고 있다.

'아, 잘못되었다.'

순간 오감에 정신이 번쩍 든다.

"저 이틀 밤 예약했는데요. 성이 문이에요."

"아, 찾았어요. 계산하기 전에 방을 먼저 보여 줄게요. 간혹 사람들이 못 있겠다고 하는 경우가 있어서요."

그럴 만도 하다. 여기는 흑인 걸인들의 숙소지 여행자의 숙소가 아니다. 한 층을 더 올라가 보니 하늘이 무너져 내리는 느낌이 순식간에 몰려든다. 이곳은 숙소가 아니라 난민촌보다 더 열악하다. 천장은 속이 들여다보이는 얇은 호창

하나로 되어 있고, 불편한 침대 하나를 빼곤 아무것도 없다. 거기에 뭔가를 씻지 않아 나는 구역질나는 냄새가 온 사방팔방에 퍼져 정신을 혼미하게 한다.

"여기로 하시겠어요?"

"네? 네네…."

얼떨결에 있겠다는 말을 하고 내려가 돈을 지불하면서 뭔가에 홀린 기분이 가득하다.

'이건 아닌데…. 그냥 나가자. 돈 버린 셈 치자. 그동안 절약한 거 이런 곳에 헌납하려 한 것은 아니지만, 그래도 이건 정말 아니다.'

"저기 혹시 다른 방도 있나요?"

"알았어요. 같이 가요."

별반 다를 것이 없는 방 하나를 더 보고 그 안에 들어가 앉으니 헛구역질이 몰려나온다. 그런데 그것은 참아 볼 수 있겠지만, 그 앞으로 열차 지나가는 소리가 대전역에서 국수 파는 집에서 듣는 소리보다 더 크게 들려온다. 그것도 5분에 한 번씩. 뿐만 아니라 흑인으로 짐작되는 사람들이 내 이야기를 하는 것 같이 느껴진다.

"신삥이 중국인이야?"

"잘 몰라."

이 안에 동양인이 없으니 내 말을 하는 것이 틀림없을 것이다. 여기에 짐을 두고 나갔다가는 천장을 뜯어내든 문을 부수든 다 강발해 길 것이 눈에 선하다. 문이라고 해야 곳곳의 구멍으로 안이 훤히 보이고, 또 조금 힘만 주면 문도 쉽게 열릴 것 같은 상태다. 한 마디로 여기는 지옥이다. 왜 예약 사이트에서 그렇게 안 좋은 소리가 가득 했는지 이제야 깨닫게 된다. 저 흑인들이 내가 처음 봤던 방을 두드리고 문 열어 보라고 계속 두들기며 말을 건다. 열차는 계속해서 방 앞을 지나가고, 틀어 놓은 음악은 고막이 터질 듯 키워 놓고 있으며, 사람들의 말은 흑인이라고 무시했다가는 죽여 버리겠다는 말들이다.

'안 되겠다. 이곳에서 있을 수 없다. 그냥 돈 버리자.'

유일하게 장점인 무료 인터넷을 뒤져 돈을 따지지 않고 숙박을 하기로 하지만, 당일에 숙소를 구하기는 참 힘들다. 라스트 미닛 몇 가지가 나오지만, 오늘 숙박은 없는 상황이다. 끓어오르는 분노와 참을 수 없는 역겨운 냄새에 내일 숙박할 곳 하나를 결제하고, 오늘 숙소 한 곳을 어렵게 발견해 그곳으로 가겠다고 다짐하고 일어선다. 하지만 싸우는지 갑자기 소리가 시끄럽게 들리고 얇은 합판 벽을 주먹을 부수듯 쳐내는 것에 순간 긴장된다.

'이게 뭐냐? 숙박비를 아껴 보겠다고 이런 말도 안 되는 경험을 다 하다니…. 내 어떤 여행을 하든지 최소한 가방 놔두고 나가도 편한 곳이 아니면 차라리 공항에서 자고 말겠다.'

이곳을 호텔이라고 하는 바보는 없다.

소요가 잠잠해진 틈을 타 가방을 들고 밖으로 나와 철장 안 내 데스크 앞에 선다. 하지만 아무도 없다. 술에 취했는지 마약에 취했는지 흑인 하나가 궁시렁궁시렁댄다. 그리곤 조금 전 내게 돈을 받아간 사람이 다가와 선다.

"정말 미안한데요. 저 못 있겠어요. 그냥 절반이라도 돌려 주시면 안 될까요?"

"흠."

잔뜩 화가 난 모습으로 장부를 뒤척인다. 분위기가 안 될 것 같은 분위기는 아니지만 얼굴이 많이 굳어진 상태로 내게 영수증을 달라고 한다. 그리곤 놀랍게도 전액은 환불해 주고 짧은 한 마디를 남기고 그 자리를 떠난다.

"바이."

혹시나 하고 물었는데 전부 환불해 주는 것에 최소한의 감사를 느끼면서도, 이런 숙소를 운영하는 사람이 제 정신인가 하는 생각이 든다.

'이것도 뉴욕이다.'

가방을 들고 나와 다시 공항 근처의 숙소로 돌아간다. 시간이 정처 없이 흐르지만 불분명한 호텔들보다 차라리 공항 근처라 하더라도 호텔 브랜드가 운영하는 곳으로 가야 방금 전 같은 원치 않는 황당한 경험을 막을 수 있을 것이다. 그곳을 찾아가는 데는 정말 많은 시간이 걸린다. 가는 날이 장날이라고 뉴욕 지하철 E가 공사로 운행하지 않는다. 할 수 없이 그곳을 가기 위해 기억과 거리를 더듬으며 걸어가 한적한 주택가에 위치한 곳에 다다른다. 제발 이곳만은 힘들지 않게 해주기를 바라는 심정으로 문을 열고 들어가 직원과 대면을 시작한다.

"방금 전 예약하고 왔는데요. 금액은 인터넷으로 결제했어요."

"전 그건 잘 모르구요. 내야 하는 돈이 40달러니까 더 내세요."

"네? 인터넷으로 완결하고 왔는데요. 잠깐만요. 보여 드릴게요."

노트북을 열어 확정 메일을 보여 주니,

"저는 그쪽을 잘 몰라요. 저는 호텔이고, 그쪽은 몰라요. 매니저가 시켜서 하는 것이니까, 저는 몰라요. 있을 거면 40달러 더 내시고, 아니면 예약한 곳과 이야기해 보세요."

'110달러를 숙박비로 냈는데 40달러 더 내라? 그것도 호텔이 아닌 다른 곳의 호스텔에서? 뭔가 또 크게 잘못되었구나.'

"우선 비용을 낼게요."

지금 숙박을 마무리 짓지 않으면 오늘 뉴욕에서 아무것도 할 수 없는 상황이 짜증난다. 하지만 여지가 없다. 도어 번호 코드를 받아 들고 간 곳은 아무도 없고 침대 4개가 전부다. 이곳에 있다가는 도둑으로 오해 받기 딱 좋고 아무런 안전 시설도 없는 곳이다.

'아, 또 이상하게 흘러가는구나. 오늘 하루 끝났다.'

다시 호텔 안으로 들어가 직원에게 따져 물었다.

"아무것도 없고, 호스텔 같지도 않은 곳이라 있을 수가 없어요."

"이 보세요. 호스텔이 뭔지 모르세요? 이분한테 설명할 사람 좀 없나?"

옆에 주르륵 앉아 있는 흑인들이 알아듣기 힘든 말로 내게 뭐라고 한다.

"전 여행 처음 하는 것 아니고, 여행사에서 5년 일했고 전 세계의 호스텔과 호텔 많이 가봤어요. 이런 것은 보지 못했고, 호텔 브랜드에서 이런 상황을 만든다는 것은 분명 이 브랜드에서 누군가가 고의적으로 인터넷 예약 사이트와 짜고 운영하는 것으로 이해할 수밖에 없군요."

"무슨 소릴 하는지. SIR는 호스텔이 뭔지 모르세요."

"전 호텔 예약을 110달러 주고 한 후 도심에서 아주 멀리 떨어진 곳까지 왔죠. 저 바로 앞에 베스트웨스턴 자메이카가 얼만지 아세요? 150달러예요. 지금 전 토털 150달러 냈어요. 제가 40달러 아껴 보려고 이곳을 택했는데, 이곳은 그런 제게 잘못된 것으로 돌려줬으니, 전 이만 돌아가겠어요."

"맘대로 하세요."

"여기 가까운 경찰서가 어디죠? 이곳과 이곳 책임자를 고발하고 담당자들도 공모가 있는지 조사하라고 탄원하겠어요."

"에? 무슨 소릴 하는 거예요?"

"못 가르쳐 주시면 제 휴대폰으로 전화할게요. 아무튼 친절한 대화는 감사했어요."

"저기 SIR, 이거 낸 거 받고 그냥 잊어버리세요. 복잡하게 하지 말고 말이죠."

"흠."

내가 낸 돈을 받아 들고 나왔지만 자제할 수 없는 분노가 폭발하고야 말았다.

"개 시발, 뉴욕 사기꾼들아!"

길거리 한복판에서 한국말로 쌍욕을 해대니 엉뚱하게 지나가는 차 하나가 뭐라고 대꾸하고 차를 길가에 세운다. 그것을 보자 화가 끝까지 치밀어 오른다. 오른손을 뒷주머니에 넣고 달려간다.

"Stay there fucker!"

마치 총을 꺼낼 것만 같은 포즈로 죽일 듯 달려가자 내게 욕을 하고 정차했던 그 승용차가 순식간에 도망치고 만다.

'겁 많은 비굴한 것들 주제에.'

오랜 만에 폭발한 마음을 진정시키려 노력하는데 시간도 어느덧 6시가 다 되어 간다. 그 호텔 사이트는 카드사에 신고해서 결제를 못 하도록 하고, 수단과 방법을 동원해서 그 숙소와 전의 숙소를 판매하는 인터넷 사이트들에 대한 조

사와 피해를 고발할 것이란 다짐을 하고, 길에 주저앉아 하늘을 멍하니 쳐다본다. 아침도 점심도 못 먹고 숙소를 찾아 헤매다가 6시에 이르고 만 허무함을 다른 곳도 아닌 뉴욕에서 맞이하니 정말 눈물이 날 지경이다. 초짜도 아닌 나름 여행 전문가인 내가 이렇게 당했으니, 순진한 여행객들에게는 얼마나 많은 피해를 입혔을까. 그 생각을 하면 정말 사람이 왜 살인을 하게 되는지 이해가 가기도 한다.

5월 하순, 환상적인 날씨의 토요일, 그리고 뉴욕. 이와 비슷한 숙박 시설들만이 남아 있는 상황, 숙박비 50~60만 원을 줘야 멀쩡한 호텔에서 잘 수 있는 상황, 상황 상황 상황 상황… 여행 중인 나 스스로에게 격려를 하려고, 혼자 길거리에서 '웃찾사'의 상황 맨을 흉내 내고 있다. 누가 보든 말든 말이다.

'그래, 공항에 짐 맡기고 타임스퀘어나 갔다가 공항에서 또 스탠바이하자.'

교통비도 만만치 않지만, 그것이 가방을 위한 최선의 안전책이며, 인정할 수 없는 가격으로 숙박을 하지 않으려는 것이다. 지난해 방문한 뉴욕에서, 힐튼 호텔에서 숙박을 해서 그런지 너무나 좋은 상황만 생각했던 나의 큰 실수다. 지나친 긍정, 그것이 내가 왜 부정에서 세상살이로 출발하는 시각을 가져야 하는지 이렇게 경고를 하고 있는 것이다. 누구에게도 하소연할 수 없을 만큼, 이렇게 글로 남기기도 부끄러운 지금, 거짓으로 다른 말로 채우고 싶은 그런 상황.

'난 환상적인 뉴욕을 보냈고, 운명적인 여인을 만났고, 행운이 겹쳤고, 어쩌

고, 저쩌고….'

　그런 가식 속에 날 몰아넣고 싶지 않다. 지금의 내가 안쓰럽고 눈물 나도록
불쌍하지만 오늘의 경험을 잊지 않기 위해 기록하자고 다짐한다. 늘 여행하면
서 글을 기록하는 것처럼…. 이렇게 두 번째 뉴욕은 지울 수 없는 기억을 내게
남겨 주었다.

　타임스퀘어와 브로드웨이는 내 맘과 다르게 늘 활기차고 분주하다. 지금 하
는 것이 잘하는 것인지 모르겠지만, 짐을 보관소에 맡기고 나와 타임스퀘어로
향한다. 1시간이 넘게 걸리니 뮤지컬을 볼 수 있을 거란 희망은 거의 없다. 하
지만 간다. 해가 뉘엿뉘엿 기울어 가고 있지만 카메라를 꺼내 찍고 싶은 마음
도 없는 지금의 상황이 슬프기만 하다.

　'잊자. 잊자, 혁아. 원하는 바대로만 세상이 따라 주면 그것이 인간의 삶이겠
니? 신의 삶이지. 감당할 수 있는 고통이니까 이겨내자. 부끄럽지만 수치를 이
겨내야 큰 것을 얻는다고 하잖니? 지금부터라도 넌 다시 잘할 수 있어.'

　누군가로부터 격려 받는 것을 경계하는 내가 지금 나 스스로를 위로하고 있
다. 남은 인생을 살아가면 오늘의 일들을 교훈의 채찍으로 삼아 나와 내가 사
랑하는 사람들에게 전해 줄 것이라는 다짐도 한다.

　타임스퀘어에 도착한다. 이미 저녁 8시가 넘어 어떤 뮤지컬도 볼 수 없는 상
황이 되어 버린 지금, 단지 5월의 주말로 인한 것인지 모르지만 타임스퀘어의
도로 곳곳을 통제하고 관광객들에게 더 많은 공간을 할애한 것과 그 사이 달라
진 건물 벽면의 조광 시설들이 카메라를 뽑아들 의욕을 다시 생겨나게 한다.
하지만 많은 기분을 표현하기는 힘들다. 초콜릿 몇 조각이 전부인 오늘의 식사
에도 허기가 없는 것이 신기하기만 한 가운데, 어딘가에 자리할 수도 없어 걷
고 또 걷는다. 피곤과 지침이 어느덧 발끝에서 무릎을 지나면서 이제 에너지가
거의 소진된 느낌이다.

　어느덧 어둠이 도시 깊숙이 잠겨 들고 관광객들을 어딘가로 빠르게 흡수한
나머지 거리는 조금씩 시간이 흘러 갈수록 급격히 한산해진다. 뮤지컬이 끝날
10시 무렵에 다시 분주하게 움직이겠지만 이제 도시는 어두움이 지배하고 있

다. 그 안에 흑인이 있다. 어디를 가도 아무에게나 행패 부리고 고성을 지르고 또 무질서하게 군다. 늦은 밤 지하철에 올라 공항으로 향한다. 이런 늦은 시간에 뉴욕 외곽으로 빠져나가는 지하철의 어느 열차 칸에 자리해도 대마초인지 오물인지 뭔가에 심하게 쩔어 있는 듯한 역겨운 냄새들이 힘들지 않게 사람의 코를 자극한다. 오늘 밤 뉴욕에서 나의 숙소이자 나의 안식처가 되길 바라는 곳이 공항이란 사실이 우울하지만, 그런 현실이 다가오고 있다. 밤의 지하철은 말 그대로 무방비로 흑인의 행패가 극에 달하는 곳이다.

지난해에 뉴욕을 방문하고 떠나는 날, 마약을 한 것으로 확신되는 한 흑인이 한 사람에게 몹쓸 짓을 하고 내게도 행패를 부린 기억이 있다. 지금도 그때와 별반 다르지 않은 상황이 또 벌어지고 있다. 그만큼 뉴욕의 지하철은 심야에 지양해야 할 교통수단임에 틀림없다.

급행열차를 타도 밤에는 1시간이 넘게 지나야 다운타운에서 공항까지 갈 수 있다. 34번가에서 출발한 열차는 그렇게 달려가고 있지만, 그 어떤 소리에도 아랑곳하지 않고 잠을 자는 나도 참 신기하다. 입 양끝으로 침을 질질 고이면서 말하는 흑인들도 아기를 끌어안고 있는 흑인들도, 그저 남녀를 따지지 않고 시끄럽게 떠들어 대고, 관광객들에게 할 테면 해보란 식으로 쳐다보거나 달려드는 것, 그리고 오늘 벌어진 일을 보면 뉴욕을 한 줄로 표현할 수 있다.

'Manhattan where is New York, what about others? just nothing or hell!'

뉴욕은 그렇다. 유태인 금융 폭력의 근원지이며, 전 세계 최고 거지들의 집합소이며, 경험해 보지 못한 역겨운 냄새가 즐비하며, 무엇보다 중요한 것은 그럼에도 수많은 관광객이 뉴욕을 찾는다는 것. 맨하튼 바로 그것 때문에….

꼬이려고 하니 내릴 역을 한참 지나서야 눈이 떠져서 다시 돌아간다.

'아~, 오늘은 뭘 해도 꼬이는 날이구나. 이런 날도 있겠지….'

또다시 공항 1청사에 도착해 배회한다. 공항에서 공황인 정신을 가지고 걷고 또 걷기를 반복한다. 한식을 주로 파는 직지를 찾아 라면을 하나 먹어 볼까 물끄러미 쳐다본다.

직지의 렌지 신라면. 눈물 났다.

'먹을까 말까?'

마음은 아니라고 말하는데 몸이 먼저 지갑을 열고 돈을 꺼내 든다.

"신라면 하나 주세요."

끓인 것을 가장한, 렌지에 데워진 신라면을 들고 자리해 보니, 이 라면이 이번 여행에서 첫 한식 아닌 한식이란 사실이 어색하기만 하다. 렌지에 달궈진 용기와 재료는 당장의 뚝배기처럼 상당히 뜨겁지만, 그보다 오랜 만의 라면이 참 정다움을 전해 준다.

'이것 먹고 힘내자, 혁아. 세상에 뭐, 그런 일도 있고 저런 일도 있는 거지. 하나하나 일일이 따지고 계산하기 시작하면 너같이 민감한 놈은 금방 피 말라 죽는다.'

국물을 한 방울도 남기지 않고 이 라면을 다 먹는 이유는 비싸서가 아니라, 맛이 있어서가 아니라, 이 자리에서 청승 떨고 있느니 차라리 이것도 여행의 일부분으로 받아들이자고, 그리고 이 순간도 즐기자고 다짐하는 뜻에서이다. 그러고 나니 라면이 간장 게장처럼 쪽쪽 입에 달라붙는다. 기대하지도 원하지도 않은 1만 원짜리 렌지 신라면이 이 타지에서 또 작은 일깨움을 준다. 그렇게 마음먹어서 그런지 마음이 편안해져 온다. 그보다는 매콤한 캡사이신이 스트레스 해소와 신경 안정에 도움을 준다는 것이 일반적이고 객관적인 상식이기 때문이겠지만 말이다.

'참, 매운 음식 좋단 말이야.'

4청사는 뉴욕 JFK 공항이 심야에 오픈하는 유일한 청사다. 모든 스탠바이 객들은 그곳으로 이동해야만 하고, 그렇지 않으면 경비들이 가라고 귀찮게 군다. 이젠 어느덧 익숙해진 콘센트 근처에 자리해 컴퓨터를 켤까 하다가 쏟아지는 피곤에 동화되어 바로 눕는다. 마치 내 관을 찾아가는 죽은 송장처럼….

5월 23일

'노숙자들의 기분이 이런 것일까?'

이틀을 연속적으로 각기 다른 공항에서 지내니 용기가 하늘을 찔러, 지나가
는 인기척이 있어도 나 몰라라 얼굴을 드러내 놓은 채 꼼짝 않고 숙면을 취한
다. 조금이라도 움직이면 체온으로 적응시켜 놓은 바닥에서 벗어나 찬 기운에
화들짝 놀라기 때문이다. 눈을 뜨고 휴대폰을 꺼내 들으니 아침 6시가 넘어간
다. 화장실에서 세면을 하고 돌아와 샐러드와 커피 한 잔을 들고 자리하는 상
황이 묘하다.

'느낌 묘한데, 이것도 나쁘지 않아. 왜 안 나쁘지?'

조용한 일요일 아침, 가방을 찾으러 가기 위해 1청사로 옮긴다. 지금부터 공
항에서 움직이는 것들은 이번 여행의 마지막이란 생각으로 신경을 쓰고 있다.
토론토로 갈 에어 캐나다가 라과르디아 공항이기에 이젠 이곳 JFK가 이번 여
행에서 정말로 마지막이다.

상쾌한 기분으로 모노레일에 올라 자메이카로 간다. 다신 가지 않을 것 같은
그곳으로 또 가는 것이다. 열차를 바꿔 타고 드디어 이 공항을 떠난다. 두 번을
왕복했고 지금 떠나가니 그것만으로도 벌써 37.5달러를 길에다 쏟아낸 것이다.

'좋은 경험이었어. 초보가 아닌 내겐 참 불쾌한 경험이었지만, 그것이 처음
이기에 큰 교훈으로 가슴에 담고 간다.'

원숭이도 나무에서 떨어진다는 말이 새삼 실감난다. 어느 누구에게나 정보
를 주는 사람인 내가 어제와 같은 어처구니없는 상황을 경험했으니 말이다. 어
제의 일로 홧김에 맨하튼의 고급 아파트를 렌트하고 분노의 지출을 한 후 찾아
가고 있지만, 그 주변을 아무리 둘러보아도 호텔 이름 하나조차 볼 수가 없다.

'아~, 또 이렇게 길에다가 시간을 버릴 것인가? 오늘은 좀 그러지 말자고…'

잘 하지 않는 길 묻기를 다섯 번이나 하고 겨우 찾아낸 입구를 보니 그냥 빌

딩의 입구 정도로밖에 보이지 않는다. 그도 그럴 것이 일반 비즈니스호텔이 아닌 일명 럭셔리 맨션이라고 하는 모습을 갖춘 곳이다. 줄을 서고 차례에 이르러서 어제의 기분을 싹 잊고 오늘에 충실하려 노력하는 마음을 갖는다. 내가 먼저 말을 걸어 본다.

"안녕하세요!"

'활기차고 밝게 시작하자.'

"네. 안녕하세요. 뭘 도와 드릴까요?"

"오늘 예약했는데, 너무 일찍 도착해서 가방을 좀 맡길 수 있을까 해서요?"

"당연히 되죠. 우선 예약 확인부터 해드릴게요. 성이 어떻게 되시죠?"

"문이에요. MOON."

"아! 하늘에 있는 그 문이군요. 멋진데요."

"감사해요. 하지만 이름은 골치 아프실 거예요."

"음…, 구와앙…, 그냥 K로 하죠. 좋죠?"

"센스 있으시군요. K, 멋지네요. 살면서 한 번도 그렇게 이니셜 써보지 않았어요. 영어 이름을 쓰다 보니."

"영어 이름은 뭔가요? 혹시 워커나 리버, 뭐 이런 것은 아니겠죠?"

"하하하. 제임스라고 해요."

"가방을 맡기시는 것은, 한 층 내려가면 데스크가 있는데 그곳에서 서비스해 드릴 것이고요. 미리 체크인 등록을 해드릴게요. 나중에 키만 받아 가실 수 있게 말이죠."

"좋은데요. 어제와 오늘은 정말 천당과 지옥이네요. 사실 어제 안 좋은 일이 좀 있었거든요. 아무튼 지금 기분은 정말 끝내 주네요."

"당연하죠. 자, 등록은 마쳤고요. 혹시 이른 체크인이 가능하면 연락을 드릴게요. 연락처 남겨 놓으세요."

'왠지 오늘은 좀 다를 것 같은 느낌도 드는데? 그래야 한다. 이젠 내게 얼마 안 남았다.'

"어! 국제 번호네요. 문자나 전화 받아지나요?"

"네, 되요. 하지만 그러지 않으셔도 되요. 뮤지컬 1부 공연 볼 거거든요."

"아, 좋은 생각이군요. 요즘은 브로드웨이 뮤지컬이 최고예요. 그래서 숙박비가 1년 전에 비해 상당해졌지만요."

"맞아요. 지난해에는 힐튼에서 1주일 있었는데, 지금 그 돈으론 같은 호텔에서 이틀밖에 있을 수 없더군요."

"어찌 되었든 즐거운 시간 되시고요. 어느새 뒤에 손님들이 잔뜩 줄을 서고 있네요. 즐거운 시간 되세요."

"너무 감사합니다."

기분 좋게 환대해 주는 직원에 의해 몸과 마음이 한결 가벼워진다. 뉴욕은 저렴하게 뭔가를 해결할 마음으로 다가가면 꼭 후회와 잡다한 문제들로 보답해 주는 곳이다. 다음에 또 뉴욕을 오게 된다면 이곳과 이 주변의 호텔에 묵을 것이라고 스스로 다짐한다.

주말의 벼룩시장. 주머니가 근질근질.

어느 비즈니스호텔에서나 가능하겠지만 뉴욕에서 일정 수준 이상의 호텔이 가지고 있는 장점 중 하나는 가방을 체크인 전이나 체크아웃 후, 그 날에 대해서는 거의 모든 호텔이 무료로 그리고 아주 안전하게 보관해 준다는 것이다. 배려를 해주는 면이 있지만, 사실 그 안에는 남는 시간에 뉴욕에서 단돈 1달러라도 더 쓰라는 속뜻이 있다고 한다. 뉴욕은 그 정도로 엄청나게 소비 욕구가 강한 세계적인 도시이다.

짐을 맡기고 나서야 안심을 하고 다시 브로드웨이로 걸어 나간다. 때마침 주말이어서 브로드웨이의 차량을 통제한다. 그리고 주말시장이 들어선 가운데 이른 오전부터 많은 인파가 붐비고 있다. 다양하기보다는 같은 것들을 경쟁하듯 판매한다. 즉석에서 만들어 파는 파이타, 초콜릿 퐁듀, 옥수수, 생과일 쉐이크 등은 5달러 이내에 어떤 것이든 맛볼 수 있게 되어 있고, 중국으로부터 만들어져 왔을 액세서리와 선글라스 등도 불티나게 팔려 나간다.

곳곳을 돌아보다가 유일한 자메이카 레게음악을 파는 곳에 도착해 레게 플래티늄 앨범 하나를 손에 쥐고 뿌듯함을 감추지 못한다. 지난해 올랜도에서 레게 클럽을 가본 뒤 꼭 레게 앨범을 하나 구입하고 싶었는데 그 바람이 이뤄진 것이다.

발길은 어느덧 46번가의 'Rock of Ages'를 주시하고 있다.

'뉴욕에 온 가장 큰 목적과 이유를 해결해야 할 시간이 오고 있구나.'

브로드웨이 뮤지컬을 30~50% 할인해 판매하는 곳에는 수많은 인파가 긴 행렬로 구매 순서를 기다리고 있다. 나는 그 길의 마지막에 자리하고는 흥분된 마음을 감추지 못한다.

'내가 이곳을 또 올 줄이야.'

가만히 느리게 줄어 가는 줄을 따라가고 있자니, 혹시 내 앞에서 티켓 판매가 끝나 버리면 어쩔까 하는 불안감에 휩싸인다. 그만큼 상당한 인파가 늘어서 있다.

그렇다 26 : 나라는 사람은 뭔가를 기다리고 있을 때 극도로 조급해 하고, 눈앞에 뭔가 나타날 때 그것을 확인하지 못하면 매우 불안해 하는 성격을 가지고 있다. 그래서 그런지 내게 밀고 당기기를 하는 여자는 매력이 없게 느껴지고, 정해진 시간과 다르게 움직여지면 조급하게 처리하다가 일을 망치는 경우가 종종 있는 것이 어쩌면 당연할 수 있는 현상이다.

내 뒤로도 어느덧 많은 행렬이 보이는 것을 보고는 안심이 된다. 왠지 이젠 티켓이 없지는 않을 것 같은 느낌에서다.

매표소 입구가 눈 안에 들어온다. 하지만 앞에서 실랑이를 하고 있는 2명 때문에 양옆의 사람들이 티켓을 사가지고 나가는 모습만 바라볼 뿐이다. 뭘 볼지 정하지 않은 채 그냥 무작정 제일 싼 거 같이 앉아서 볼 수 있는 게 얼마냐고 묻자, 티켓 판매원은 그런 건 모른다고 한다. 두 사람이 서로 상의하고는 '시카고'는 얼마인지, '팬텀 오브 오페라'는 얼마인지, '맘마미아'는 얼마인지, '웨스트사이드 스토리'는 얼마인지 등 10여 편의 뮤지컬 가격을 물어보고 있다. 그 모습에 바로 앞의 노부인이 머리를 갸우뚱하며 이해할 수 없다는 표정으로 서 있고, 나 역시 정말 부끄럽고 안타깝다. 한국인들이기 때문이다.

"아, 시발, 좆나 비싸네."

귓가에 선명하게 들려오는 시원한 육두문자다. 한편으론 반가운 육두문자이면서도 급 무표정으로 바뀌는 내 모습을 본다. 못 들은 척 딴청을 피우지만 툭툭 튀어 나오는 쓴 웃음을 감추려 애쓰며 탄식한다.

'제발…, 불상사 안 생기게 빨리 결정들 하세요!'

5분 정도가 지나서야 그녀들의 실랑이가 마무리되어 간다. 앞의 노부인은 한국인들인지 모를 저 동양 사람들에게 불만 가득한 얼굴로 궁시렁거리며 알지도 못하는 몇 사람들과 계속해서 힐난하고 있다. 20초도 안 되어 티켓을 끊고 나가는 내가 아주 지극히 정상적인 것인데, 왜 그런지 나조차도 이해할 수 없다.

행색들로 보아 단순히 배낭여행을 온 것은 아닌 것 같고, 멀리서 온 것도 아닌 것처럼 보이는 사람들이 왜 그랬는지 이해할 수 없다. 이 더운 날씨에도 아울렛에서 산 것처럼 보이는 중국산 트렌짓 코트를 둘러 입고 있는 그 사람들 중에 1명은 영어를 곧잘 구사하는데, 왜 남들에게 불쾌할 수 있는 행동들을 하는지….

현 시점에서 톱클래스의 이 뮤지컬이 50% 할인을 하는 이유를 곧 알게 되었다. 티켓을 받아 들고 티켓 판매소 위의, 브로드웨이라면 모르는 사람들이 없는 곳인 계단으로 올라가, 이곳에서 글을 쓰는 것도 혼자만의 뿌듯함을 느끼기엔 좋은 장소들 중 하나라는 생각에서 자리를 한다. 혹시나 하고 인터넷을 접속하니 'Time Square WIFI' 라는 무선 신호가 있다.

'왠지 무료 같아 보인다, 이거~.'

접속을 하니 얼굴을 환해진다. 무료 이용이 가능하다. 이 기분을 남기려는 마음에 사진을 찍어 달라고 옆 사람에게 부탁하고 포즈를 취해 본다. 여행하면서 거의 하지 않는 행동을 하고 있는 것이다. 답례로 사진을 찍어 주고는 앉아 싸이 클럽에 지금의 현황과 기분을 업로드한다. 그리고는 무슨 말을 쓸까 짧은 고민을 하다가 평소에 좋아하는 글귀 한 줄을 적어 나간다. 지금의 기분을 전부 다 표현할 수 없겠지만 모처럼의 설정 샷에 흥분된 마음을 가라앉히기 쉽지 않다. 그 모습이 독특한지 모르겠지만 옆으로 보이는 관광객들이 나에게 카메라 포커스를 연신 들이댄다. 뒤에 있는 삼성과 코카콜라의 3D 광고판을 배경으로 사진 찍는 것도 모르고 혼자 자뻑을 하면서 말이다.

이렇게 웃고 찍은 사진이 얼마 만인가?

시간이 어느덧 마음을 설레게 하는 시간으로 흘러가고 있다.

'드디어 다시 눈으로 접할 수 있게 되었구나. 너무 기대된다.'

지난 시간, 괴로운 일들이 내 앞에 닥칠 때마다 유투브(Youtube)와 기타 온라인을 뒤져 사운드 트랙을 따라 같이 흥얼거리고, 때론 소리를 내지르면서 갖은 스트레스들을 해소했었던, 사람과 사람 사이에 어려움이 있을 때 다시 한 번 먼저 다가갈 수 있는 용기를 주었던, 그리고 내 지난 사랑의 열정을 다시금 되새길 수 있었던 그 뮤지컬 'Rock of Ages'. 주인공에서부터 앙상블까지 모두 소중한 그들의 모습이 내 눈에 다가오고 있다.

사운드 트랙을 구입하니 보너스 트랙도 준다. 'Cum on feel the noise!' 뮤지컬이 시작되기 전 흥겨운 1980년대 록음악이 흐르고, 관람객들은 시작 전부터 흥에 겨워하고 있다. 1년 전과 거의 바뀌지 않은 모습으로 시작하고 캐스팅을 확인할 무렵, 남자 주인공 드류(Drew) 역에 콘스탄틴 머럴리스(아메리칸 아이돌의 파이널리스트며 2009년 토니 어워드[최고 권위의 뮤지컬 시상식] 남우주연상 후보)가 아니란 사실을 알게 된다. 여자 주인공 셰리(Sherrie) 역 역시 이미 캐리 버틀러로 바뀐 것은 알고 있었지만, 그 연기자가 아닌 애밀리 패젯이란 다른 여배우로 바뀌었다고 한다. 50% 할인의 결정적 이유다.

'남녀 메인이 내가 기대한 것은 아니구나. 기대가 너무 컸다.'

스윙으로 나온 남자 주인공은 고음 처리를 잘하지만 호소력이 떨어지는 데다가 결정적으로 매우 못 생겼고, 순수한 열정을 가지고 있는 드류의 역할에 녹아들지 않는다. 그에 반해 여주인공은 지난 날 메인이었던 에미 스팽거와 내겐 너무나 사랑스러운 그녀 사바나 와이즈를 한 순간에 잊게 할 만큼 매력적이고 아름다운 데다가 우아하기까지 하다. 가장 중요한 노래 역시 충분히 트레이닝을 한 듯하다. 그도 그럴 것이 광고 전단을 보니 얼마 전 전미 투어가 끝난 'Grease'에서 샌디 역을 맡아 열연하고 난 뒤 합류한 배우라고 소개하면서, 이미 흥행을 보장할 수 있는 배우란 말이 수식어로 적혀 있다. 그것을 보니 한편으론 잘 바뀌었다는 생각도 해본다. 캐리 버틀러는 충분히 우아하고 설레기에 충분하지만 나이가 너무 들어 보여 때론 소녀 같은 셰리 역에 잘 어울릴 것 같지 않았기 때문이다. 아주 아름답지만, 한국 남자들의 우스갯소리처럼 그냥 예쁜 것은 피 끓어오르는 청춘에게 매력의 중요 요소로 먹힐지 모르겠지만, 세상을 알아 가는 청춘에게는 수많은 매력 가운데 하나일 뿐이다.

사운드 트랙을 구입하니 보너스 트랙도 준다. 'Cum on feel the noise!'.

아무래도 남자 배우가 많이 약하다. 이 뮤지컬은 남자 주인공이 아주 매력적이어야 하는데 그렇지 못한 것이 아쉽다. 다행히 다른 분위기와 배우들의 열연으로 흥분에 흥분을 더 전해 주고, 왜 뉴욕에 왔는지 아쉬움을 상쇄하고도 남을 충분한 답이 지금 들려온다. 새로 합류한 앙상블 웨버는 정말 육감적이란 것이 무엇인지를 보여 준다. 극의 시작 즈음 수많은 남자 관객의 마음을 설레게 하기에 충분한 몸짓으로 나타나 순간 숨이 멎게 만든다. 어른들이 말하는 그냥 쳐다만 보고 있어도 배부르단 말이 이럴 때 쓰는 것인지 모르겠지만, 어떤 말로도 그녀의 등장을 충분하게 표현하기 힘들다.

이 뮤지컬 'Rock of Ages'는 현 시점에서 두 남녀 주인공들에게 운명적인 뮤지컬임을 알게 해주는 사건이 있다. 나로 하여금 6만 원이란 돈을 들여 뮤지컬을 보게 인도한 것이 'Grease'이고, 그것을 미국과 영국 그리고 다른 나라를 돌아다니며 경험하면서 순수한 영혼과 열정에 대해 많은 영감과 아드레날린을 얻어 왔다. 그런데 이 'Rock of Ages'의 두 메인 주인공 중 콘스탄틴은 에밀리가 'Grease'의 샌디 역으로 확정되었을 때 흥행이 무조건 보장된 'Grease'와 새로운 브로드웨이 뮤지컬의 시작인 'Rock of Ages'로부터 동시 캐스팅 제의를 받았다고 방송에서 줄곧 말하던 동영상을 본 기억들이 수두룩하다. 그 안에서 일거의 망설임과 고민도 없이 'Rock of Ages'를 선택한 것이라고 하니, 어쩌면 에밀리와 함께 한 무대에서 만날 운명이었는지 모른다.

그런 두 사람이 보기에 너무 잘 어울리는데 잘되었으면 하는 중매쟁이 같은 생각을 해본다. 다만 에밀리가 배우들과 키스신이 실전을 방불케 할 만큼 너무 사실적으로 열연하니 그녀의 연인이 누가 되었든지 질투가 심해질 수밖에 없을 것 같다.

들을 때마다 마음을 울리던 'High Enough'가 주인공들의 목소리에서 터져 나온다. 소리 소문 없이 조용히 흐르는 감동의 눈물이 콧잔등을 스쳐 내려간다. 몰입된다는 말이 이럴 때 쓰는 것일지 모르겠지만, 그 순간 내가 주인공이 된 듯 애타는 마음이 든다.

이번 공연을 통해 지난 몇 차례의 공연에서 놓친 새로운 노래를 하나 접하게 된 것이 의미가 깊다. 'The search is over' 란 노래도 참 감미롭고 애타는 마음을 전달하는 노래로 느껴진다. 제목부터 고백하는 분위기이니 말이다. 그렇게 감동적인 공연이 끝나고 커튼콜이 이어진다. 전원 기립박수가 너무도 당연한 수순이 되어 버린다. 그 음악을 갖기 위해 CD 한 장을 손에 담자 프로모션으로 보너스 트랙을 한 장 더 준다.

'오호~, 완전 좋은데?'

해가 중천인 이 시간, 저녁 공연을 또 볼까 하는 생각에 극장 문지방에서 물끄러미 박스 오피스를 주시하고 있는 내가 쉽게 결정을 내리지 못하고 혼자서 상상한다.

'원래는 내일 보려고 한 것인데 오늘 봤으니, 오늘은 더 보지 말까? 1부에 콘스탄틴이 안 나왔으니 2부에는 나오지 않을까?'

박스 오피스의 작은 구멍에 머리를 갖다 대고 판매원에게 한 가지 물어본다.

"혹시 8시 공연에 콘스탄틴 나오나요?"

"아니오."

"아, 그렇군요. 고마워요."

'오늘은 콘스탄틴이 나오지 않는구나.'

숨이 멎을 것 같았던 2시간이 어느새 지나가 버린다. 항상 변화하고 진화할 수밖에 없는 것, 언제나 변함없는 것을 갈망하는 사람들 속에서 수십 배의 많은 사람들이 변화를 원하는 것은 어찌 보면 경영 법칙과도 같다. 변화와 개선이 되지 않는 그 어떤 사업도 성공과 번영을 장담할 수 없는 것처럼….

마음을 접고 호텔로 가기로 작정하고 걷기 시작한다. 극장과 호텔은 12블록 떨어져 있어, 걸어서 20분은 족히 걸리는 거리이다. 소기의 목적을 달성했으니 축배를 들 작정으로 주변 슈퍼에서 골고루 구입하고는 방을 찾아 들어온다. 하지만 어디를 찾아보아도 렌지가 없다는 사실을 깨닫는다. 렌지가 필요한 몇 가지가 공중에 붕 뜬 기분이다.

고급 아파트? 사실 오피스텔 같다.

새우가 빨갛게 변해 간다.

'어쩌지? 날로 먹을 수도 없고….'

방안의 여러 곳을 찾아 뒤적이던 중, 다리미가 눈에 들어온다.

'다리미 달궈서 그것에 지져 먹을까? 포트에 라면은 끓여 먹어 봤어도 다리미는 처음인데….'

표면을 깨끗이 씻고 자리해 놓고 열을 가해서 그 위에 새우와 소시지를 올려 본다. 소리는 그럴싸한 프라이팬 못지않고 열도 충분한 양을 쏟아낸다.

'이거 괜찮은데? 역시 궁하면 머리가 돌아가게 되어 있어. 추잡스럽지만 참 대단하다, 대단해!'

안주도 그럴싸하지만 TV에서는 양키스와 메츠가 지하철 시리즈 마지막 경기를 하고 있다. 나와 생일이 똑같은 박찬호 선수가 요즘은 부진하지만 오늘 경기에 나왔으면 하는 바람을 가져본다. 다리미에 소시지와 새우 그리고 기타의 몇 가지를 구워 먹거나 지져 먹으면서 스스로에게 의문과 답을 동시에 전한다.

'어떻게 다리미에 이런 걸 구워 먹을 수 있지?'

'삼겹살 구워 먹는 철판은 이것보다 깨끗하지 않아도 잘만 해서 먹잖아.'

더 더럽고 더 비위생적인 것들이 일상에 산적해 있으면서 해보지 않은 것이라고 부정적인 시각부터 갖는 것이 인간의 보편적인 모습이다.

'역시 혼자 하면 이상하고, 떼거지로 하면 문제가 없는 것이 인간의 삶이구나.'

한참의 시간을 지나고 배가 더부룩해질 무렵, 양상추를 토끼같이 소같이 드레싱 없이 날로 우적우적 잘도 씹어 먹는다. 표현하기 어려운 그 묘한 맛에 빠져 버려, 그것이 없으면 왠지 대장 운동도 안 될 것 같은 불길한 마음까지 든다. 오이와 양상추, 이번 여행에서 재발견하여 달라진 식생활을 위한 중요한 부분으로 자리 잡아 가고 있다. 지난날 최 사장님과의 대화가 오버랩되는 이 순간의 기분이 나쁘지 않다. 나의 건강에 아주 많은 도움이 될 것이라는 확신이 드는 이 기분이 말이다.

미국산 맥주 중 가장 선호하는 쿠어스라이트를 연신 마시며 야구를 보는 이 기분은 정말 짜릿하다. 여자들이 가장 싫어할지도 모를 행동일 수도 있다. 집에서 멍하니 TV를 보면서 맥주와 주전부리를 가지고 열광하고 있으니 말이다. 야구하는 방법을 모르니 여자들이 좋아할 수가 없는 것이다. 쇼핑이란 것도 무조건 하는 것이 아니라 그 방법이나 묘미가 분명히 있는데, 남자들은 그것을 잘 모르기 때문에 여자들이 2~3시간 동안 사지도 않고 흥정하며 입어 보는 것을 이해 못 하는 것과 별반 다르지 않을 거라는 생각도 어찌 보면 비슷한 맥락으로 보인다.

'하루가 참 길고 힘들었는데 이런 기분을 주는 구나. 이제야 제자리로 돌아왔다.'

5월 24일

세상은 공평하니 불평하지 말라! 항상 행복만 주지도, 또 항상 불행만 주지도 않는다. 자기가 스스로 채우고, 메우고, 덜어내 가면서 자기만의 행복을 추구해야 살아가는 욕구가 생긴다. 짐승 같은 삶이 아닌 인간의 삶…

눈을 떠 시계를 보니 새벽 1시가 조금 넘었다. 악몽을 꾸었다. 이번 여행의 첫 악몽이다.

'오늘 좋은 일이 생기려고 하나? 몇 번째 꿈속에서의 죽음이니?'

이렇게 깨서는 안 된다고 스스로에게 말하고는 다시 잠을 청한다. 다시 눈을 떴을 땐 3시가 조금 넘은 시간. 이번에는 전쟁하는 꿈을 꾸어 총에 맞고 울부짖다가 눈을 떴다. 혼자이기 망정이지 누군가 옆에 있었다면 잠꼬대를 했다고 놀려댈 만큼 생생한 꿈을 꾸었다.

'두 번이나 죽음이 엄습하는 꿈을 꾼 것은 기억에 거의 없는데.'

또다시 잠을 청하고 눈을 떴을 땐 7시가 다 되어 가는 시간이다. TV를 켜자 어젯밤 양키스가 패배한 원인을 열심히 분석하고 방송한다. 그만큼 뉴욕의 엄청난 부분을 차지하는 것이 양키스다. 어제 마시다가 남은 맥주와 먹거리를 아침부터 다시 함께하고 있다.

'오늘은 오전에 일찍 움직여서 우드베리에 가고, 저녁에 가능하면 뮤지컬 다시 한 번 더 보고 공항으로 가자.'

뜻대로 이뤄지기를 바라는 마음으로 짐을 챙겨 방을 떠나 아주 일찍 체크아웃을 마친다. 가방을 다시 보관소에 던져 주고는 우드베리로 간다는 42번가로 향하고 있다. 우산이 필요할 정도의 제법 많은 비가 똑바로 얼굴을 들고 다닐 수 없게끔 불편하게 하지만, 또 20분을 걸어 나가 사거리를 어슬렁거리면서 정거장을 찾자 노란 옷을 입은 어떤 남자 한 명이 다가와 묻는다.

보이는 것만큼 한 줄 더 있다.

"어디로 갈 거예요?"

"우드베리요."

"오늘요?"

"네."

"42달러 내세요. 왕복이에요."

더 말없이 지갑에서 돈을 꺼내 건네주니 그 사람은 1미터 정도 되는 프린트된 종이를 전달해 준다. 영수증, 버스 티켓 그리고 각종 할인권이 포함된 것이다.

"터미널 들어가서 310번 게이트로 가세요. 곧 출발하니 서둘러요."

"고맙습니다."

뉴욕의 일상이자 나의 혀를 내두르는 눈치코치로 신호 위반을 현란하게 시도하고는 310번 정류장으로 쏜살같이 도착했다. 길게 뽑은 종이 중 가운데 종이를 끊어 가고 나머지를 돌려주고는, 곧 출발하니 차량에 탑승하라고 말한다. 버스 기사가 그토록 주장하는 빅애플의 가장 멋진 포인트. 날씨가 도와주지 않는다. 차량 안이 몹시 쌀쌀하다. 비가 와서 그런지 틀어 놓은 에어컨의 찬바람이 추운 가을에 내리는 소나기처럼 뼈 마디마디를 후벼 파는 것 같은 으스스함을 전해 준다. 1/3이 비어 있는 채로 버스는 출발한다. 출발과 함께 우리나라 고속버스에서는 없는 버스 운전사의 몇 가지 설명과 보이는 포인트에 대한 정보를 서비스하고 있다. 뉴욕 시가지가 가장 완벽하게 보인다는 지점은 말 그대로 대단했지만, 비구름이 잔뜩 가리고 있는 날씨의 훼방으로 인해, 그리고 움직이는 버스의 방해로 인해 사진에 잘 담아지지 않는다. 초밥을 좋아하는 버스 기사는 계속해서 먹는 이야기를 이어 가고 있고, 가면서 보이는 몇몇 건물들의 유래를 이야기해 줄 때는 귀가 기울여지도록 흥미로운 이야기들을 해준다.

냉랭한 버스 안의 시간이 흐르고 밖으로 보이는 뉴저지의 모습은 역겨운 냄새와 불안한 치안이 넘쳐나는 뉴욕 대부분의 곳들과는 사뭇 다르다. 목장 같은 느낌을 주다가도 어느덧 시간 속에 지나갔던 사바나에서 샬롯으로 가는 도로 같은 느낌을 준다.

낯익은 상표들과 건물들로 가득한 우드베리에 도착하자, 열심히 설명해 준 버스 기사는 팁 이야기를 하고, 마지막으로 내리는 내가 주머니에 있는 3달러를 집어 주자 엉뚱한 표정으로 나를 쳐다본다.

'기대도 하지 않은 동양인이 3달러나 주네.'

하는 모습으로 변하는 과정을 보니 참으로 돈이란 것은 사람을 쉽게 굴복시킬 수 있는 가치가 있다는 생각을 다시 하게 된다.

그렇다 28 : 예전과 다르게 현대 사회에서 돈은 사람의 마음과 의리도 바꿀 수 있을 정도로 가치이상의 지배력을 가지고 있다. 그런 돈의 맛을 나이가 먹어가면서 점점 느끼게 되니 사람이 사람을 볼 때 돈을 먼저 보는 것이 단순히 욕할 것으로 해결될 문제는 아니다.

그저 그런 현상과 사회를 떠나고 싶을 뿐. 언제나 어른들은 아리송한 말로 머리를 복잡하게 하는 말들을 한다.

'예전에 삐삐 휴대폰 없어도 잘 살았어, 컴퓨터 없어도 다 일했어, 자동차 없어도 잘 살았어.'

맞다. 그런 문명이 없어도 사는 데 지장은 없었다. 하지만 그런 삶 속에서 빈부의 표시를 더욱 명확히 하고 싶었던 부유층은 단순히 노예나 하인의 숫자로, 또 가지고 있는 부동산의 규모로 부를 평가 받던 시절을 떠나, 훨씬 더 큰 부의 차이를 만들기 위해 일반인이 없는 뭔가를 손에 넣고 싶어 했을지 모른다. 일반인들은 꿈속에서나 가질 수 있는 것들 말이다. 결국 부는 보이고 싶은 과시욕에서 뭔가가 있을 것이라는 상상을 하게 만들어 주는 소유욕으로 변하고 있다. 마치 멋들어진 차를 가지고 있으면 그에 상응하는 재산과 지위가 있을 것이라고 선입견을 갖는 것처럼 말이다.

현대의 부는 물질적인 소유에서 점점 건강 유지와 관리를 어떻게 하느냐로 변해 간다. 몇 년 전부터 상업적으로 우려먹고 있는 웰빙과 연계해서 또 다른 역작을 만들어 보려 했지만, 어감부터 문제가 있는 웰다잉 같은 문구는 대표적이고, 그것의 최고 산물은 바로 친환경과 유기농이 아닌가 싶다. 사람의 심리를 가지고 30%의 비용을 마음대로 조정할 수 있다는 것이 정말 코웃음 나오지만 말이다. 이것이 '가진 자를 바보로 만드는 경영 기법' 이라고 누군가는 말한다. 내가 하는 말이다.

220개가 넘는 상점이 운집해 있다는 이곳에 실제 와보니 절반 가량의 상점은 사람들의 발길이 한산하고, 아예 30여 개의 상점은 문을 닫은 것으로 보인다. 그 나머지만이 작정하고 찾아온 고객들의 선택을 받지만, 가장 붐비는 곳은 어느덧 중국인들이 장악하고 있다. 그들의 선택을 받은 곳과 그렇지 않은 곳에 따라 매출의 운명은 극명히 달라질 수밖에 없다.

우드베리의 정확한 사실은 싸지 않다는 것이다. 중국, 베트남, 온두라스, 도미니카, 인도네시아, 필리핀, 파키스탄, 방글라데시 등에서 물 건너온 OEM 브랜드가 대부분인 이곳에서 폭리를 취하는 것을 이해하는 것이 한국 시장의 생리이겠지만, 다른 곳에 비해 전혀 가격 경쟁력이 있다고 말할 수 없다. 오랫동안 머물렀던 올랜도의 경우, 이곳에 비해 스포츠 브랜드는 30~50%가 더 저렴하고 고가 브랜드 역시 20~30% 정도는 쉽게 계산될 수 있을 만큼 저렴하다.

그럼에도 불구하고 사람들은 이곳에서 불타나게 구매를 한다. 이유는 뉴욕 시내엔 이런 곳이 없으니까. 발품을 팔고 적지 않은 시간을 돌아다니다가 딱 한 가지 눈에 띄는 것을 구입해 손에 담는다. 이태리 명품 브랜드 몇몇을 제외하곤 모두 개발도상국에서 만들어진 OEM 제품들이다. 발품을 팔아 이태리에서 만든 표시가 확실한 청바지 하나를 저지른다. 한창 프리미엄 청바지가 유행이라고 하는 통에 이태리에서 직접 만든 그 나라 브랜드의 제품 하나를 훌륭한 가격에 손에 넣은 것이다.

그렇다 29 : 이곳 제품의 98% 이상은 개발도상국에서 OEM 방식으로 생산해 판매하는 것이다. 다시 말해 상표 딱지만 기대를 충족시켜 줄 뿐 중국, 방글라데시나 아니면 파키스탄에서 하루가 바쁘게 찍어낸 제품들이 바로 이곳 제품의 대부분이라는 사실이다.

차라리 그럴 바에는 위치적으로 가까운 그 나라에 휴가차 갈 때 구매하는 것이 더욱 현명한 소비 형태로 보인다.

다리에 힘이 풀리고 머리가 어질어질할 즈음의 시각이 어느덧 오후 4시. 어느 새 사람들로 넘쳐나는 이곳을 벗어나 시내로 들어오고 있다. 버스는 막힘없이 시내로 한달음에 달려왔지만, 링컨 터널(뉴욕과 뉴저지를 연결하는 터널)을 눈앞에 두고부터는 거북이걸음보다 더 느린 속도로 나아가고 있다. 가는 날이 장날이라고, 뉴저지에서 뉴욕으로 연결되는 지하철 중 2개 노선이 오늘 운행하지 않는다고 하니, 월요일의 엄청난 인파를 감당하기는 쉽지 않을 것이다.

우드베리를 출발해 입구까지 온 시간이 입구에서 터미널에 내리는 시간과 거의 맞먹을 정도의 시간이 지나고 나서야 버스는 정류장에 도착한다. 생각 없이 몸이 가고 싶은 곳으로 가는 두 번째 느낌이 들어온다. 한달음에 박스 오피스로 가 다시 어제와 같은 뮤지컬 티켓 한 장을 들고 뿌듯해 하는 마음을 감추지 못한다. 다섯 번째 'Rock of Ages'임에도 불구하고 말이다.

'10번이고 100번이고 목적에 충실한 것에 만족하지 않는다면 어떤 것에 만족하며 살아갈 수 있을까?'

어정쩡하게 남은 시간에 어설프게 허기가 지는 지금의 상황. 맥도날드에 자리를 하고는 유리창 밖으로 보이는 분주한 브로드웨이가 저 많은 관광객들의 셔터를 유혹한다. 이렇게 수많은 관광객들에게 실망을 가득 안겨 줄 것도 없지는 않다. 얼마 동안을 구걸한 한 걸인이 예전 포토샵으로 많은 사람들을 웃기게 한 앙드레 김의 오줌을 지린 바지 모습과 똑같은 모습으로 나타났으니 말이다. 그 역겨운 냄새에 앉아서 뮤지컬이 시작되기 전까지 기다리려 한 계획을 단숨에 바꿔 버린다.

유리창 밖으로 보이는 타임 스퀘어.

브로드웨이 뮤지컬이 8시에 시작한다고 하면, 대부분은 20~30여 분이 지난 후에 시작을 한다. 뮤지컬의 본고장인 영국과는 많이 다르고, 또 한국의 문화와도 많이 다르다. 시작한다는 시간은 있지만 정확하게 언제 한다고 말할 수 없는 것이 이곳의 문화이다. 공연 중간 중간에도 돌아다니는 것을 보면, 그것을 이해하기 쉽지 않다. 영화도 중간에 들락거리면 짜증스러운데, 뮤지컬이라면 더할 텐데도 개의치 않는 모습이니 말이다.

오늘의 좌석은 그다지 좋은 곳으로 볼 수 없지만 한 쪽의 좌석에 관객이 없어 기대서 보기 편하다. 프랑스 가족이 왼쪽으로 자리해 뭔가 자기들끼리 한참 이야기한다. 정말 프랑스 말은 배우지 않고서는 감도 잡을 수가 없을 만큼 갑갑하다.

남자 주인공이 오늘도 다른 배우로 등장한다. 아주 잘생긴 외모를 가져 스윙임에도 상당한 인기가 있는 모양이다. 그 환호성이 콘스탄틴에 못지않다. 그리고 극 중 독특한 역할 이름인 버지니아(Virgina) 역의 몰리나 대신 다른 여배우가 등장한 것을 한참 뒤에야 알게 된다. 그만큼 감쪽같이 연기를 한다. 이 뮤지컬에 나오는 각각의 배우들은 저마다의 역할과 개성이 뛰어나고 모두 대사가 있다는 것이 특징이다. 앙상블이라고 하면 그저 춤만 열심히 추고 추임새만 넣는 것이 일반적인 뮤지컬도 많지만, 이 뮤지컬의 앙상블은 최소 2~3가지 단순하지 않은, 비중 있는 역할을 극 중 맡으면서 저마다 얼마나 뛰어난 실력을 가지고 있는지 보여 준다.

MR(녹음된 음악)이 틀어진 가운데 뻐꾸기처럼 입만 뻥긋하고 춤에 신경 쓰는 한국의 뮤지컬과는 많이 다르다. 한국은 뮤지션이 살아갈 수 없는 환경으로, 인지도가 없는 밴드는 정말 힘들게 살아간다. 뮤지컬임에도 브라스밴드 없이 그냥 녹음된 MR로 공연을 하는 뮤지컬이 대부분이라는 것은 무조건 싼 것이 최고라고 생각하는 관람객과 그것에 맞춰 가는 공연 제작자들이 만들어 낸 무인도다.

오늘의 남자 주인공은 콘스탄틴보다 더 젊고, 더 패기 있어 보이고, 무엇보다 여심을 흔들 만큼 뛰어난 외모의 꽃미남이다. 내공의 시간이 지나고 나면 충분히 콘스탄틴을 대체할 배우로 보인다. 그만큼 콘스탄틴이 제작사가 감당할 수 없을 만큼 너무 큰 슈퍼스타가 되어 버려 발 빠르게 대체 연기자를 찾을 수밖에 없다. 각종 시상식에서 두각을 나타내고, 유명 채널 프로그램에 출연해 그 인기를 실감할 수 있게 해주니 말이다.

입장 후에 받게 되는 광고 전단에는 콘스탄틴의 단독 공연 티켓을 홍보하는 리플릿도 들어 있는 것으로 보아, 곧 콘스탄틴은 더 넓은 곳으로 나아갈 것으로 보인다. 물론 그 기획사가 같은 제작사이긴 하지만 말이다.

이것이 바로 외국 스타일이다. 키워서 크면 파트너가 되어서 서로가 책임과

Rock of Ages의 공연장.

분배를 정확히 하는 것이 외국 스타일이다. 중소기업에서 어느 한 명이 두각을 나타내고 회사를 좌지우지할 만큼의 역량을 가졌다고 경영자가 판단되면, 그 순간부터 꼬투리를 잡고 어떻게 하면 잘라낼까 고민하는 것은 완전한 한국 스타일이다. 그래서 중소기업이 잘될 수가 없다는 말이 나오는지 모르겠지만 말이다.

가슴 설레게 하는 공연이 끝나고 뉴욕의 모든 일정도 이제 마감할 시간이다. 잘생긴 외모 덕에 유난히 꽃을 많이 받는 저 배우가 다음에 방문할 때는 메인이 되어 있을 것 같은 느낌을 가지고 극장을 빠져나온다. 그리고는 20여 분 걸리는 호텔로 이동한다. 어느덧 시간도 11시가 되어 가고, 다시 뉴욕은 흑인과 부랑자들의 시간으로 돌아오고 있다.

호텔의 위치상 돌아갈 라과르디아 공항을 가기 위해서는 적어도 지하철을 2번 이상 갈아타야 갈 수 있는데, 뉴욕의 지하철은 에스컬레이터 있는 곳이 몇 곳 없다. 그 것은 짐을 가지고 있는 여행자에게는 큰 수고가 필요하다는 의미이다.

'역시 뉴욕은 가진 자의 천국이다. 뉴욕에서 경제적으로 여행하는 것은 많은 감내와 수고가 필요하다. 다음에 뉴욕에 올 때는 다른 여행지의 최소 3배 정도의 예산을 잡고 와야겠구나.'

지하철을 이용하면 125번가에서 M 60번으로 공항까지 갈 수 있는 무료 이용이 가능하다. 이곳이 뉴욕이기에 택시비 30달러로 공항으로 가느냐? 어려움과 부랑자들의 시선을 감내하면서 몇 번의 불편을 감수하고 가느냐? 그것은 여행자의 선택이지만, 나는 뉴욕은 이제 뉴욕답게 여행해야 한다는 결론을 내린다.

이번 여행에서 가장 큰 비용이 지출되는 에어 캐나다의 비행 스케줄. 미국에서 발급된 신용 카드로만 30%를 할인받을 수 있는 탓에 할인받지 못하고 그 혜택을 고스란히 털어 놓고 떠난다.

인터넷이 되지 않는 이곳에서 불편한 의자에서 깜박하고 졸다가는 심장이 약한 사람은 큰일이 날 것 같다. 자정이 넘으면 화재경보를 수시로 울리는 통에 몇 번이나 이미 공항에서의 노숙 경험을 가지고 가는 나 역시도 가슴이 벌렁벌렁거린다. 기내 반입이 되지 않는 것에 대한 안내방송으로 나오는 소음은 애교로 들어 줄 정도이니 말이다.

뉴욕(New York)
토론토(Toronto)
나리타(Narita)
Europe
Asia
Arctic Ocean
North America
Africa
Australia
Pacific Ocean
Indian Ocean

5월 25일

6시 30분에 출발인데 체크인 카운터가 5시가 넘어서야 문을 연다. 아주 당당하게 말이다. 그리곤 여권 검사를 검사대마다 한다. 잠시의 여유 시간도 없이 비행기 스케줄에 따라 탑승을 앞두고 있을 무렵, 토론토로 출발하는 내 스케줄과 관련한 방송이 나온다.

"자원해서 7시 50분 비행 편으로 연기할 한 분을 찾습니다. 그분께는 500달러의 바우처를 드리겠습니다."

누군가 내가 타려는 스케줄을 이용해야만 하는 상황인 듯 상상이 된다. 혹하는 마음이 생겨나지만 몸으로 움직이기에는 이미 늦었다. 시간 많은 여행자들 중 누군가가 이미 다가가 그 상황을 정리해 버린 것이다.

그렇다 30 : 후회가 되더라도 선택은 순간적으로 하는 것이다. 심사숙고는 시간적인 여유가 있을 때 해야지, 눈앞에 있는 순간의 선택에 갈림길을 만들면, 그것은 후회의 지름길로 인도된다.

지난해 한국에서 밴쿠버를 거쳐 뉴욕으로 향했던 에어 캐나다는 지금 타고 있는 비행 편처럼 좌석이 넓지 않았었다. 겨우 80여 명 남짓 타는 이 작은 항공기가 인천에서 밴쿠버로 향하던 비행 편보다 훨씬 더 쾌적하다는 것은 씁쓸하기만 하다.

속이…, 지난 날 누군가의 표현처럼 '메롱' 이다. 의자에 머리를 기대고 잠시 후에 눈을 뜨니 어느덧 토론토 상공이다. 간밤을 지새운 것이 제법 피곤했는가 보다. 1시간을 조금 넘어서자 토론토에 도착한다. 토론토 공항의 라운지 역시 밴쿠버 공항처럼 중국 자본이 장악하고 있다.

간만에 펼쳐 본 인터넷, 한국의 정세가 좋지 않다. 20년 전으로 돌아간 대북 관계와 정치판. 문제만 온통 산적해 있고 책임을 져야 할 사람은 없다. 그 어느 누구도….

이곳에서 도쿄로 가는 비행 편은 최신 기종인 보잉 777 300편이다. 그리고 항공 편 번호가 AC 1번이다. 항공사마다 1번은 최신 기종으로 장착하기 때문에 타보지 않아도 어느 정도로 항공기가 쾌적할지 상상이 된다. 상상은 그 이상으로 다가온다. 잔머리를 굴려 좌석 배정을 가장 뒤로 두어 자리 3개를 차지하고는 뿌듯함을 감추지 못하고 있다.

한 가족 안에 지뢰가 4개나 있다. 억지로 우는 모습을 보면 참을 수 없는 짜증이 난다. 상상하지 말아야 할 상상을 쉽게 하는 것을 보면 그 아이들의 부모가 얼마나 애들을 돌보지 못하는가를 알게 해준다. 아무것도 하지 않고 가만히 있게 하려는데 어떤 아이들이 가만히 자리에서 부모의 말을 듣겠는가 말이다. 결국 그 앞에 앉아 있던 한 사람이 이겨내지 못하고 내 옆자리에 앉겠다고 한다. 안 된다 해도 못 알아듣고 그냥 앉으니 허탈하다.

'애 모야?'

직간접적으로 짜증이 이루 말할 수 없는 단계에 이르니 상상 이상의 나쁜 것만 머릿속에 가득하다. 그 지뢰들의 참을 수 없는 활약 속에 정신이 황폐화되어 가는 상황을 겨우겨우 이겨 내고 최종 목적지 일본 상공에 다가가고 있다. 엉터리 로맨틱 영화가 끝나고 더 이상 아무것도 지도에 보이지 않는 새파란 태평양에 위치할 무렵, 예상치 못한 급 피곤함에 식사도 음료도 모른 채 숙면을 취한다. 대한항공과 아시아나 항공 외에는 귀찮게 하지 말라는 스티커가 있는 항공사를 보지 못해 안타깝다. 그만큼 우리나라 공항뿐 아니라 우리나라 항공사도 최고 수준이다. 단지 비합리적인 항공 요금이 문제이긴 하지만 말이다.

한국이 아닌 다른 외국에서 한국으로 가는 가장 저렴한 직항 항공은 늘 그 두 항공사가 차지했지만, 이제는 그마저도 살짝 경유해 주는 중국의 항공사에 밀리기 시작하고 있다. 전 세계의 모든 부분에서 중국의 저가 최고 정책이 퍼져 가고 있는 것이다. 대다수의 한국 여행자들의 강박 관념인 'Lower is better & lowest is best.'가 중국의 그것에 절묘하게 맞아떨어지는 것이다.

사실 중국 갑부가 한국인 전체 인구와 맞먹으며 그들이 입고 자고 먹는 것들은 상상을 초월하는데도 중국 하면 왠지 질 떨어지는 인식이 없어지지 않는 것은, 그 중국인들이 자국이 아닌 외국에서 하는 행동들 때문인지도 모른다. 그래서 여행자로 외국을 방문할 때는 그곳에 가는 목적과 함께 스스로가 지켜야 할 에티켓, 그리고 그 나라만의 특성을 알고 가야만 한다. 하지만 그것을 말해 주는 항공사가 있는가? 아니면 여행사가 있는가? 그렇다고 사람이 그것까지 다 챙길 수 있나? 결국 전체적인 국민성이 받쳐 주지 않으면 해결될 수 없는 미제라는 사실은 참 안타깝다.

일본이 언제부터 저렇게 폼 나게 여행하고 부럽게 여행했나? 그것은 경험과 시간 속에서 나온 것이다. 아직도 일본 관광객들 중에는 중국이나 우리나라의 몰지각한 사람들과 마찬가지 행동을 하는 사람들이 있고, 실제 이 비행기 속에도 상당히 있다. 아마도 한두 번 여행한 사람들이겠지만 말이다. 여행이 끝나가는 지금, 처음 프랑크푸르트로 떠날 때 그 노부인의 말이 떠오른다.

"전 여행 많이 했습니다. 30개국이 넘어요. 다 알아요."

결코 부유한 관광객으로 보이지 않는 내 주변의 일본 아주머니들이 만약 30개국을 넘어가는 여행 경력을 쌓은 사람들이라면, 그들이 그 한국의 노부인과 같은 행동을 할지에 대해 생각해 볼 때, 아니다. 역시 한국은 한국만의 한계가 있다는 것을 인정하지 않을 수 없다. 결국 발전의 한계가 있다는 것이다. 일정 부분에 이르렀을 때부터는 새로운 것에 대한 배움과 습득보다는 그저 그동안의 것들로 인정받으려 하고 인생을 마무리하려는 민족성 때문일지 모른다.

그렇기에 나는 고(故) 백남준 아티스트를 한국계 인물 중 최고의 인물로 평가하고 그분께 끝없는 존경심을 보내고 그 정신을 사모한다.

'청년정신.'

늘 도전하고 늘 찾아내려 하는 그 정신을 죽는 그 순간까지 입으로 표현하고 몸으로 실천하신 그분이야말로 이 시대에 가장 저평가된 인물이다. 그가 만약 하얀 피부를 가진 앵글로색슨 족이었다면, 그는 인류 최고 영상예술의 창시자

라고 평가 받을 것이다. 단지 그가 가지고 있는 국적이 한국이기에 뉴욕의 작
은 박물관과 소수의 마에스트로들만리 그를 추종할 뿐인 현실이 안타깝다.

그렇다 31 : 결국 한국인은 위대하지만, 세계로 뻗어나갈 수 있는
한계가 있다. 그 한계는 생각보다 가까이에 있어, 스스로에게 다
시 한국적인 정서를 가지게 하는 운명의 다람쥐 쳇바퀴를 일깨워
준다. 태초부터 주도적인 역할은 단군 이래 없으니 그 단군신화가
그저 신화로밖에 들릴 수밖에 없는 이유가 있다.

　스스로를 인정하는 가운데서 가장 힘든 부분은 태생적으로 한국 최고가 세
계 최고가 될 수 없다는 것일지도 모른다. 슬픈 현실이다.

나리타(Narita)

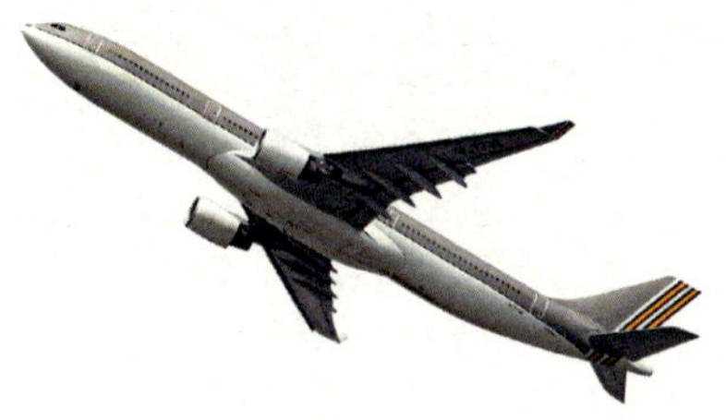

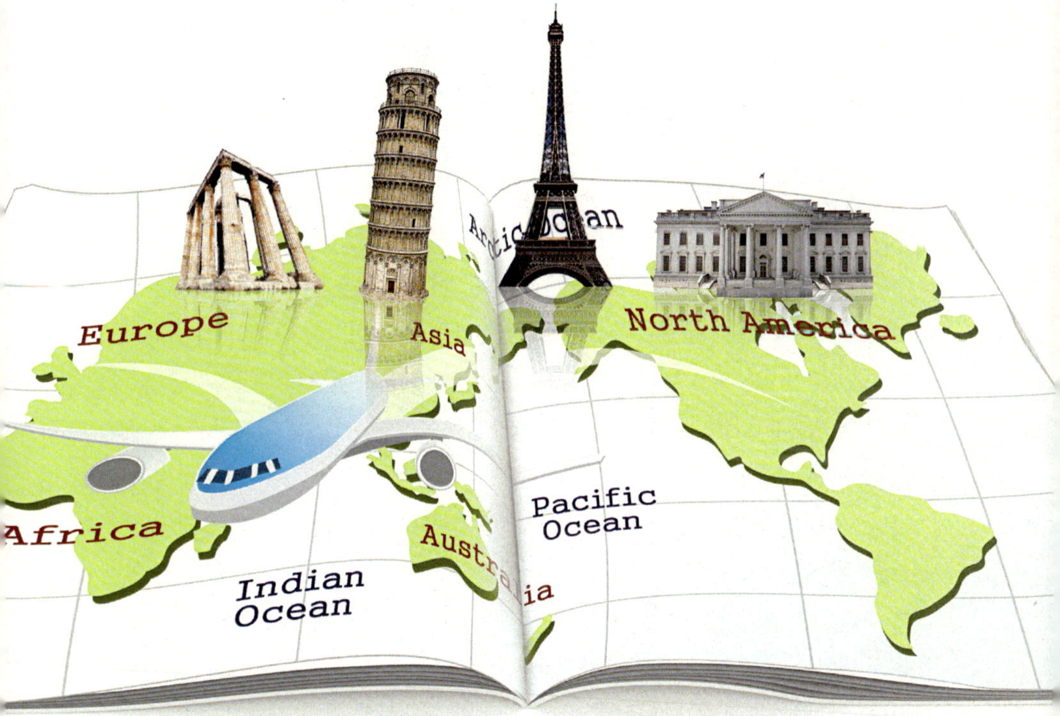
Europe
Asia
North America
Africa
Pacific Ocean
Indian Ocean

5월 26일

시간을 뒤바꾸는 기계, 비행기가 어느덧 시간 변경선을 넘어 하루를 뒤바꿔 버린다. 말 그대로 세계 일주를 했다는 표시다. 비행기는 사뿐히 나리타 공항에 착륙한다. 수속을 마치고 가방을 끌고 셔틀버스를 기다리면서 문득 이런 생각에 잠겨 든다.

'일본에서 태어난다면? 한국인이 만약 일본인으로 태어났다면 끝이 없는 꿈을 가지고 있을 것이다.'

드라마와 영화에 보이는 일본 영화의 특징을 보면 누군가의 꿈을 실현해 가는 과정에서 항상 한계를 이겨 내고 넘어서는 과정이 나온다. 그것이 일본인들이 가지고 있는 최고의 능력인데, 한국인은 그것을 기본으로 즐길 줄 아는 민족이다. 이 세상 어떤 사람이라도 즐기는 마음으로 덤비는 사람을 절대로 이길 수 없다. 요즘 흔하게 하는 말처럼 말이다.

'천재가 노력하는 자를 이길 수 없고, 노력하는 자가 절실한 자를 이길 수 없고, 마지막으로 절실한 자가 즐기는 자를 이길 수 없다.'

군대에서의 '피할 수 없으면 즐겨라!' 라는 말과 비슷한 요즘의 이 말을 들으면 한국인에게 '즐김의 여유와 미학' 이 있는가에 대한 심각한 의문이 생긴다.

'즐기지 못하면 결국 개구리가 되거나 아니면 개가 된다.'

지난 현역의 5년여 동안, 수많은 여행자들을 숱하게 보냈던 나리타의 SKY COURT에 셔틀버스를 이용해 도착하고 보니, 참 왜 그랬나 싶은 생각이 절로 난다. 시설이 가격 면에서 나쁘다고 결코 말할 수 없다. 방안의 시설은 작지만 있을 것들이 아기자기하게 모두 비치되어 있다. 하지만 2~3만 원의 차이로 주변의 훌륭한 호텔과는 분명 비교되는 것이 사실이다. 여행의 시작 또는 끝에서 눈에 보이는 다른 것에 비해 많이 떨어지는 이곳을 그저 싸다는 이유만으로 추천하고 수없이 예약을 알선했던 일을 지금 와서 생각해 보니 참 부끄럽다. 그들이 괜찮든 그렇지 않든, 도의적인 미안함이 가득하다.

'Offering cheapest? It's never best ever.'

그렇다 32 : 저렴한 것도 때와 장소 그리고 사람을 가려야 하는 것이다. 수시로 어느 때고 그런 생각과 실제의 행동이 이어지게 되면, 결국 돌아오는 것은 누군가가 보내고 있는 질 떨어지는 시선과 스스로가 후에 느끼게 되는 잘못된 반성뿐이다.

호텔을 나와 아무것도, 어딘지도 모르는 시골길을 따라 한참을 걸어 나가 보니 미니스톱이 보인다. 공항에서 40달러를 환전한 3,600엔으로 최선을 다해 구입해 숙소로 돌아오는 길이 참으로 가볍다. 불어오는 매서운 바람과 상상하지 못했던 저온으로 인해 당황스러운 마음이지만, 지금은 이곳에 살고 싶은 생각도 든다.

'이곳에 1년을 있으면 더욱 건강해질 것 같고, 시리즈 대작 1편은 만들 수 있겠다.'

가는 곳마다 느껴지는 기분이 다르다는 것은 내가 지금 제대로 여행을 하고 있다는 것을 증명해 주는 것이다.

"뭐, 다 똑같지. 별거 있겠어? 거기도 뻔해."

라고 쉽게 입에서 나오는 많은 사람들의 말들에 동의할 수 없다. 하지만 이젠 그들이 나와 다른 패턴의 여행을 하는 것을 비판하고 싶지 않다.

'다른 것이 잘못된 것은 아니다. 그저 다를 뿐.'

얻는 것이 있으면 잃는 것이 있다는 것, 그것이 운명이라면, OK I accept it.

이 여행의 마지막 파티가 시작된다. 누군가와 함께할 수 없는 상황이라면 혼자인 상황을 더욱 즐겨야만 한다. 그것이 내가 여행을 하면서 느낀 결론 중에 하나이다. 사람은 특별한 맛이 없는 음식을 먹을 때도 사람이 필요하다. 그렇지 않으면 그것을 취하고 난 뒤의 허무한 시간을 감당하기 쉽지 않기 때문이다. 소통이 되는 누군가와 함께 있다는 것은 평균 이하의 것도 평균 이상의 시간으로 만들어 주는 효과가 있다. 하지만 그것은 현실을 현실이 아닌 것처럼 착각 속에 빠지게 하는 것과 다르지 않다. 그래서 화장실에서 밥을 먹는 일본인들의 마음도 이해가 간다. 혼자가 편하고, 굳이 누군가와 함께하면서 그 시간의 유무형의 비용까지 더하고 싶지 않기 때문일지 모른다. 이것이 이번 여행을 통해 내가 가지고 있는 인간관계를 재정립할 필요성을 깨닫게 하는 현실적인 계기가 되었다. 그것에 부정할 수 없는 극명한 답이 존재한다.

'하고 싶은 것을 내 마음대로 하느냐, 상대방을 배려하면서 하느냐…. 그것이 혼자와 혼자가 아닌 차이다.'

도쿄(Tokyo)에서
서울(Seoul)로

어떤 삶에서든 방심하지 말라. 그것이 불행의 씨앗이다.

　시차는 늘 내 의식 속에 있는 복병이다. 잠시 잠을 취하기가 무섭게 자정이 넘은 시간에 눈이 떠진다. 숙면을 위해 일부러 술을 과하게 마셨는데도 그것이 많은 효과를 주지 못한 모양이다. 눈을 뜨자마자 남아 있는 술을 마시면서 알아듣지 못하는 일본 방송에서 눈을 떼지 못하고 있다. 조금만 신경을 써서 공부하면 금방 알아들을 수 있을 것 같은 출처를 알 수 없는 자신감은 늘 충전이 필요 없는 건전지 같이 마음속에 깊게 자리하고 있다.

　남아 있는 술을 다 처리하고 제정신이 아닌 상태로 잠을 청하고 나서야 잠이 들게 된다. 눈을 뜨자 눈앞에 보이는 시계는 어느덧 9시가 넘는 시각에 이르고 있다.

　'이제 돌아가는구나.'

분주한 아침을 맞이한다. 셔틀을 타고 공항으로 돌아간다. 일하는 순간엔 그 어떤 나라 사람보다 분주하게 쉬지 않고 기계같이 움직이는 일본인들의 모습으로 가득한 공항은 다시 일상으로 돌아가야 하는 순간을 느끼게 한다. 체크인을 하려다 보니 그새 짐이 20킬로가 넘는다. 가방 정리를 다시 하다가 모닝콜 때문에 급히 나온 나머지 그만 'Rock of Ages'의 CD와 빨래뭉치가 보이지 않는다. 호텔에 두고 온 모양이다. 다른 것은 몰라도 그 CD는 지금의 내게 정말 소중한 것인데 타격이 너무도 크다.

'그래…, 또 다시 뉴욕을 가란 계시겠지?'

지난 5일 사이에 환율이 100원 넘게 뛰었다는 뉴스를 대한항공 라운지에서 접한다.

'늘 나의 여행은 환율 상승의 촉매제구나. 어쩌면 매 여행마다 이런 일이 생길까?'

잃어버린 것에 대한 생각이 들지 않을 정도로 간밤의 후유증이 나타난다. 일본이라 왠지 기대를 한 나리타 공항의 대한항공 라운지는 의외로 간소하다. 그저 게이트 바로 옆에 위치해 있다는 것.

지나친 기대는 항상 현실이 뭔지를 알게 한다.

라운지에서 만취한 승객들에 대한 뉴스를 접한 기억이 이곳이었다는 것을 알 게 해주듯 음주만큼은 아주 훌륭하게 서비스되고 있다. 간만의 메신저에 사람들과 웃을 수 있는 이야기들을 나눈다.

'일상으로 돌아가는 순간이 다가오고 있구나.'

어떤 누구는 다른 것에 관심 없고 그저 선물에만 집착한다. 어떤 누구는 교통사고 이후의 여행인데 건강한지 염려한다. 어떤 누구는 부럽다고도 하고 또 한심하다고도 한다. 아쉬움? 내겐 건강한 육체와 젊은 정신이 있기에…. 마지막 여정을 향해 길을 나선다. 나의 조국 대한민국으로….

천당과 지옥을 오간 지난 3주간의 여행이 대한항공 승무원들의 친절함 속에 오버랩되고 있다. 고맙게도 지난 며칠간의 10%를 육박하는 환율 폭등에도 대한항공이 기내 면세품을 달러당 1,050원에 계산해 판매한다. 눈에 밟히는 사람들을 위해 몇 가지를 구입하고 난 뒤 노트북을 정리할 때 즈음 비행기는 세계 최고 인천 공항에 다다르고 있다.

또다시 칭송 레터를 쓴다. 몇 명의 승무원이 불편한 것이 있었냐고 물어온다. 대부분의 승객들이 불편한 점만 쓰는가 보다. 왠지 같은 승무원들 사이에서 왕따 당하는 것처럼 보이는 한 사람의 이름을 적어 격려 메시지를 듬뿍 담아 전달하니 내 마음도 뿌듯하다. 내가 보이는 보습이 불편해 보였는지 다른 직원이 그 칭송 레터를 받아 들고는 말을 건다.

"죄송합니다. 좌석이 불편하셨죠?"

"아니에요. 좋은 것만 몇 번 강조해서 적었어요."

"너무 감사합니다."

역시 대한항공이 피드백에 민감하다는 것을 알게 해준다.

아쉬움 없는 삶을 산다고 말할 수 있는 사람은 이 세상에 없을 것이다. 운명이란 것을 믿는 나는 태어나서부터 죽을 때까지 내가 무엇을 할지, 또 어떤 시련과 도전에 직면할지에 대한 것들도 이미 정해져 있다고 믿으며 살고 있다. 바람이 없는 절대 행복의 삶은 오직 신만이 누릴 수 있는 성스러운 영역이란 생각이 들게 한다. 그런 생각과 함께 다른 나라에서 돌아와 저 앞에 보이는 조국의 공항 관제탑을 보는데 아쉬움이 밀려온다. 그것조차 받아들여야만 하는 인간으로서의 운명이며 또 한계이기도 하다. 새로운 혹은 또 다른 여행을 꿈꾸고, 계획하고, 준비해서 실행에 옮기는 것은 그 한계를 넘어서려는 무모한 도전이며 그것이 어떻게 생에서 마감될지 모르지만, 오늘 난 그 도전의 시작을 다시 하고 있는 것인지도 모른다.

이번의 짧은 세계여행도 마찬가지다. 그 한계를 알고 난 뒤에 짧게 다가오는 안도의 한숨과 아쉬움, 그리고 잔잔한 행복이 다음의 여행을 또 생각할 수밖에 없도록 만들어 버린다.

'인간의 삶에서 가장 안전한 마약…, 그것이 여행이다.'

난 한국에 3주 만에 도착했다. 변한 것은 나 자신이지만, 또 어딘가로의 여행을 꿈꾸며 일상으로 돌아간다. 또다시 언제일지 모를 그 아련한 설렘을 가슴에 안고….

Secret makes worse!